ホワイトバグ　生存不能

安生 正

宝島社
文庫

宝島社

［目次］

ホワイトバグ

生存不能

序章　絶滅の前兆　11
第一章　死の谷　31
第二章　絶滅の記憶　107
第三章　死の覚醒　185
第四章　ホワイトバグ　269
終章　415
解説　村上貴史　425

登場人物

甲斐浩一……登山家。国際山岳ガイドとして活躍
葉子……故人。甲斐の元妻で登山家
健人……甲斐の息子。中学三年生

中山誠司……内閣官房副長官。葉子の父
宮崎……経産省副大臣
織田武彦……経産省政務官

丹羽香澄……東央理科大学農学部動物遺伝育種学科の准教授
上條常雄……国立地質学研究所の元主任研究員

種村……第二次西アジア気象観測隊の隊長
藤井……第二次西アジア気象観測隊の隊員
高橋雄一郎……第二次西アジア気象観測隊に同行する山岳ガイド

広橋……気象庁　環境・海洋気象課長

北村……海上自衛隊　特別警備隊　小隊長
村上……陸上自衛隊　西部方面隊第四師団　幕僚長

ホワイトバグ

生存不能

積み重なった地層に埋もれた化石が教えるとおり、地球は何度もすさまじい変化に晒《さら》され、そのいずれもが『世界の終わり』だった。

生物の本能には大量死をもたらす天変地異の記憶が刻まれているがゆえ、人は火山の噴火におののき、地震に脅《おび》え、夜空の彗星《すいせい》にひれ伏す。聖書にあるノアの方舟《はこぶね》、ソドムとゴモラ、出エジプト記の十の災いなどは、幾度もあった破壊的な天災のかけらにすぎない。

再びその日がくれば、天は不吉に覆われ、地は屍《しかばね》に埋め尽くされる。

動物も植物も、生きとし生けるものすべてが滅び去る。

死の星となった地球は、新たな胚種《はいしゅ》が誕生するまで数千万年、いや数億年のあいだ、沈黙に包まれたまま回り続ける。

序章 絶滅の前兆

二〇二六年　一月二十日　火曜日　午後九時二十分
スノー島沖　二十海里　ドレーク海峡

「船長。なにか変です」

船橋の操舵室《そうだしつ》で、船舶衝突防止用レーダーの前に立つ二等航海士の望月《もちづき》が、片山《かたやま》を呼んだ。船内の最上階に位置し、航海計器や警報類が装備された操舵室で、船長の片山が操船を指揮していた。

片山たちが乗るのは、大深度潜水調査船『しんかい7000』の母船である、海洋研究開発機構の潜水調査船支援母船『なんよう』だ。総トン数四千四百三十九トン、全長百五メートルの『なんよう』は、二層の甲板を備えた船首楼《せんしゅろう》型の船型で船尾甲板には、『しんかい7000』用の整備施設を備えた格納庫と着水揚収装置やフレームクレーンが装備されている。そのため、『なんよう』は前方から見ると商船に見えるが、後方から見ると海自の護衛艦を思い起こさせる。

今回の航海には船の乗組員が二十七名、『しんかい7000』の運航要員が十八名、そして研究者が十五名乗船している。

「どうした。望月」

「南極半島の方角におかしな線が出ています」

南極半島は南極大陸西部にある半島で、南極海に向かって南緯七十五度から南緯六十三度まで伸びるS字状の細く長大な半島だ。

「おかしな線？」

椅子から立ち上がった片山は、コンソールのディスプレイを覗《のぞ》き込む。

今、『なんよう』がいるのは南米大陸と南極半島のあいだ、常に西から東に向かって南極環流が流れ、世界で最も荒れる海と呼ばれるドレーク海峡の南に浮かぶスノー島の沖、南緯六十二度、西経六十二度付近だ。

「これは……。これは、津波だ」

片山は顔から血の気が引くのを覚えた。

レーダーが横一線に伸びる津波の姿を捉えている。

「津波までの距離は」

「十三マイルです」

「なら、三分でくるぞ。おい！　地震発生の情報は入っているか」

「いえ。ありません」

「アルゼンチン気象局の太平洋津波警報センターに地震発生の有無を確認しろ」

一等航海士の川崎《かわさき》が船内無線のマイクをつかみ上げる。

「機関制御室はスタンバイ！」

操舵室に緊張が走る。

船長、と望月が津波警報センターからの返信メールを読み上げる。

「南極半島の西岸から巨大な氷河が海に滑落し、津波が発生したとのことです」

氷河が滑落だって？

かつて南極半島東岸のラーセン棚氷《たなごおり》で、三つの巨大な氷河が陸から分離したことがある。特に二〇一七年に分離したラーセンＣ棚氷は、東京二十三区の九倍の広さで、重量が一兆トンある氷の塊だった。

「棚氷の分離なら津波は発生しませんよね」

望月の声がかすれている。

「今回は棚氷の分離じゃない。陸から巨大な氷塊が海に滑り落ちたからだ」

「どうしてそんなことが」

「温暖化しかないだろう」

「船長。船の向きは！」

代われ！　と望月に代わって、川崎がレーダーの前に立つ。

「津波までの距離は」

「八マイルです」

すでに肉眼で確認できる距離だ。

片山は双眼鏡を南東にある南極半島の方角に向けた。

夏とはいえ、この場所、この時間の外気温は氷点下だった。

あちらこちらで盛り上がり、どこまでも途切れることのないドレーク海峡のうねりは、雲一つない夜空の月に照らされて、まるで巨大な鯨の群れを思わせた。

津波の到来まで二分を切っている。

乾いた唇を舐《な》めた片山は、双眼鏡を夜空と海の境に合わせる。

「なんだ、あれは……」

月明かりに浮かぶ水平線に真っ黒な壁がせり上がっていた。

「大変だ。おい。船内に警報を鳴らせ！」

「まっすぐ向けますか」

上ずった声で川崎が操舵号令を求める。

片山は迷った。

「あの波は半端じゃない。このまま真っ向勝負すると、越波後の打ち込みとスラミングで船がやられる。出会い角を二十度にして、水線面積を確保しながら乗り切るぞ」

大波を越えたときに注意しなければならないのは、まずは海水の打ち込み現象だ。

これは船が大きく縦揺れすることにより、波が船首を越えて甲板に激突する状態をいう。船首が海中に没するような打ち込みが起きれば、船体が大きな損傷を受けるだけでなく、ハッチカバーが破損して船内に浸水することもある。もう一つはスラミングだ。露出した船体が海面に突入する際に船底を激しく叩《たた》くこの現象が起きると、やはり船体が損傷を受ける。

「速度は」

「十ノット」

荒天向かい波対策としては、減速することが最も有効だ。

「スターボード四十五度、両舷前進七度。すべてのハッチを閉じろ。急げ！」

片山は再び双眼鏡を水平線に向けた。

確実に津波が迫ってくる。

海に出て三十年になる片山ですら見たこともない波だった。

いや。波というよりは、海の中からせり上がった壁を思わせる。しかもそれが前方を横切り、東の端から西の端まで繋《つな》がっていた。

津波が近づく。

操舵室にいる四人の乗組員たちが浮き足立つ。

「うわ、うわ、うわ」

「こりゃ、すっごい」

「チューブまでいってるぞ！」

「やばい！　やばいこれどうしよ」

経験したことのない恐怖で乗組員の頬が引きつり、声が震える。

想像を絶する波。波高が三十メートルはあるだろう。

黒い壁。

それが、直角にそそり立ったまま、音もなく押し寄せてくる。

「一・九マイル！」

川崎が叫ぶ。

片山は、イギリスにある『ドーバーの白い崖』を思わせる津波を見上げた。

だめだ。だめだ。

この波は斜めにはかわせない。

「このままだと転覆する。船首を波に向ける。スターボード二十度！　二十度だ！」

『なんよう』が津波の正面方向に舵《かじ》を切った。

「今……。今、ちょうど直角に向かっています」

「うわー、でかい、でかい！」

「放送してくれ！　総員、……なんかつかまれ」

「まもなく来るよ」

「あと三ケーブル！」

皆が青ざめた表情で、目前に迫る壁を見上げている。

「頼むぞー」

津波の壁を『なんよう』がよじのぼり始めた。

足下から持ち上げられる感覚が伝わる。

はるか頭上まで津波がそそり立つ。

山の急斜面をのぼるように船首が空を向くと、船の速力が急速に衰え始める。

「おい。滑り落ちるぞ！」

「フルアヘッツー！　回せ！」

片山の両舷全速前進の号令にエンジンが咆哮《ほうこう》する。

波にへばりついた『なんよう』が壁をよじのぼる。

波頭が白く崩れ始めた。

「だめだ。船尾《とも》から落ちるぞ！」

砕ける波頭から、滝を見上げるようなしぶきがふりかかる。

次の瞬間、操舵室の窓ガラス一杯に星空が広がった。

「テッペンだ！　越えたぞ！」

『なんよう』が津波の頂上にたどりついた。

ところが……。

ふっと片山の体から重力が消えた。

船体がゆっくり右に傾き始める。

波頭を越える瞬間、船首と船尾が海面から離れた状態となり、水線面積が小さくなって船が復元力を失っている。

水平線が傾いていく。

「つかまれ！」「転覆するぞ！」

次の瞬間、『なんよう』の右舷が波頭に叩きつけられた。船体が水を叩く轟音《ごうおん》が操舵室に響き渡り、衝撃で鉄骨が軋《きし》む。

どこかで悲鳴が上がる。

船底から爆発音が聞こえた。

操舵室の窓ガラスが、音を立てて砕け散った。

凄《すさ》まじい勢いで海水が操舵室に流れ込む。

横転したまま船尾を立てた『なんよう』が、波の斜面を滑り落ちていく。

「助けて！　助けて！」

船首が海面に突き刺さった。

防波堤で砕ける高波のごとく、しぶきが上がる。

正面から押し寄せる海水に、片山は背後の壁に叩きつけられた。

操舵室が凍える海水に満たされる。

照明が消えた。

船が真っ黒な海の中へ沈んでいく。

周りで泡が渦を巻く。

肺の空気が絞り出される。

片山の意識が遠のいた。

二〇二六年　十月五日　月曜日　午前九時五分
グリーンランド　ギュンビョルン山麓

そのまま宇宙へ溶け込むような北極圏の青空が頭上に広がっている。

ここは、北大西洋のグリーンランド。白の大地。

雪と氷の雄大な大自然が眼前に広がり、北には壮大な氷河と雪に覆われた峰々が、南には地平線を境に白い雪と青い空が接する。

甲斐《かい》浩一《こういち》は、見渡す限りの雪原に設営したベースキャンプで出発の準備を整えていた。

甲斐は、今年四十一歳になるプロの登山家だ。ヒマラヤを中心として、名だたる高峰の登頂をめざす登山隊のガイドで飯を食っている。いつも五分刈りの頭に防寒帽子を被《かぶ》り、こけた頰には無精髭《ぶしようひげ》が目立つ。身長一七八センチの筋肉質の体に羽毛服と羽毛ズボンをまとい、右手に愛用のピッケルをぶら下げていた。

今回めざすのはグリーンランドの最高峰で、北極圏以北の最高峰でもあるギュンビョルン山の南岩壁だ。ただし最高峰といっても、ギュンビョルン山がある東海岸に連なるワトキンス山脈の景色は、ヒマラヤなどのそれとはまるで異なる。簡単にいえば、南極を思わせる地平まで続く平らな雪原に、チョコレート菓子の『きのこの山』を所々に置いたようなものだ。これは氷河地域に見られる地形の一種で、氷河や氷床から『きのこの山』を思わせる頂上部分のみが突き出た山を『ヌナタク』と呼ぶ。つまり、山と山のあいだの沢や谷のみならず、山体のほとんどが氷河に埋もれて、山頂付近だけが雪原から飛び出ているのだ。

まさにグリーンランドは氷の世界だった。

「東京から無線だ」

声の方を振り返ると、苛立《いらだ》ったしかめ面がこちらを向いている。甲斐に調査隊の救助を依頼した調査団長の鈴木《すずき》だった。甲斐よりも背が高く、雪山用の装備を身につけた鈴木だが、彼は登山家ではなく地質学者だ。聞いた話では、世界的に有名な人物らしい。

多少髪の毛が薄いとはいえ、そのまま知事選挙に出馬できるのではないかと思わせる紳士然とした学者は、随分とご機嫌斜めだった。

「誰からですか」

「織田《おだ》政務官。私たち調査隊のスポンサーだ」

甲斐は鈴木から受け取った送受話器を耳に当てた。

「甲斐ですが」

（私は政務官の織田と申します。状況は鈴木団長から聞きました。ただちに出発して頂きたい）

「今は天候の様子を見ています。理由は……」

甲斐さん、甲斐さん、と織田が子供を諭すように口をはさむ。

（人命より天候が優先では困ります）

「荒れる兆候が出ているんですよ」

棘《とげ》を含んだ織田の物言いに語気を強めた甲斐は、北東の空に視線を移した。

レンズ状の傘雲がギュンビョルン山の山頂部にかかっている。それは上空の風が強いときに発生するため、強風、あるいは天候悪化の前兆とされる。

（いずれにしても契約は守ってください。それもすぐにです）

はるか八千キロの彼方で、空調の効いたオフィスに腰かける政治家は、丁寧な言葉遣いだが神経質そうだった。

「救助が目的だからこそ安全の確保が最優先です。私のチームに危険を冒させるわけにはいかない。嫌なら他を呼んでくれ」

甲斐は行方不明になった調査隊を捜索するために、ここへ呼ばれた。聞いたところによると、彼らはギュンビョルン山麓の南岩壁で新たに発見された石炭層の調査に出かけたらしい。ところが昨日、吹雪の中、調査隊が無線で救助を求めたあと、消息を絶った。ベースキャンプから何度呼びかけても応答はない。

ちょうど、越冬訓練のためにグリーンランドに来ていた甲斐のチームに、鈴木から救援要請が入った。最初は断ったが、「上空の気流が不安定でヘリが飛ばせない。今、救助を頼めるのは、この島で君たちだけだ」との懇願に、渋々引き受けることになった。

「調査隊が救助を求めてきた南岩壁まで片道四時間、捜索に二時間、復路に四時間、計十時間のあいだ天候が安定している保証がなければ出発しない」

人の居住地から六十キロも離れたベースキャンプに残っている調査隊のメンバーは、登山の素人ばかりだ。なにか起きたら彼らは糞《くそ》の役にも立たない。

（言うまでもありませんが、調査隊の命はなにものにも代えがたいのです）

「それは私たちも同じです。あなたはなんの目標物も避難場所もない雪原で天候が崩れたときの怖さを知らない。あとは鈴木団長とやってください」

甲斐は送受話器を鈴木に投げ返した。

氷と雪の広大な平原にはクレバスが縦横無尽に走り、風が吹けば身を隠すものはない。氷でできたクレバス地帯に雪洞を掘るのも簡単ではないから、たちまち体温は奪われ、下手をすれば強風にさらわれる。その先にあるのは凍死だ。

「隊長。準備が整いました」

相棒の宅間《たくま》が呼びにきた。小柄だが肩幅が広く、いかにも頑丈な身体つきの宅間がスポーティーショートで決めた頭に防寒帽子を被る。

「装備のチェックは」

「アイゼン、ピッケル、スノーシュー、ロープ、手袋、登山靴、ヘルメット。そしてGPS。すべて確認しました」

「天気予報は」

「なんとか十時間は持ちそうです」

「そのあとは」

「低気圧の接近でくだり坂とのことです」

今、出発しても猶予は十時間。

甲斐は迷った。

冬のグリーンランドの天候は猫の目のように変わる。昨夜もそうだった。五時間かけてこの場所に到着して、今日のためにとりあえず寝ようかというとき、ブリザードが襲ってきた。横殴りの強風がテントを叩き、吹き飛ばされそうなほど張り布が騒いだ。あげくにテントが雪に埋まり始め、その重みで張り布が裂けそうになった。

「頼む。調査隊を救ってくれ。あの場所で、もう一日は持つまい」

鈴木が懇願する。宅間がちらりと甲斐を見た。甲斐は決断した。自身の装備はすでに整っている。最後にスノーシューを登山靴に装着した。

五人のメンバーが甲斐を先頭にロープで互いを繋ぐ。

「行くぞ」

甲斐は北を向いた。めざすはギュンビョルン山の南岩壁だ。


救助隊は、ベースキャンプから緩やかな氷河の斜面をトラバースぎみに進んだ。

最初の一時間は順調だった。冬とはいえ雪面に照り返る陽射《ひざ》しは強く、フリースの下は汗ばむほどだった。

出発してから二時間。クレバス地帯に入る。

スノーシューを外して、アイゼンの一蹴りに神経を集中する。

目標物がない場所で、ヒドンクレバスに注意しながら先頭を歩くのは神経を使う。

ときどき、目の前の雪面で、不気味なヒビ割れの音がする。

そのたび、背筋に小さな震えが走る。

出発してから三時間が経《た》った頃、突然、ガスが湧き始めた。予報より早く天候が崩れ出した。西から押し寄せる砂嵐のごときガスに飲み込まれると、たちまちメンバーたちが影法師になっていく。

「どうします」不安げな宅間の声がする。

「ここまで来たんだ。行くぞ」

急がねばならない。

さらに三十分が経った。

丸めた背中を風に向けた甲斐は、GPSで現在位置を確認する。

寒さで頬と唇の感覚がなくなっていた。吐く息が霧氷に変わる。

視界はゼロだった。しかし、目的のギュンビョルン山の南岩壁に着いたはずだ。

辺りはホワイトアウトの地獄だった。西から襲いかかる強風が、甲斐たちを宙に舞い上げて吹き飛ばそうとする。三十分前とはうって変わって、真冬の寒気が羽毛服の中に浸透してくる。

手招きで宅間を呼んだ甲斐はその耳元で叫んだ。

「この辺りのはずだ！」

「周りを見てきます。みんなはここに固まって、私のロープを支えてください。なにかあればロープを引きます」

甲斐たち四人は輪になって雪面に膝をつき、宅間のロープをしっかり保持した。

身をかがめながら、宅間がガスの中へ歩き始める。

すぐにその姿がかき消される。

方角だけではない。もはや上下の区別すらつかない。

五分が経った。

前方のガスの中からロープが強く引かれた。

甲斐たちは宅間の呼ぶ方向に歩き始めた。

やがて、強風にばたつくテントの張り布と、へし折れて雪に突き刺さったグラスファイバーのポールが見えた。

その脇に宅間が立っている。

テントは無残に引き裂かれ、半分雪に埋もれていた。

人の気配がない。

雪面に両膝をついた甲斐はテントの中を覗き込んだ。

オールウェザーブランケットの上に片足だけの登山靴が転がっている。

よく見るとシートの真ん中辺りが窪《くぼ》んでいる。

甲斐はブランケットを剝ぎ取った。すると、その下から直径一メートルほどの雪洞が現れた。

随分深く掘られた洞の中は暗くて見えない。

宅間が首を傾《かし》げる。

「テントがやられたから、雪洞を掘ってビバークするつもりだったのでしょうか」

「それにしては深いな。一体、何人入るつもりだったんだ」

「どうします」

「下りてみよう。俺のロープを支えてくれ」

甲斐は余分な装備を下ろした。それから、宅間たちに吊《つ》り下げてもらう要領で、雪洞を降下し始める。アイゼンの爪を雪の壁に打ち込みながら、洞の中を慎重に下りていく。

ようやく片足が底についた。

甲斐は懐中電灯の明かりを足下に向けた。かまくらを思わせる丸く掘り抜かれた雪洞内にはくるぶしの深さまで雪が積もり、なぜかそれが黒く染まっている。粒が大きなざらめ雪のせいで、歩くと鳴き砂を思わせる音がした。

明かりを周囲に向ける。

あっ、と甲斐は声を上げた。

黒い雪面のあちらこちらに人が埋まっている。

事切れて凍りついた上半身が雪の中から飛び出ている。しかもある者は目を見開き、ある者は大きく口を開けている。削《そ》ぎ落とされたのか、両耳や鼻がなくなり、内側から破裂したように頬が欠損した者までいる。誰もが堪え難い苦悶《くもん》の中で息絶えたように見えた。

少なくとも凍死ではない。

「大丈夫ですか？」頭上から宅間の声がした。

「……見つけたぞ」

「なにをですか」

「調査隊の連中だ」

「生きているんですか」

「死んでるよ。……みんな死んでる」

甲斐は懐中電灯の明かりを目の前の死体に向けた。

激しく吐血したらしく、凍りついた口の周りが黒く染まっている。

この男になにがあったのか。なぜ雪に埋もれているのか。これだけ苦しんだ表情を浮かべているのはなぜか。

恐るおそる男の体を雪から掘り出そうとしたとき、男が甲斐の方に倒れてきた。

あとずさりした拍子に、甲斐は尻餅をついた。

胸像のごとく、男の上半身がごろりと倒れた。

死体は胸から下が欠損していた。
肉食獣にでも引きちぎられたのか、みぞおちの辺りから下がなくなっている。
恐るべき惨劇がここで起きたのは間違いない。
何者の仕業なのか。
雪面を黒く染めていたのは、惨殺された調査隊のおびただしい血だったのだ。

第一章　死の谷

二〇二六年　十月六日　火曜日　午後九時二十分
中国　新疆ウイグル自治区　タシュクルガン・タジク自治県
ワフジール峠　アフガニスタン国境

中国とアフガニスタンの国境は、パミール高原と繋がるヒンドゥークシュ山脈にある。中国・新疆《しんきょう》ウイグル自治区のタシュクルガン・タジク自治県からアフガニスタンのワハーン回廊へ抜けるためには、世界で最も標高の高い国境の一つとされるワフジール峠（標高四千九百二十三メートル）を越えねばならない。峠の東が中国、西がアフガニスタンだ。草木はほとんどなく、火星を思わせる乾き切った茶色の大地と山岳風景が続く。辺境のこの地にはアフガニスタンと中国を結ぶ正式の道路もなく、長らく峠は閉鎖されたままだ。

ワフジール峠の中国側の谷は『カラチグ谷』と呼ばれ、訪問者には完全に閉鎖されているが、その地域の住民と牧畜民には通行が許可されている。また、峠へ続く山道に正式な国境検問所がないため、中国側は峠付近への立ち入りを軍人だけに制限している。

いつも強い風が吹き抜ける峠の国境には、九十二キロに渡って有刺鉄線の柵が設置されており、峠から二キロメートル離れた谷沿いの斜面に中国のカラチグ国境警備連隊の指揮所がある。

「中士《ちゅうし》。こんな日に密輸業者の連中が来るとは思えませんが」

「まもなく新月、晴天、無風。こんな夜だからこそだよ」

国境警備連隊の黄《こう》中士と許《きょ》上等兵は、指揮所から一キロほど山をのぼった、峠へ続く山道沿いに建てられた監視所で警備任務についていた。

大小の岩が転がり、土漠《どばく》を思わせる荒涼とした谷を見下ろす斜面にポツンと建つ監視所の周りにうっすらと雪が積もっている。例年より二週間も早く、九月の末に初雪があったせいで谷を囲む山々は雪を被っている。今夜も氷点下だった。

近年、ワフジール峠はアフガニスタンから中国への麻薬の密輸ルートになっている。中国国境にしては珍しく検問所がないため、誰にも気づかれることなく峠越えで荷物を運び込むには最適だった。

「それにしても冷えますね」

体を温めるために、許上等兵が足踏みする。

二人は目出し帽を被り、冬季用の手袋と迷彩服を着ているが、厳しい寒気は監視所の壁や天井、窓だけでなく、目出し帽から出た唇や瞼《まぶた》までも凍らせる。

連隊の指揮所と宿舎は二階建ての鉄筋コンクリート造で暖房も完備されているが、今、黄たちがいる監視所は広さが六畳ほどのユニットハウスだから、隙間風が吹き込み、足下のストーブも気休めにすぎなかった。

「中士。これでは銃まで凍って……」

話の途中で許が口をつぐんだ。

どこかで聞きなれない音が聞こえた。松笠かクルミの実をこすり合わせるような乾いた音だった。

「なんですか。今のは」

許が不安げにキョロキョロと辺りを見回す。

「もしかしてユキヒョウの足音じゃ」

「ヤクならまだしも、こんな所にヒョウなんかいやしねーよ」

黄は監視窓から双眼鏡を峠の方向に向ける。

新月が近いから、頭上は満天の星が輝いていた。

なぜか南風が強くなっていた。

風が監視所の壁を叩く。

やがて風に雪が混ざり始め、あっというまに吹雪に変わった。

みるみる監視所の周囲に雪が積もり始める。窓に雪の結晶が張りつき始めた。

「荒れてきましたね」

「このままじゃ、ここは雪に埋もれてしまいます。指揮所に戻りましょう」

許の言うことはもっともだ。それに、これだけ荒れれば密輸業者が峠を越えてくることもないだろう。黄は指揮所に有線電話を入れる。

「こちら監視所。吹雪が激しくなってきた。そちらへ引き上げる」

ところがなぜか電話が通じない。

「聞こえるか。指揮所」

「通じないんですか」

「ああ」

「これじゃ車を呼べません」

「仕方がない。歩いて行くぞ」

急いで支度を整えた二人は外へ出た。

横殴りの強風に足をすくわれそうになる。もはや視界はほとんどきかない。一キロ先の指揮所まで張られた固定ロープを伝って引き返す。

「許上等兵。決してロープを離すなよ！」

黄は許の耳元で叫んだ。許がなにか言い返したが風のせいで聞こえない。この吹雪の中で、もしロープを手放すことがあれば死が待っている。

上半身をかがめ、腰を低くした姿勢で二人は歩き始めた。

轟々《ごうごう》たる風音が辺りを舞い、雪のつぶてが石のように頬を打つ。

風に飛ばされそうになりながら指揮所までの山道を半分ほどくだったとき、突然、背後から先ほどの乾いた音が聞こえた。なにかがあとをつけてくる。

黄は許上等兵を見た。許が怯《おび》えた目を返す。さらに、もう一度。

空耳なんかじゃない。

「急ごう」

黄が踵《きびす》を返して歩き始めた途端、背後で悲鳴が聞こえた。

黄は振り返った。

雪面に倒れた許が、悲鳴を上げながら手足をばたつかせている。

「助けて。助けて！　引っ張られる」

「つかまれ」と黄が手をさし伸べる。

許が手を伸ばした。

許の表情が苦痛に歪《ゆが》み、口から血が溢《あふ》れ出た。

次の瞬間、許の体がひきずられて、吹雪の中へ消えていった。

許が消えた雪面に一本の血筋だけが残った。

指揮所で夜勤についていた楊《よう》上士は、窓の外に目を向けた。

夕方の予報にはなかったはずなのに、急に天候が荒れ出した。

しかも崩れ方が尋常ではない。

「おい。この天気はどうした」

スポット的に低気圧が発生したのか、それとも前線が通過しているのか。

「天気図を確認しましたが、これほど荒れる気圧配置にはなっていません」

戦区司令部と繋がる情報端末の前に座った劉《りゅう》下士が報告する。

見るまに指揮所の周りが新雪で覆われていく。

「監視所の二人は」

「ケーブルが切れたらしく連絡が取れません」

突然、指揮所の外から悲鳴が聞こえた。

「どうした！」

「黄中士たちでしょうか」

「隊長を起こしてこい。俺は外の様子を見てくる」

楊は急いで防寒用の装備を身につけ、拳銃をポケットに押し込む。

部屋を出て足早に廊下を進み、出入り口のノブに手をかけた。

再び、外から悲鳴が聞こえた。

間違いない。黄の声だ。

「どうした！」

楊が指揮所の扉を開けると、目の前になにかが転がっていた。

最初、迷彩服を被せたサンドバッグかと思った。

楊は口を押さえた。

それは人の体だった。

しかし腰から下と首がない。

首の周りの皮膚がラフレシアの花のように開き、首の切断面から心臓に向かって深い穴がえぐれている。

そのとき、渦巻く吹雪の中から、松笠かクルミの実をこすり合わせるような乾いた音が聞こえてきた。

突然、なにかが正面から襲いかかってきた。

二〇二六年　十月十三日　火曜日　午後一時十分
アフガニスタン北部　ワフジール峠の西　ワハーン回廊

最高峰七千四百九十五メートルを筆頭に、平均標高五千メートル、ペルシャ語で『世界の屋根』を意味するパミール高原の南に位置するワハーン回廊は、西のアフガニスタンから蛇の舌のように延びた地域で、北をタジキスタン、東を中華人民共和国、南をパキスタンの山々に囲まれた東西二百キロ、南北十五から六十キロの谷だ。

　ワハーン回廊は、人間が暮らす場所としては、世界的に見ても秘境中の秘境だ。かつて玄奘三蔵《げんじようさんぞう》もインドへの道中に通ったといわれている回廊状の渓谷は、十九世紀にロシア帝国と大英帝国が、それぞれの領土を隔てる緩衝地帯として設け、それ以来、アフガニスタンの一部となってきた。回廊には、牧草地と石積みの壁に囲まれた村がいくつかあり、一万三千人ほどが農業や放牧で生計を立てている。

「何事ですか」

　中国国境のワフジール峠の向こうから響く砲声に、高橋雄一郎《たかはしゆういちろう》は東の山を見上げた。

　小柄で浅黒い顔のせいか、よくネパール人のシェルパと間違えられる高橋は、経産省が派遣した第二次西アジア気象観測隊に山岳ガイドとして同行している。観測隊は種村《たねむら》隊長のもと、二十名の隊員と測定機器を持って、今朝、ワフジール峠の西麓に到着し、キャンプを設営している最中だった。

　ワハーン回廊は山々に挟まれた谷底を川が流れ、標高が低い場所ではその両岸に緑が生い茂っている。茶色の土がむき出しになった荒涼とした山脈と、木々の緑の調和は見事だが、今、高橋たちがいる標高四千七百メートル付近まで上がってくれば緑も消え失せる。

　パキスタン側の峰の向こうには、標高が七千メートル級の雪を被ったヒンドゥークシュ山脈が覗いている。

今年は雪が早い。ワハーン回廊を囲む白い山々が高橋たちを見下ろしていた。澄んだ冬空に三方で連なる尾根を越えてくる雲を見ると、『風の谷』と呼ぶにふさわしい場所かもしれない。

ただ、気になることがある。辺りからすべての生物の気配が消えていた。動物の鳴き声も、鳥のさえずりも聞こえない。ただ、わずかな高山植物が風に揺れているだけだった。足下に骨だけになった動物の死体が転がっている。

生命が誕生する以前の地球を思わせる光景と、不気味な静寂が谷を覆っている。

なぜ。ワハーン回廊はこんな場所じゃなかったはずだ。

これでは、もはや死の谷だ。

高橋たち観測隊は、治安などの事情からタジキスタン南東部で、アフガニスタンとの国境地帯を流れるパンジ川沿いのランガールからワハーン回廊へ入った。ここへの道中、タジキスタン側は道の大部分が舗装されて電線も引かれていたが、アフガニスタンに入った途端、電線もなく、未舗装の悪路が続いた。そういった何気ない風景からも、両国の経済格差と治安状況を感じることができる。さすがにこんな僻地《へきち》にタリバンはいないだろうが、少し谷をくだれば怪しくなる。

突然、南東の方角から現れたミラージュ戦闘機が爆音を残して頭上を飛びすぎる。

額に右手でひさしを作った高橋は、その機影を追う。アフガニスタン軍はジェット戦闘機など持っていない。

「一週間前、ワフジール峠の向こうにいる中国の国境警備連隊が全滅したそうです」

トラックから荷物を降ろしていた若い藤井《ふじい》隊員が教える。

ロマンスグレーの髪に銀縁の眼鏡、多少無精髭が目立つものの、小学校の校長を思わせる種村隊長が高橋の横に立った。

「全滅？」

「はい。全員がどこかに連れ去られたとのことです」

「穏やかじゃないな。誰かに攻撃されたのか」

中国はアフガニスタンだけでなく、パキスタンとも国境紛争を抱えているのか。

「そのようです。パキスタン政府軍の仕業だと断定した中国政府は、国境付近に派遣した地上部隊からパキスタン国内へ砲撃を加えています」

「今の戦闘機はその反撃のためか」

「中国への報復攻撃ではないかと思います」

「用心してタジキスタンから入ったのに、まさかここで中国とパキスタンの騒動に巻き込まれるとは」

もともと、インドを仮想敵国としてきたパキスタンは、安全保障上の観点から中国とは良好な関係を維持してきた。ところが、『一帯一路』構想のもと、中国から受けた融資が国家財政に重くのしかかり、その返済を居丈高に要求する中国との関係は冷え切っていた。

よくよく考えると、ワハーン回廊は東の山を越えたら中国、南の山を越えたらパキスタンと、政治的にも地勢学的にも複雑な場所だった。

「とりあえず機器を設置してくれ」

種村の指示で温度・湿度・風向・風速・気圧などの測定機器をキャンプの周囲に設置していく。もうまもなく厳しい冬がやってくるこの時期に気象観測隊を出さないといけないほど、事態は逼迫《ひっぱく》していた。

「ゾンデの発射装置は、キャンプの先にしよう。それからメタンの測定装置はキャンプから離して、しかも風上になる位置だ」

ラジオゾンデとは、上空の気温・湿度・風向・風速などの気象要素を観測する機器だ。それをゴム気球に吊るして飛揚し、地上から高度三十キロまでの大気の状態を観測する。

藤井がメタン測定装置を担ぎ上げる。

「隊長。ヒマラヤでメタンが増加している理由はなんでしょうか」

「わからん。まだ謎だ。ただなにかが狂っている。その原因を突き止めるために我々はこんな所までやって来たのだ」

「今年も偏西風が北へ異常蛇行しています。このままでは日本は乾燥地帯になってしまいますよ」

南極大陸およびオーストラリア大陸から分離し、中生代に北へ移動し始めたインド大陸が、約五千万年前にユーラシア大陸と衝突したあと、大陸の前縁に生じた大規模な褶曲《しゅうきょく》・衝上断層帯がヒマラヤ山脈だ。衝突は現在のパキスタンに近い辺りで、インド大陸が赤道を通過した始新世の初期に起きた。

「大陸同士の衝突で生まれたからこそ、ワハーン回廊の東に連なるヒマラヤは、東西二千四百キロ、南北二百五十キロの広大な山脈になったというわけですね」

「そうだ。その結果、ヒマラヤ山脈は長大な壁となって偏西風を蛇行させる。毎年六月、赤道近くのインド洋上で発生した水蒸気は雲となってインドを北上し、ヒマラヤ山脈にぶつかると偏西風に乗って東へ向きを変える。結果、水分を豊富に含んだ雨雲は、中国南部から東南アジア地域に雨を降らせ、これが『アジアモンスーン』として、豊かな農業地帯を作り上げてきたんだ」

モンスーンの雨雲は、さらに北東方向へ移動し、太平洋の水蒸気を吸い込んで日本列島に停滞する。梅雨前線はこのモンスーンによるもので、日本列島に水の恵みをもたらしてくれる。もしヒマラヤ山脈が今の半分の高さだったら、偏西風は蛇行せず日本の雨量は現在の半分程度になってしまう。

「地球規模でみれば、日本列島の緯度は乾燥地帯にあたる。世界の主要な砂漠はほぼ日本と同じ緯度に位置している。私たちが今いる北緯三十七度線は、日本では新潟県、長野県や茨城県など、本州のど真ん中を貫いている。なのに、ヒマラヤの西にあるワハーン回廊に比べて、東に位置する日本が別世界のごとく四季豊かな温帯湿潤気候で、国土の大半を覆う山々に豊かな森が広がっているのは、ヒマラヤのおかげだよ」

ところが、最近発生している偏西風の大蛇行は日本の気候に大きな影響をもたらす。蛇行の原因を究明することが種村たち気象観測隊の任務だった。

「このままだといずれ日本が、目の前に広がるような荒涼とした大地に変わる。そうなれば、もはや人は住めなくなるかもしれないということですか」

そのとき、今度はパキスタンとの国境方向から爆発音が聞こえた。

思わず高橋は首をすくめた。

どうやら雪山の向こうは戦場らしい。

人類にとっては地球温暖化の問題より目の前の領土問題が重要なのだ。

温暖化の結果、我々が予想もしない事態が起きて初めて、彼らは慌てるのだろうか。

同日　午後五時四十分
東京都　港区　虎ノ門三丁目六番　気象庁虎ノ門庁舎　大会議室

地球の温暖化は深刻だった。原因は温室効果ガスの増加だ。

温室効果ガスの地球温暖化への影響度は二酸化炭素が六十％、メタンハイドレートが二十％、一酸化二窒素が六％、その他、特定フロンなどが約十四％だ。

現代は、二百五十万年前から続く『第四紀』と呼ばれる地質時代の中で、氷期と氷期のあいだの間氷期だといわれている。ところが、このまま人為的な原因により二酸化炭素などの温室効果ガスが排出され続ければ、次の氷期どころかジュラ紀と同じ高温の時代がやってくる。

地球温暖化の影響として、グリーンランドなどでの陸上の氷床の減少、北極海などでの海洋の海氷量の減少、表面水温の上昇による熱帯性低気圧の巨大化、急速な温暖化による地域・海域の気候の変化に伴う生態系の破壊などがある。

陸や大気中だけではない。海への影響も甚大だ。

二酸化炭素は酸性気体だから、それが溶け込むと海水のＰｈを下げ、海洋酸性化を引き起こす。海洋の酸性化は、海水のＰｈの緩衝効果を持つ炭酸塩堆積物が少ない太平洋では深刻な問題となり、有孔虫を中心とした大量絶滅が深海で起こると予想される。

虎ノ門《とらのもん》ヒルズの南東、神谷町《かみやちょう》の北にある気象庁虎ノ門庁舎は、地上十四階、地下二階、高さ八十二メートルの複合ビルにある。なんの変哲もない、アイボリーを使った石目調の壁紙と、ジプトーンの天井板で内装された七階の大会議室に情報基盤部、大気海洋部、気象研究所、東大の気候システム研究センター長をはじめとした気象の専門家、そして内閣府、経産省、環境省の幹部が集まっている。

正面の特設ディスプレイは、まもなくワハーン回廊の第二次西アジア気象観測隊と繋がろうとしていた。

地球温暖化の原因を探るために、文科省が進める産官学共同の国家プロジェクトに協力する形で、経産省は種村の観測隊を派遣していた。経産省が気象観測隊を派遣する理由は、新たなエネルギー政策との関連にある。

経産省の織田武彦《たけひこ》政務官は、チェックしていた机の書類から顔を上げた。スリムで長身の織田は、地元の後援者に清新なイメージを与えるために、いつもソフトツーブロックの髪型で決めている。

「まだ繋がらないのですか」

「もう少しお待ちください」

ワハーン回廊とのデータ通信を調整していた職員が答える。アフガニスタンとの時差は四時間三十分ある。現地は今、午後一時を回った頃だ。

「一日も早く謎の原因を解明しないと。我々には時間がないのですよ」

織田は『我々』という言葉に力を込めた。

気象庁の広橋《ひろはし》環境・海洋気象課長が応じる。

「おっしゃるとおりです。ここ数年の平均気温の上昇率は危機的状況です」

「思いすごしじゃないのか。世の中には温暖化を否定する有識者もいる」

突然、経産省副大臣の宮崎《みやざき》が、ビール腹を揺すりながら温暖化前提の議論に釘《くぎ》を刺す。温暖化問題に対する気象庁と経産省のスタンスの違いがよく出ていた。

「最近の現象は五億四千万年前の古生代から中生代を経て、六千六百万年前から現代まで続く新生代のあいだに何度か起きた二酸化炭素濃度の長期変動の一つじゃないかと私は思っている。地球は寒冷化と温暖化を何度も繰り返してきたはずだ」

「それはそうですが……」

広橋が言葉を濁す。

「簡単に認められても困るな。自分の主張に自信があるなら、私を説得しろ。君たちの要求に経産省が金をつける苦労をなんだと思っている」

たしかに大気を構成する主要なガスの濃度は一千万年、億年という地質時代のスパンで変化する。たとえば二十億年前に酸素量はメタン量を上回り、六億年前に二酸化炭素量を上回ったが、互いの比率は周期的に変化している。

「君も気象の専門家なら、温暖化ありきの議論は慎みたまえ。現在、世界的に平均気温が上昇傾向にあるのは認める。ただ、それが温室効果ガスのせいかどうかは怪しいぞ。別の原因で気温が上昇しても、氷に封入された二酸化炭素やメタンは涌出《ゆうしゅつ》するから、結果としてそれらの濃度は上昇するはずだ」

副大臣、と広橋がいわゆる『ご説明』を始める。政治家へのレクは役人の仕事だ。広橋たちにとって、リーダータイプゆえに独断専行型の宮崎は特に気をつかう相手だった。現在、宮崎は新たな火力発電開発プロジェクトの全権を委任されている。温暖化防止に逆行するから国内外の難しい調整が必要となり、宮崎ほどの指導力がなければできないという理由からだ。

「人類の活動とともにエネルギー消費は急激に増加しました。食料のみを消費する原始人は、一日二千キロカロリーを消費していました。薪《まき》を燃やして暖房や料理にエネルギーを使用し始めた狩猟人の消費量は、一日五千キロカロリーに増えました。やがて、十八世紀の産業革命の時代には一日七万七千キロカロリー、一九七〇年代のアメリカ人は二十三万キロカロリーと、原始人の百倍以上のエネルギーを消費するようになったのです。その後も人類のエネルギー消費は高い伸びを示しています。つまり、十八世紀以降、人類は石炭、石油を燃焼させて大量の二酸化炭素を放出してきたのです」

「そんなことは私でも知っている」

ご造詣の深さ恐れ入ります、と広橋が言葉を選んだ。今や官僚たちにとって、政治家への配慮は必然だった。理由は内閣人事局の存在だ。組織では人事は武器であり、人事権は最大の権力だ。「副大臣には気をつけろ」「官邸には絶対逆らうな」という内緒話があちらこちらで交わされる。いつのまにか、官僚たちは政治家の微笑《ほほえ》みを欲し、しかめ面におののくようになる。

広橋がレクを続ける。

「もう一つあります。化石燃料の燃焼は二酸化炭素を発生させるだけでなく、酸素を消費することを忘れてはなりません。燃焼による酸素の消費は風化の五十倍です。つまり、我々は酸素を消費しながら、二酸化炭素を生み出しているのです」

「それが人の営みというものでは」

織田は宮崎に代わる。

その横で宮崎が腕を組んで目を閉じた。宮崎の癖だ。彼は各論に興味などない。まして や気象の問題など。全体の方向性に関する指示を出せば、あとは担当者に任せて、衆目の中であろうと昼寝を決めこむ。

「二十世紀の平均気温は百年で〇・六度上昇し、二十一世紀末までには、平均気温はさらに一・四度から五・八度上昇すると予想されます。この変化スピードは、過去に何度かあった地球上の氷がすべて融けていた時代、つまり融氷期の時代と比べても百倍から千倍です」

「地球上から氷がなくなると?」

「ジュラ紀と同じです」

　地球表層の万年氷は約二京九千兆トンだ。二〇一七年に南極半島から分離したラーセンC棚氷は東京二十三区の九倍の広さを持ち、重量は一兆トンだった。ということは、地球にはラーセンC棚氷、二万九千個分の万年氷がある。主な万年氷は、南極大陸に万年氷全体の九十%を占める二京六千兆トンが、同じく九%を占めるグリーンランドに二千五百兆トンが存在している。もし、南極およびグリーンランド氷床が融解すれば、海面の上昇量は、それぞれ六十一メートルと七メートルに達する。

「考えすぎだと思いますが」

　そもそも、温暖化に対する気象庁と経産省の認識がずれていた。

「しかし、織田政務官。ドレーク海峡での『なんよう』の事故は、まさに温暖化が原因としか思えません」

「生存者が三名しかいなかった、あの転覆事故ですか」

「そうです。温暖化した南極の陸から氷河が滑落したことが津波の原因でした」

「津波を発生させる氷河の融解と、日本を乾燥化させる偏西風の蛇行。温暖化の懸念は山ほどあると言いたいわけですね」

「氷河の融解で引き起こされる問題は、津波を発生させることではありません。大量の氷河が溶け込めば、海洋深層水の大循環に異常が発生します。今から一万二千万年前、カナダを覆っていたローレンタイド氷床が融解して、大量の淡水がセントローレンス川経由で北大西洋に流れ込みました。この事件が北大西洋の表層水を薄め、深層水の形成を抑制したことで海洋深層水の大循環が衰え、世界的な寒冷化を招きました」

「温暖化が寒冷化を招く？　本当ですか」

「気象とは様々な要因が複雑に絡み合い、デリケートな平衡状態の上で成り立っているのです」

「くれぐれも言っておきますが、あなたたちは専門家なのだから、結論ありきの偏った議論は困りますよ」

そのとき、中継担当の職員が声を上げた。

「現地と繋がります」

すると、正面のディスプレイに荒涼としたワハーン回廊の風景が映し出された。

茶色い山肌が三方にそそり立ち、強風がテントを揺らしている。

まるで火星の谷底を思わせた。

「種村隊長。聞こえますか」

織田は仕切り直した。

（種村です）

「そちらの状況はどうでしょう」

（測定機器の設置はまもなく終了します。その後、すぐに観測を開始する予定ですが……）

種村の背後で砲声が聞こえた。

「隊長。今の音はなんですか」

（パキスタンと中国国境で紛争が起きているようです）

「近いのですか」

（はい）

「その場所まで砲弾が届くことはないでしょうね。観測隊になにかあったら大変だ」

（今のところはありませんが……）

そこで、画像が乱れ、音声が途切れた。

「どうした」

担当職員の不手際に織田は語気を強めた。四角四面で有名な政務官の苛立ちに職員が慌てる。

「現地の……、現地の天候が悪化し始めました」

「これだけの方々に出席願ってるんだ。しっかりしろ！」

織田は職員を怒鳴りつけた。

同日　午後四時五十分
アフガニスタン北部　ワフジール峠の西　ワハーン回廊

キャンプの東、中国国境の峰々を越えて厚い雲が頭上を覆い始めていた。湿った空気が峠を越えてくる。お椀《わん》の底に押し込められて、頭の上に蓋をされたような閉塞感が谷に満ち始めた。

無線の不具合はバッテリーが原因で、復旧の見通しが立たない。太陽電池に切り替えるつもりだが、肝心の天気がくだり坂だ。

風が強まる。

高橋の横に種村が立っていた。

「荒れそうだな。測定機器は大丈夫か」

「アンカーと控えのワイヤーでしっかり固定しました」

「テントは」

「二、三十メートルの風なら耐えるはずです」

もし、測定機器が壊れたらヘリで運ぶしかない。限られた予算をやり繰りしてここまで来たのに、種村たちは出鼻をくじかれてしまうことになる。

気温が急激に低下している。

もはや夕陽に照らされる峰々の神々しさなどない。

一本の木もなく、茶色い土がむきだしの山腹を風が駆け下りてくる光景は、乾燥化が進んだ日本の未来を暗示しているのだろうか。四季を感じる緑の大地が、火星を思わせる土漠に変わるというのか。

「隊長。ここへ来てからずっと気になっているのですが、あの地層はなんですか」

高橋は、パキスタンとの国境になる南の峰を指さした。その中腹を横切って黒い地層が走っている。

「あれは石炭と頁岩《けつがん》の互層だ。ここの石炭層は他とは違っていて石炭の中に石灰岩が混入している。そういえば、グリーンランドで発見された同じ地層の調査に向かった連中が八日前に遭難した」

「遭難？　穏やかじゃないですね」

調査隊は、はるかグリーンランドまで二億年以上前の地層を調べに行っていた。

石炭紀の地層は石灰岩、砂岩、頁岩、そして石炭の互層が多く、中でもこの時代に石炭が大規模に形成された。酸素が十分にある場合、枯れたり倒れたりした植物は菌類や微生物に分解され、つまり腐っていく。しかし、樹皮を持った木が誕生し、さらに海面が低下して沼地や湿地などに大森林が繁栄した石炭紀には、植物が大量に次々と地中に埋没したため、堆積物への酸素の供給が乏しくて分解が進まなかった。そのため、埋もれた植物はやがて泥炭となり、さらに時間とともに圧力や地熱の変成作用を受けて褐炭↓瀝青炭《れきせいたん》↓無煙炭と熟成することで、膨大な石炭層が作られたのだ。

「ここもかつては緑豊かな土地だったのですね」

突然、峠の方角から石をこすり合わせるような乾いた音が聞こえた。

周りの隊員たちが不安そうに顔を見合わせる。

「……なんでしょうか」

「わからん」

高橋には、なにかを引っかく音にも聞こえた。

風がますます強くなる。しかも雪が混じり始めた。

吹雪の予感がする。

「まもなく日が暮れる。今日の作業はここまでにしてテントに入りましょう」

テントを吹き飛ばしそうな強風に耐えながら、高橋たちは身を寄せ合っていた。

高橋はバーナーでコーヒーを入れる。

「隊長。今回、この場所を観測点に選んだ理由はなんですか」

「最近、ワハーン回廊周辺で大陸の化学風化、つまり酸化作用が再び始まったらしく、二酸化炭素が減少している」

インド大陸がユーラシア大陸へ衝突することで起きた、ヒマラヤ・チベット地域の隆起は、偏西風の流れに影響を与えただけでなく、大陸の化学風化を促進した。岩や土の化学風化は大気中の二酸化炭素と反応することで起きる。新生代後期の寒冷化は、ヒマラヤ山脈の活発な化学風化で二酸化炭素が減少したためだ。

「どういうことですか」

「つまり、雨に溶けた大気中の二酸化炭素が大陸の岩石にあたって、岩石を化学風化、つまり酸化させるのだ。君も見たことがあるはずだ。岩の表面がボロボロになっているのは酸化が原因だ」

「岩石の成分と反応し、岩石に吸収されることで二酸化炭素は減少するわけですね」

種村がうなずく。

「半面、なぜかこんな山奥でメタンが増加している。その理由を探りたい。もしかしたら偏西風の蛇行にも関係しているからだ」

「メタンも温室効果ガスですよね。ここでは、二酸化炭素が減ったと思ったら、メタンが増加しているわけですか」

「もしかしたら酸化作用ではなく、なんらかの原因で二酸化炭素がメタンに変換されているのかもしれない。それが事実なら温暖化の重要な要素の一つを見つけることになる」

「世界的には温室効果ガスが増加し、そのせいで異常気象が発生していると話題になっています。隊長、もしかしてこれは大量絶滅が起きる前兆では」

「温室効果ガスの急激な増加が、過去に起きた何度かの大量絶滅の原因であったことは間違いない。でも大量絶滅は何万年もかけて起きるものだ。ただ……」

「ただ？」

「その始まりが二〇〇〇年代だった、と我々の子孫から言われるかもしれない」

大気中の温室効果ガスは、温暖化や海洋のPhを介して、地球表層環境システムに大きな影響をおよぼしてきた。たとえば、三畳紀とジュラ紀の境界では、火山活動の急増により二酸化炭素が上昇して、地球的規模で生物が絶命した。

五度の大量絶滅。ビッグファイブのことは高橋も本で読んだことがある。

「最大の絶滅はペルム紀だったはず」

「高橋君。専門外にしてはよく知っているな」

古生代後期のペルム紀末、約二億五千百万年前に地球の歴史上、最大の大量絶滅が起こった。海洋生物のうち最大九十六％、すべての生物種でみても九十％から九十五

％が絶滅した。すでに絶滅に近い状態まで数を減らしていた三葉虫はこのときに、とどめをさされる形で姿を消した。

「絶滅の原因にはいくつかの仮説がある」

全世界規模で海岸線が後退した痕跡が見られ、これにより食物連鎖のバランスが崩れ、大量絶滅を引き起こしたという説。この時代、パンゲア超大陸の形成が巨大なマントルの上昇流である『スーパープルーム』を引き起こし、その結果、大規模な火山活動が発生して大量絶滅が起きたという説も有力だ。実際、シベリアにはシベリア・トラップと呼ばれる火山岩が広い範囲に残されており、これが当時の火山活動の痕跡と考えられている。そして、火山ガスには水蒸気、二酸化炭素、メタン、硫黄化合物などの温室効果ガスが大量に含まれる。

「火山活動で発生した大量の温室効果ガスは、気温の上昇を引き起こした。これによって深海のメタンハイドレートが大量に気化し、さらに温室効果が促進されるという悪循環のせいで、環境が激変したのだろう」

「もしそうなら、人類が発生させた温室効果ガスのせいで温暖化が進むと、海中のメタンハイドレートまでも溶け出して、どんどん温暖化が加速するかもしれないということですか」

「その過程が、すでに始まっているとしたら」

「そういえば、先ほど大気観測を始めた藤井隊員が、予想どおりメタンの濃度が高い、と言っていました」

メタンは二酸化炭素以上に主要な温室効果ガスで、大気中に放出されたメタンと酸素が化学反応を起こせば、酸素濃度が著しく低下する。だから、メタンの増加も大量絶滅の重要な要因となりえる。

でも、なぜこの場所でメタンなのだ。

突然、テントの張り布が激しく揺れ始めた。

入り口のファスナーを下ろして、外の様子を窺《うかが》うとブリザードを思わせる強風が吹きすさんでいる。猛吹雪のせいで、粉末消火剤を辺り一面に噴射したようになにも見えなかった。

みるみるキャンプの周囲に雪が降り積もっていく。気温がマイナス十五度を下回った。

突然、種村隊長が真剣な表情を浮かべた。

「高橋君。君は人類の絶滅を信じるかね」

「まさか」

背中を丸めた種村がコーヒーを口に運ぶ。

「白亜紀末の六千六百万年前、地上で繁栄を極めていた恐竜たちも、小惑星がユカタン半島に衝突する直前まで、まさか自分たちが絶滅するとは思っていなかっただろう」

「人類は気温の上昇が原因で滅亡すると」
「人類が経験したことのない地球環境となれば、なにが起きるのか。我々は化石の情報でしか知らない。しかも化石が教えてくれるのは、実際に起きたことのほんの一握りの情報だけだ」

同日　午後八時

とっぷり日が暮れた。
すでに高橋たちは、シュラフの中で眠りについていた。
そのとき、外で叫び声が聞こえた。
もう一度。
間違いない。それは高橋たちから離れた場所のテントからだった。
高橋は起き上がった。
悲鳴が近づいてくる。
皆が顔を見合わせた。
シュラフから抜け出た種村が、外の様子をたしかめようとするのを高橋は止めた。

「危険です」

そのとき、テントの張り布になにかがぶつかった。

シルエットは、どうやら人らしい。

「助けて！」

両手を広げてテントにしがみついた人影が、引きずられるようにずり落ちていく。

「やめろ！」「なんだこれは」「助けて！」

悲鳴を残して人影が消えた。

テントの張り布に、太い血筋が残された。

二〇二六年　十月十四日　水曜日　午前十時二十分
成田空港　第二ターミナル

税関で手荷物検査を終えた甲斐は、中央出口から到着ロビーに出た。頭上の壁には到着便の電光掲示板が掲げられ、白基調で装飾された広くて長いフロアが両側に続いている。

グリーンランドのカンゲルルススアーク空港からコペンハーゲン、ヘルシンキを経由してようやく成田《なりた》に戻って来た。グリーンランドでは五日間も現地の警察から事情聴取を受けた。

まだ朝の十時すぎだというのに、手押しカートにお土産やスーツケースを山積みした帰国者や、出迎えの人たちでロビーは混雑していた。空港バスやレンタカーのカウンターが並ぶ到着ロビーを抜けて、甲斐はＪＲの駅へ歩き始めた。

突然、正面から数人の男が駆け寄って来た。

「甲斐さんですよね。ちょっとお話を伺いたいのですが。私は東亜《とうあ》日報《にっぽう》の若林《わかばやし》です」

どうやら新聞社の連中らしい。

「なんの騒ぎですか」

甲斐の周りを、若林の他にも数人の記者たちが取り囲む。

ロビーの利用客たちが、何事かと遠巻きにしてこちらを見ている。

「グリーンランドでなにがあったのですか」

「グリーンランド？」

「ギュンビョルン山の南岩壁で遭難した地質調査隊の救助に向かったあなたが、隊員の惨殺事件に関与しているのでは、と疑われています。事実ですか」「調査隊のメンバーは雪洞の中で無残な死体で発見されたそうですが、あなたはその現場をご自分の目でご覧になったのですか」

「お答えすることなどありません」

「日本政府が事故原因と救助隊の行動について調査に乗り出すそうです。あなたも証人として事情聴取を受けることになるのでは」「今のお気持ちは」「事件に関係があるのですか」

「どいてくれ！」

立ちはだかる記者たちの胸を突いた甲斐は、足早に歩き始めた。

「逃げるんですか」「なにか言ってくださいよ」

記者たちが追いすがる。

甲斐を中心にした人だかりがロビーを移動していく。

「甲斐浩一さんですね」

突然、目の前に大柄の男が立ちはだかった。

「そうですが、私は急ぎます。どいてください」

邪険に横をすり抜けようとした甲斐の腕を男がつかんだ。すごい握力だった。

「こちらへどうぞ。車を待たせてあります」

「車？　そんなものは頼んでいない。そもそもあなたは何者だ」

「警視庁の者です」

「警視庁だって？　私がなにをしたっていうんだ」

「車でご説明しますので、同行願います」

男が手首をひねって甲斐の腕を決めた。

「どこへ行くのですか」

「気象庁です」

男が記者たちを鋭い目で威嚇する。

「そこをあけて。どいてください！」

唖然《あぜん》と見送る記者たちを残して、男と甲斐はターミナルビルを出る。

甲斐の心の内と同じく、空がどんより曇っていた。大陸からの黄砂だ。ここ数年日本周辺の風向きが変わり、秋から冬にかけても黄砂が大量に飛来し始めた。黄砂はスモッグのように都心を覆って、昼でも辺りは薄暗かった。やがてそれは、車や住宅の屋根に火山灰のごとく降り積もるのだ。

目の前の横断歩道を渡ったところにある、国際線到着口の乗降場に停《と》まった黒いアルファードのスライドドアが開いた。

「お待ちしてました」

中から低い声が抜けてきた。

濃紺のスーツを着た中年男が、甲斐を後部座席に招き入れる。スリムな長身で、今時のソフトツーブロックの髪型で決めた男はタレント事務所の社長を思わせる。

「初めまして。私は経産省政務官の織田です」

織田？　覚えている。グリーンランドで無線を通してやり取りした相手だ。

「私はちゃんと責任は果たしましたよ」

「どうでしょうか。まあ、詳しい話は気象庁についてからにいたしましょう」

車寄せまでついて来た記者たちが、閉じたドアの向こうから「逃げるんですか」と罵声を浴びせる。

「行ってくれ」

外で騒ぐ記者たちを無視した織田が運転手に声をかける。

車が走り出した。

アルファードは料金所を抜けて新空港自動車道に乗った。どうやら東関東自動車道と京葉《けいよう》道路を経由して都心に向かうようだ。

「マスコミの連中が待ち構えていた理由はこれですよ」

織田が一枚のコピーを甲斐にさし出した。

極地の雪山で起きたとは思えない猟奇的な事件ゆえに、甲斐を『容疑者』と決めつけた新聞記事だった。

「事情も知らないで」

甲斐は吐き捨てた。

「でもあなたには契約があったはず」

「無意味に命を捨てる契約まではしていない。私は遭難現場にあれ以上留《とど》まるのは危険だと判断しただけです」

「調査隊を見捨ててですか？」

織田の一つひとつの動作と言葉に、取ってつけた丁寧さと居丈高が混在している。

「彼らは全員死亡していた。事故原因の調査は私の仕事ではない」

「彼らの無残な死はいまだに原因不明です。白熊にでも襲われたのでしょうか」

「あんな内陸に白熊はいない」

宮野木《みやのぎ》ジャンクションで車が京葉道路に入る。

「ちょっと家族に電話します」と、甲斐はスマホを取り出した。

甲斐は息子に電話するが、相手は出ない。

思えば、愛想がないのはいつものことだ。

仕方がないので、『今、成田に着いたが、寄る所があるので帰る時間はあとで連絡する』とラインを送った。

「息子さんですか」と織田がスマホをちらりと見た。

甲斐の身上調査は終わっているということか。

宮野木ジャンクションから幕張《まくはり》を抜け、車は湾岸エリアを西に走った。船橋《ふなばし》、市川《いちかわ》の街を走り抜け、江戸川《えどがわ》を渡ると、曇天の下、西の方角に都心の人工的な風景が迫ってくる。篠崎《しのざき》インターチェンジで首都高7号線に入ると、今度は荒川《あらかわ》と隅田川《すみだがわ》を渡り、箱崎《はこざき》ジャンクションを抜けた。

霞《かすみ》が関《せき》料金所で首都高を降りた車は、桜田《さくらだ》通りを南へ走ってようやく気象庁に着いた。「こちらです」と、織田に案内されるまま、車寄せからロビーを抜けてエレベーターに乗る。七階でエレベーターを降りると、廊下の先にあった会議室に通された。

甲斐は会議室の扉で立ち止まった。

どこにでもあるオフィス仕様の会議室だったが、異様な空気を感じたからだ。

中央の円卓には、十数人の男たちが鎮座していた。正面の壁には大型のディスプレイが設置されている。大広間ほどもある会議室全体が、なぜか重苦しい沈黙に包まれていた。緊張と困惑が室内の空気にしみ込み、甲斐が足を踏み入れた途端、一斉に射るような視線が飛んできた。

「おい。甲斐氏の席はどこだ」

扉の横に立つ職員に、織田がぞんざいに声をかける。

「そ、そちらに席を用意しております」と、職員の言葉がもつれる。

「なら、もっと早く案内しろ」

気象庁の職員に対する織田の恫喝《どうかつ》に眉をひそめながら、甲斐は、さし示された席に腰を下ろした。改めて室内を見回す。

書類を繰る音さえはっきり聞き取れる静寂の中で、甲斐のすぐ前には『環境・海洋気象課長』と名札に書かれた男がこちらへ視線を向けている。

円卓を回り込んだ織田が、甲斐から一番遠い位置に座る、紺色のスーツを着てビール腹の男の耳元でなにかを囁《ささや》いてから、その横に腰かける。

小さくうなずいた男が、机の書類を取り上げる。

「甲斐君だな。私は経産副大臣の宮崎だ」

副大臣が喋《しゃべ》り始めると、場の空気が一気に張りつめた。

「甲斐浩一、四十一歳。大分県出身、城東《じょうとう》大学経済学部卒業。独身。中学三年生の息子が一人。プロの登山家。全部で十四ある八千メートル峰のうち、エベレスト、カンチェンジュンガ、K2他、十の登頂に成功。以後、国際山岳ガイドとして活躍」

なるほど、と宮崎が顎に手を当てる。

「どうやら、君の評価は二分されるようだ。登頂をめざした場合は輝かしい経歴だが、救助に出向いた場合は散々だ。二〇一五年には無酸素で挑んだエベレスト登頂隊の救助に向かうが、断念して引き返す途中で雪崩《なだれ》に巻き込まれて重傷を負い、意識を失った状態で救出されている。その際、凍傷で足の指を七本失った。二〇二四年には、ヒマラヤ山脈のエベレストに連なるローツェ登頂隊に参加していた妻の葉子《ようこ》さんの救助に向かうが、やはり失敗している。そして今回のグリーンランドの一件」

独り饒舌《じょうぜつ》なわりには、いかにも迷惑そうというか、面倒臭そうな宮崎の表情と態度が気にさわる。

「副大臣。失礼ですが、あなたはいつも呼びつけた者とそんな風に接するのですか」

「と言うと」

「私がなんらかの罪を犯したのなら、さっさと警察に引き渡してください。そうでないなら、この場を失礼します。私は家に帰りたい」

「私が君に求めるのは一つ。これから依頼することに『イエス』と答えてくれることだけ」

「お断りします」

「用件も聞かずに」

「お互い、時間の無駄遣いはやめましょう」

机に両手をついて甲斐は立ち上がった。

すると、織田が甲斐の正面に腰かけていた男に顎で合図する。

「甲斐さん。待ってください」

織田に促された男が声をかける。

「失礼しました。私は気象庁の広橋です。ここに集まっているのは気象庁と大学の専門家の方々です。そして政府からは内閣府の担当官、経産省から宮崎副大臣、そして織田政務官が出席されている。時間がないのでそれぞれの紹介は省略しますが、あなたをお招きしたのはお願い、しかも危急のお願いがあるからです」

広橋と名乗る男はバタ臭い痩せ顔に大きな耳、物腰と物言いから聡明で冷静な性格を感じることができる。

甲斐は時計を見た。とにかく、息子に連絡することばかり気になっていた。午後零時二十七分。アルファードから息子に送ったラインは、未読のままだった。

「あなたはワハーン回廊をご存じですよね」

「アフガニスタンですね」

「先週、我々は経産省からの依頼を受けて、気象観測隊をワハーン回廊の最深部、中国との国境近くの谷に派遣しました。目的は偏西風の蛇行と地球温暖化の原因を探る定点気象観測です」

若い職員が、後ろから甲斐にファイルを手渡す。

広橋が資料を使って気象観測隊の内容を簡単に説明する。

彼の言葉を追ってページを繰っていくと、気象観測隊の経緯、目的、メンバーなどがまとめられている。ただ、甲斐にしてみれば、なんの興味もない。

「気象観測隊と私になんの関係が」

「昨夜、彼らとの連絡が途絶えた。理由は不明です」

「で、ご用件は」

「彼らの救出に力を貸して欲しい」

「なぜ救出が必要だとわかるのですか」

「国境紛争、悪天候、音信不通。派遣エリアには不安要素が多すぎました。ただちに彼らを救出したい」

「今から？」

「そうです」

「馬鹿な。そもそもどうやってあんな僻地まで」

「自衛隊にお願いして、ジブチ、アラビア海上の護衛艦『ひゅうが』を経由してヘリで送ります」

「私は自衛隊員じゃない。お断りします。なにより先ほど帰国したばかりで、家に帰らねばならない」

甲斐は再び立ち上がった。

「名誉挽回《ばんかい》のチャンスじゃないですか」

声の主は織田だった。

その横で、いつのまにか腕を組んだ宮崎が目を閉じている。

「あなたは過去に二回、世間の批判に晒されていらっしゃる。超一流の登山家なのに、いまだに陽《ひ》の目を見ないのはそのせいですよね」

織田が、ローツェで葉子の救助に失敗した過去を持ち出す。遭難現場まで到着しておきながら葉子を置いて、一人で下山した過去の記憶。

登山家甲斐には、『臆病者』、『卑怯者《ひきょう》』の称号がふさわしいのだ。

「失礼ですが、なぜ二度も遭難者を見捨てて引き返したのですか」

織田が甲斐の傷口に塩をすり込む。

「登攀《とうはん》と救助は違う。救助には捜索だけでなく、場合によっては応急処置の時間が必要となる。つまり、極限の状況で貴重な時間と酸素を失うということです。体温が下がるにつれて体力は消耗し、凍傷や低体温障害の危険性も増す。それだけではない。急性高山病になれば判断力は大幅に低下する。ぐずぐずしていると、捜索を中止して下山すべきかという生死を左右する判断が、手遅れになってしまいます。あなたにながわかる」

「登山に死はつきものだと？　登山で死は自己責任だと？　山では自らの命のためには遭難者を見捨てるのは当然なのですか」

「簡単に『見捨てる』という言葉を使って欲しくない。エベレストの登頂ルートで数十年も横たわったまま放置された遺体を見たことがあるのか？　山では発見しても回収すらできない状況もあるんだ」

織田が、これ見よがしにため息をついた。

「副大臣」

織田の声に宮崎がうっすらと目を開けた。

「時間の無駄ではないでしょうか。あの方の拘《こだわ》りは個人的なものでしょうし、そもそも甲斐氏にお受けになる気がないなら、プランBでいきます。遠藤《えんどう》氏に依頼しましょう」

甲斐のプライドが織田の言葉に反応した。

「遠藤？　遠藤雅彦《まさひこ》か」

「はい。遠藤氏もまた、優秀で著名な登山家です」

自分が面倒に巻き込まれなくてすむのは結構なことだが、よりによって遠藤とは。

「どうやらネット検索で彼を見つけたな。彼は登山家というよりビジネスマンだ。しかも過去に起こした遭難事故の損害賠償で相当の借金を背負っているはずだ」

「氏はすでに受諾の意思を示されているのです」

「なら、最初から彼に頼めばよいものを」

「ある人物が、ファーストチョイスとしてあなたに拘られたのです」

「遠藤が受けた条件は」

「契約金だけではありません。出発から捜索の様子をネット配信したいそうです」

「今どきの金儲《かねもう》けか。あいつらしいな」

甲斐は口端に呆《あき》れた笑いを浮かべてみせた。

「冒険家の心をかき立てるのは成功への野心ではありませんか」

「彼のような野心と金が最近の登山を歪めている。金を払った顧客を頂上に立たせなければ、というプレッシャーを受けたガイドは、往々にして判断ミスを犯す。死の領域において、判断ミスのツケは命で支払うことになる」

ある有名な登山家は、『酸素ボンベを使い切って倒れるか、引き返すべき時間をすぎているのに強引にのぼって命を落とすのは、金で名誉を求める登山者たちだ』と述べている。

「事前に決めていた登頂の制限時間を守らなかった遠藤のせいで、多数の参加者が下山途中に日没を迎え、吹雪に巻き込まれて遭難した」

「遭難者を見捨てた、ということではあなたも同じ。さて、お引き止めして申し訳ありませんでした。車でご自宅まで送らせます」

勝手に連れてきておいて、思いどおりにならないとわかった途端、厄介払いというわけか。

広橋が申し訳なさそうに甲斐から目をそらせている。

どうやら会議の結論は出たようだ。遠藤にその任が務まるとは思えないが、甲斐は面倒に巻き込まれなくてすみそうだ。なんの準備もなく、慌てて出かけた救助などうまくいくわけがない。

会議室の中では、もはや誰も甲斐を見ていなかった。

屈辱に唇を噛《か》んだ甲斐は、黙って会議室を出た。

思わずつま先で絨毯《じゅうたん》を蹴り上げた。

同日　午前五時五十分
ワハーン回廊

一晩中吹き荒れたブリザードが、ようやく止んだ。

堪え難い寒気が張り布を貫いてテントの内部を凍らせている。バーナーの火など役に立たない。皆で身を寄せ合って耐え忍んでいたが、いつのまにか一人の衰弱が激しくなっていた。呼吸も浅い。急がねばならないのに、日本と無線が繋がらない。

テントの入り口のファスナーを下ろした高橋は外の様子を窺う。

昨夜、別のテントにいた隊員が何者かに襲われている。

熊なのか、狼《おおかみ》なのかはわからないが、襲って来た者がまだ近くに潜んでいる可能性もある。

「大丈夫か」

「なにかが潜んでいる気配はありません」

恐るおそる高橋と種村は外へ出た。

目の前に一面の雪原が広がっている。たった一晩でワハーン回廊は真冬の世界に変わっていた。谷底も、山麓も、昨日までの火星を思わせる赤茶けた光景から、南極の大地を思わせる世界に変わっている。

まもなく夜明けだ。東の空が白んでいた。

辺りを見回す。

雪原に他のテントが点在している。どれも雪の重みで潰されるか、引き裂かれたようにまくれ上がった張り布が風にあおられていた。

「ひどいな」

種村がうめく。

その向こうで、通信用のパラボラアンテナが根本からへし折れていた。

「これじゃ東京と連絡が取れません」

「救助隊が来るのを待つしかない、ということか」

「この状況で？　もう一度ブリザードが来たら耐え切れません」

「では、どうする」

「救助を頼むために誰かが麓へ下りるしかない」

「この雪の中を歩いてか」

「はい」

どこかで二人を呼ぶ声がした。

風音に消え入りそうな声だった。

高橋と種村は、声の方に雪を踏みしめながら進んだ。妙な感触だった。粉雪の中に氷のように硬い雪が混じっている。二人は、三十メートルほど先で半分雪に埋もれたテントを覗き込んだ。

ひどく損傷したテントの中で、数人の隊員が抱き合っていた。一人は大気観測担当の藤井だった。

「藤井さん。大丈夫ですか」

高橋は声をかける。全員の鼻や唇は凍傷で黒く変色している。手袋をなくしたのか、手首の近くまで重度の凍傷に侵されている者もいる。

「助けて」

ウサギのようにおののき震えながら藤井がうめき、喘《あえ》いでいた。

種村が藤井を抱き起こす。

「なにがあった」

「怖い。……怖い」

茫然《ぼうぜん》自失の状態で、藤井が呪文のごとく繰り返す。

高橋の頭上で風が舞い始めた。

先程までの好天は一瞬の出来事だったらしい。

再び雪雲が峠の向こうから忍び寄り、天候が崩れ始めた。

風の強度が増す。

強風に舞う大粒の雪に朝月が霞《かす》む。

虚《うつ》ろな目で空を見上げる藤井の歯が、震えのせいでカチカチ鳴っていた。

「奴らがやってくる」

「奴ら?」

「みんな死ぬ」

二〇二六年　十月十五日　木曜日　午前三時十分
東京　世田谷区　松原二丁目

風が甲斐と葉子の体を二千メートル下まで叩き落としそうだった。お腹を上にした海老反りの状態で、葉子は宙吊りになっていた。

衰弱が激しく、反応、呼吸、動作、すべてが弱々しかった。神々の世界からの誘いに葉子が懸命に抗《あらが》っていた。

「葉子！」

甲斐の呼ぶ声に、葉子がうっすらと目を開けた。

「……あなた」

丸二日、標高八千二百メートルで宙吊りになったまま強風に晒されていた葉子の皮膚からは水気が失われ、顔の表面はプラスチックを思わせた。

「今、助ける」

「私はもうダメ。多分、脊椎を損傷している。ロープを登り返せない」

「諦めるな」

「よかった。最後に、あなたに……」

葉子の声が聞こえない。

そのとき、葉子がそっと甲斐の肩に触れた。

「……健人《けんと》をお願い」

葉子が弱々しく笑った。

宙吊りになったまま、葉子の両腕がだらりと垂れ下がる。

力なく首が後ろに折れ、葉子の口が半開きになった。

目が覚めると甲斐は自宅のベッドにいた。

京王《けいおう》線明大前《めいだいまえ》駅に近い、松原《まつばら》二丁目の松原大山《おおやま》通りに面したマンションの三〇二号室。六十平米で2LDKの賃貸マンションだ。

駅前は飲食店やドラッグストアが並ぶ繁華街だが、一筋入ったマンションの周辺は静かな住宅街だ。車がようやくすれ違う幅しかない道路の両側に、戸建ての住宅や低層のアパートが並んでいる。

枕元の目覚まし時計に手を伸ばすと、夜中の三時すぎだ。

またいつもの夢を見ていた。

葉子とは大学の山岳部で知り合った。すぐに意気投合した二人は、卒業後も一緒に登山を続けているうち当たり前のように結婚した。それを契機に夫婦で本格的に登山家として生きていく道を選び、共働きしながらスポンサーを探して名だたる高峰への挑戦を続けた。

甲斐の登山家としてのキャリアは、そのほとんどが葉子と一緒だった。

幸運なことに、十年もしないうちに二人とも名の知られた登山家となったが、やがて日々の生活のすれ違いから四年前に離婚した。葉子単独の登山にはスポンサーがつきやすくなっていくことへの嫉妬が原因だったかもしれない。

K2やマカルーへ出発する葉子を甲斐は見送る立場となっていった。そんなときでも葉子は甲斐の気持ちを気遣ってくれた。

「ごめんね」

「気にするな」

「次はきっと一緒に登れるように、色んな人にお願いしてみるから」

「大丈夫だよ」

「じゃあ、健人をお願い」

　空港の出発ロビー、セキュリティチェックの手前で振り返って手を振る葉子を、何度見送ったことか。そのことが逆に甲斐の焦りを誘い、甲斐は登山家として追い込まれていった。

　そんな中、二年半前、ローツェの西側面、通称『ローツェ・フェース』登頂隊にガイドとして雇われた葉子は甲斐に同行を求めた。彼女の任務は登頂ではなく、アタック隊のために山頂直下にロープを段取りすることだった。

　甲斐はベースキャンプでサポートに回った。

　葉子の技術からすればたいして難しい仕事ではない。

　ところが。

　標高七千九百メートル付近に設置したＣ４を出て、翌日のアタック隊が使うロープを張るためクーロワールを直登している最中に、葉子とシェルパが滑落した。葉子に同行していたシェルパは、頂上直下からローツェ・フェースの底まで、標高差二千メートルの氷の滑り台を落ちて、遺体はバラバラになった。

葉子は宙吊りの状態で岩壁の途中に取り残された。

葉子遭難の一報を受けた甲斐は、ただちに救助へ向かった。

しかし、絶望的な状況下で彼女を救うことはできなかった。宙吊りのまま息絶えた葉子の遺体を一人で回収することはできないため、一旦、ベースキャンプまで引き返しているあいだにおそらくロープが切れて、葉子はローツェ・フェースから滑落した。

彼女の遺体はいまだに発見されていない。

「母さんを助けて」と、無線で懇願した健人は、帰国した甲斐を「母さんを殺した」となじった。

離婚の際には親権を葉子に渡した甲斐だが、息子の将来を考えて嫌がる彼を強引に引き取る。

「父さんなんかと暮らしたくない」

「ぐずぐず言わずに自分のことだけ考えろ」

「自分独りで生きていくから放っておいて」

「お前はまだ中学生だろうが。どうやって独りで生きていくんだ」

「今は、バイトで稼ぐ。中学卒業したら働くから」

「そんな簡単にはいかない」

「どう生きるかは、僕の勝手じゃないか」

同じ会話を何度繰り返してきたことか。

甲斐に心を開かない健人。

いつか彼に葉子になにがあったのか伝えるときがくるだろう。しかし、それは今ではない。おそらく、健人は滑落事故の真実を受け入れられないだろう。

ローツェ・フェース、あの狭い岩の回廊でなにがあったのか、甲斐は息子に告げる気はなかった。

同日　午前六時三十分

夜が明けた。

甲斐は息子のために朝食と弁当を作っていた。今では手慣れたもので、手際よく卵焼き、焼き魚、サラダ、味噌汁《みそしる》を用意していく。

背後で健人の部屋の扉が開く音がした。

トイレのあと、洗面所へ向かう足音が聞こえる。

顔を洗い終わったと思ったら、再び自分の部屋に戻って扉を閉める。

それから十分ほどして、再び部屋を出てきた健人がバックパックを乱暴に床に置くと、放り込むように朝食を食べ始める。

「お前、ネクタイが曲がっているぞ。シャツの裾もちゃんとズボンに入れろ」

「……」

こちらを見ようともしない。

「今日も遅くなるのか」

そのあいだ、一言も会話はない。

口一杯に朝食をかき込んだと思ったら、すごい勢いで立ち上がり、床のバックパックを引っつかむと玄関に向かう。

「弁当を忘れているぞ」

「……いらない」

背中で答える。

「なぜ」

「まずいから」

「じゃあ、昼ごはんはどうするんだ」

「購買でパンでも買う」

扉が乱暴に閉まる。

いつもの朝だった。

息子を送り出してから、一人きりの朝食が始まった。

親子の関係がこれでいいわけがない。かといって関係修復のきっかけがつかめない。

いつのまにか味噌汁が冷め切っていた。

雨音が聞こえてくる。

健人は傘を持っていっただろうか。

そのとき、スマホが鳴った。

同日　午前九時三十分
東京都　千代田区　永田町二丁目　総理大臣官邸

激しい雨の中を、甲斐は官邸前交差点でタクシーを降りた。

交差点の反対側では、『経済産業省の宮崎副大臣を更迭せよ！』と書かれた横断幕を掲げた人々が「温暖化を促進する倉島《くらしま》政権と経済産業省の政策にノーを突きつけよう」と拡声器で訴えている。

その前を人々が見向きもせずに通りすぎる。

東京の日常はなにも変わっていない。

一時間前、「官邸に大至急来て頂きたい」と連絡してきた織田が、背筋は伸びているけれど、不機嫌そうな表情を浮かべて北門衛所の前に立っていた。織田に案内されるまま、生まれて初めて官邸に入った。

総理大臣官邸は、地上五階、地下一階の鉄骨鉄筋コンクリート構造だ。

官邸の三階の東側、全面ガラス張りの正面玄関にエントランスホールが続いている。ホールで最初に目に入るのが、吹き抜けのロビーに生える数十本の青竹だ。壁や、吹き抜け部分のバルコニーは透明のガラスでできている。やけに天井が高いエントランスは、黒みかげ石の床とアメリカンチェリーの壁で装飾され、正面のガラス越しに中庭が見える。官邸警務官が立哨《りっしょう》するホールを避け、なぜか荷物用エレベーターを使った織田は甲斐を五階へ案内した。廊下を歩くと織田が内閣官房副長官と掲げられた執務室の前で立ち止まった。

手前の部屋で男性の秘書官に一声かけた織田が、奥の執務室に繋がる開いたままの扉をノックする。

「どうぞ」という声が抜けてきた。

「私はここまでです」と、織田が道をあけて甲斐をうながす。

甲斐は一瞬、躊躇《ちゅうちょ》した。

「失礼します」

甲斐は部屋の主を知っている。よく知っている。

内閣官房副長官の中山誠司《なかやませいじ》だ。甲斐の義理の父親、健人の母方の祖父、そして葉子の父親。大学時代は山岳部に所属していた山好きで、葉子が登山を始めたのも中山の影響だった。

そんな中山に会うのは葉子の三回忌の法要以来だ。

内閣官房副長官の部屋は、高級ホテルのスイートを思わせるほど豪奢《ごうしゃ》だった。重厚な木目調の内装で仕上げられ、床には本物と思《おぼ》しきペルシャ絨毯が敷かれている。

「元気そうだね」

大きくて上質な木製のデスクの向こうで、本革のオフィスチェアに腰かけた中山は、いつもと同じ穏やかな物腰だった。国会議員でも官僚でもない。何代も続く老舗呉服店の当主を思わせる品の良い眼差《まなざ》しと、和服が似合いそうな体型。時代劇の男優を思わせた。

「おかげさまで」

「昨日は突然、気象庁に招いて悪かった」

なるほど。昨日の一件は中山の指示だったのか。

「グリーンランドでは大変だったな」

「思い出したくもありません」

だろうな、と中山が背もたれに寄りかかった。

「ところで、健人は」

「元気にしています」

「そうか。それはよかった」

中山が祖父の目を細める。

「とはいえ、年頃だ。母親があんな死に方をしたから君も大変だろう」

「……もう慣れました」

「真実は話したのか」

「いえ」

「なぜ」

「健人の中の葉子のイメージを壊したくない。次々と難しい登頂を成し遂げる登山家、決してミスをしない登山家。葉子は健人の誇りです」

「母親の死が君のせいだと思い込んでいても」

「健人のやり場のない怒りと悲しみはもっともです。私が受け止めます。それに本当に私との暮らしが嫌なら飛び出しているでしょう」

「そんな関係は、お互いにとって不幸ではないかな」

「時間が解決してくれることもあるはず。健人が私に心を開くかどうかより、彼が立派に成長することが重要です」

目線を伏せた中山が指先で二回、机を叩いた。副長官は、身内の立場から公的なそれへ気持ちを切り替えているようだった。

やがて。

ところで、と中山が話題を変える。

「登山家としての君が必要だ」

「なんのお話でしょうか」

「ワハーン回廊の事件については聞いたはずだ。事態は緊急を要する」

「連絡を絶った観測隊の救助に行けと？　織田政務官は遠藤に行かせるつもりですよ」

「気象観測隊を救い出すには、もはや手遅れだろう。問題はそのあとだ。これからの私たちの使命と目的には、遠藤氏ではなく君の豊富な経験が必要になる」

「エベレストにでも登るのですか」

「その方がずっと簡単だろうな」

「なぜ私に拘られるのですか」

「君にしかできない」

「私は臆病者です」

「君らしくもない。それに、私はすべてを知っている。すべてをだ。私にはわかる。君にしかできない」

「私にしかできないこと?」

「人類を救うのだ」

「人類? 私が? いったい、なんの話をされているのですか」

椅子から立ち上がった中山が、後ろ手に窓の外を眺める。

「気候変動に関する国際連合枠組条約のことは知っているな」

「はい」

「一九九二年にブラジルのリオで開催された環境と開発に関する国際連合会議で、地球の温暖化に対処するための国際的な枠組みを設定した条約だ。一九九四年に発効したこの条約は地球温暖化防止条約などと呼ばれる。しかし、二〇一八年に開催された締約国会議のCOP24では、『パリ協定六条』のルールが合意できなかった」

六条では、各国が協力して二酸化炭素の排出量を減らす制度を決めるはずだった。たとえば、先進国が自国の進んだ技術を途上国に与えれば、削減量を減免されるインセンティブが与えられる案などだ。

「しかし、多くの途上国は難色を示した。六条の規定を用いて先進国に排出削減量の一部を譲渡した場合、先進国は途上国の排出削減に協力した分、自国の排出量を増やすることができるのに、途上国は先進国に譲渡した分、逆に目標達成が厳しくなるからだ」

　この問題を解決するため、排出削減努力を両国でダブルカウントすると、帳簿上では減っているのに実際の地球全体の排出量は増えることになる。

「ＣＯＰ25以降、二百近い国が集まる会議ゆえに、数か国が反対しただけでなにも合意できない状態が続いた。各国が他国に責任転嫁する罵り合い、やがて条約から脱退した中国とロシアが、景気後退を口実に目標達成を棚上げしたことから、二酸化炭素の排出量は減るどころか増え続けている。結果、世界中で異常気象が頻発する絶望的な状況だ」

　中山が唇を軽く嚙んだ。

「国連と同じですね。ところで、その件と私になんの関係が」

「地球温暖化は別の問題を引き起こした」

「別の問題？　それが人類の生存にかかわると？」

「そうだ。深刻にな」

「一体、なにが起きているのです」

「詳しいことは我々にもわからない。ただ、鍵は過去二年、温暖化に並行して寒冷化を思わせる現象が起きていることだ。地球全体は温暖化しているのに、なぜ一部の地域で越年性の氷雪地帯が増えているのか、最新の気象学でも解明できていない」

「温室効果ガスが原因ではないのですか」

「二酸化炭素が増加しているのは事実だが、越年性雪渓が拡大している地域では二酸化炭素が減少する半面、メタンが増加している。温室効果ガスの収支はあっている。解せないのは、少なくとも気温は低下していないのに、雪渓が拡大していることだ」

「その一つがワハーン回廊だと」

「そうだ。気象観測隊を派遣した理由はそこにあった。今、世界でなにが起きつつあるのか、それを突き止めるために君の力が必要だ」

「気象や温暖化にかかわる問題なのに、なぜ経産省なのですか」

後ろ手をほどいて中山が振り返った。

「いずれ詳しい話をすることになる。世界中から君は必要とされるかもしれない。そうなれば、グリーンランドでの経験も必然だったことがわかるだろう」

謎かけのごとき依頼を告げた中山が、「数日中に詳細を伝えるために呼び出すから、必ず連絡が取れる場所にいて欲しい」と求めた。

理由もわからず、釈然としないまま甲斐が部屋を出ると、織田が待っていた。

織田が目線で廊下をさす。

二人は廊下に出た。

「なんのお話でしたか」

「別に」

「副長官から助けを求められたのなら、一言だけお伝えしておきます」

織田が甲斐の耳元に顔を近づけた。

「今回の一件には高度な政治的判断が求められるのです。ですから、くれぐれも部外者としての分をわきまえてください」

同日　午前七時十分
ワハーン回廊

得体の知れない敵の攻撃を恐れた高橋たちは、丸一日、テントの中で息を潜めながらすごした。無線は通じない。日本どころか麓のランガールの街とも連絡が取れない。

高橋と種村は、ここに残って救助を待つか、下山するか迷っていた。

昨晩も三名が犠牲になった。

残りは高橋たちに近いテントに残った十名だけだ。

「隊長。ここから撤退すべきです」

「山を下るのか」

「それでは三日かかります」

「峠越えは」

「荒れた道が峠まで続いていますが、パキスタンと紛争中の中国をめざすのは危険です。北の峰を越えてタジキスタンをめざしましょう」

「しかし、あの山を登るのに道などないはず。しかも標高が四千八百メートルを超えるぞ」

「この雪です。どこへ向かうにしても道などないに等しい」

集まった八人の隊員が、種村と高橋のやり取りを見つめている。

「わかった」

ついに種村が意を決した。

十人は急いでテントをたたみ、食料など最低限の荷物とともに、手わけしてリュックに詰め込んだ。

「行きましょう」

高橋の声に、生き残ったメンバーが雪に覆われた北の峰を見上げる。

国境線へ続く険しい岩稜に登山道などない。

高橋たちを嘲笑《あざわら》うかのごとく、国境の峰がそびえ立っていた。

数センチ大の岩屑《がんせつ》や小石、砂を敷いたようなザレ場では、足を取られてズルズルと滑りやすい。かたや高山の稜線によく見られる、大きさの異なる石がゴロゴロと積み重なったガレ場では足場が悪く、『浮石』には要注意だ。これから先、そのいずれもが雪に隠されているため、滑落や落石の直撃を受ける危険と隣り合わせだ。

十人は高橋を先頭に、短いトラバースを繰り返しながら斜面をのぼり始めた。心の平衡を失って目線が定まらず、意味不明の独り言を呟《つぶや》くだけの藤井は列の中程に据えた。先を行く者は落石を起こさないよう、あとに続く者は足を踏み外さないよう慎重に足下を固めながら進む。

まさか、こんな形で引き上げることになるとは。

谷の反対側に臨む南の峰の山頂が朝日に照らされている。鮮やかな橙《だいだい》色に染まる山頂と、まだ日陰の山腹の白とが見事なコントラストだった。

普段なら息を飲む美しさにしばし見とれるだろうが、今はそれどころではない。つい今しがたも百メートルほど先で、小さな表層雪崩が谷に向かって斜面を流れ下りた。

十人がキャンプを出発して四時間が経った。

高橋以外は登山の専門家ではない。案の定、皆の息が上がり始める。

この調子だと、稜線まではまだ時間がかかるだろう。

すでにワハーン回廊ははるか眼下の光景となり、ベースキャンプとの高度差が五百メートルにはなるだろう。

「まさかこんな事件が起きるとは」

「死の谷だな」

高橋の言葉に、すぐ後ろを歩く種村がワハーン回廊を見下ろした。

「危ない！」

風に飛ばされたのか、人頭大の岩が谷底に向かって転がり落ちていく。頭上の稜線は雪もつかないガレ場の先にそびえ立ち、あそこから落ちればそのまま谷底まで一直線だろう。

「ちょっと休んでいいですか」

高橋が声の方を振り返ると、隊列の中程で一人の隊員がしゃがみ込んでいる。

「ダメだ」

「ふくらはぎが痙攣《けいれん》して、もう足が出ません」

「苦しいのはわかるが、死にたくなかったら登れ」

「一分でいいですから……」

突然、東から吹く風に、十人を繋げたロープが空中に弧を描く。

風向きが変わった。天候が崩れ始める予兆だ。この三日間、中国国境のワフジール峠から風が吹くと天候が悪化する。

そして惨劇が起きる。

それにしても、なぜこれほど短い周期で天候が急変するのか。

風が耳元で唸《うな》りを上げる。見ると、パキスタンと中国国境の峰を越えてくる雪雲がとんでもない速さで谷へくだり、今度は足下の斜面から湧き上がってくる。

風はますます強くなり、東の峰にはブリザードの白煙が舞い始めた。吹きつける風に大粒で硬い雪が混じり出した。

まただ。きっと奴らがやってくる。

そして、辺りは白一色の世界になった。

そのとき、周りで渦巻く雲の中で白い稲妻が走り、鼓膜を突き破る雷鳴が轟《とどろ》く。

「急げ！　登るんだ」

絶望的なホワイトアウトの中、十人は必死で稜線をめざした。

「助けて！」

列の最後尾から断末魔の叫びが聞こえた。

恐怖ですくみ上がった隊員たちが雪面に伏せる。高橋は慌てて列の後方まで引き返した。最後尾を歩いていた隊員と繋がっていたはずのロープが、緩んで風になびいている。ロープを引いても、まるで重さを感じない。ガスの中からロープを巻き取ると、その先端はささくれ立った切断面だった。

そして、鮮血に染まっている。

「急げ！　死にたくなかったら、登れ！」

高橋は叫んだ。

九人は我先に斜面を這《は》い上がり始めた。

なにかの気配が下から追ってくるのを感じる。

首根っこをつかむようにして、高橋は藤井を引っ張り上げる。

雪をかくグローブの指先から感覚がなくなろうが、強風に耳が引きちぎられそうになろうが、九人は必死で斜面をのぼった。

死にたくはない。

体を引きちぎられ、皮を剝がされた死体。

あんな死に方はしたくない。

やがてガスの中に、尖《とが》った岩稜と雪庇《せっぴ》の張り出した雪稜が見えてきた。

「あと少しだ。頑張れ！」

高橋を先頭に雪の張りついた岩のリッジを登り、オーバーハングした雪壁を迂回《うかい》する。最後の岩壁をよじ登ると、急に目の前が開けた。

高橋は目を見開いた。

九月からの降雪のせいだろう、目の前に広大な雪原が広がっていた。

幅が一キロはある。スイスにあるアルプス最大の『アレッチ氷河』や、アイスランドにあるヨーロッパ最大の『ヴァトナヨークトル氷河』をはるかに上回る雪原が、山肌に沿って左右にうねりながら高原を覆い尽くしていた。

「どっちだ」と種村隊長が叫ぶ。

「雪のついていない場所を回り込む余裕はない。雪原をくだります。それしかない」

そのときだった。

「……聞こえる」

藤井が震える声でワハーン回廊を振り向いた。

たった今のぼって来た方向から、稜線を越えてあの乾いた音が聞こえてきた。

同日　午後八時十分
東京　世田谷区　松原二丁目

甲斐はリビングのソファで缶ビールを飲んでいた。

日本に帰国してから、甲斐の置かれた状況が目まぐるしく変化する。

缶ビールを右手に左手で眉根をつまんだ。甲斐の過去と根深い疲れが刻まれている。

妻を失い、息子との関係に悩むくたびれた登山家は、なにをしてもうまくいかない。

つけっ放しのテレビでは、お気楽なバラエティ番組が流れている。少なくとも、二日前まで甲斐がいた世界とは別物だ。一つの判断ミスで人の命が左右される世界が、むしろ異常なのだと教えているように思えた。

そのとき、玄関の扉が開いた。

健人だった。『ただいま』の一言もなく、自室に駆け込もうとする健人を甲斐は呼び止めた。

「健人。話がある」

「僕にはない」

「お前の将来の話だ」

背中を向けたまま健人が立ち止まった。

「父さんは進学すべきだと思う」

「高校行って勉強したいこともないし、早く自立したい」

「自立とはそういうことじゃない。経済的よりも、精神的に自立できて初めて一人前だ。それに友だちはどうするんだ」

「みんな進学するよ」

「じゃあお前だって」

「友だちは友だち。僕は僕。それでなにが悪いの」

健人がムキになる。甲斐は深いため息を返した。

「父さん。飲んでるの」

「ちょっとだけだ」

「僕の将来を本気で心配してるなら、お酒飲みながら話すことじゃないでしょ」

愛想尽かしした健人が、部屋に引っ込もうとする。

「ちょっと待て」

さすがに今日は放っておけない。甲斐が缶ビールをテーブルに戻して座り直したとき、テレビ画面にニュース速報のテロップが流れた。甲斐は目を見張った。アフガニスタンに出かけた気象観測隊が遭難して隊員の安否は不明、とのことだ。

そのとき、スマホが鳴る。甲斐の体がびくりと反応した。

いきなり（ニュースをご覧になりましたか）と織田の声が抜けてきた。

「なにがおっしゃりたいのです」

（今日、官邸でお伝えしたことの念押しです。今後、副長官になにかを依頼されても断ってください。よろしいですね）

「あなたの指示は受けない」

甲斐は一方的に電話を切った。ふと、過去を思い出す。かつて、妻の救助失敗で、「これはネタになる」とマスコミから執拗《しつよう》に責められた過去。家まで押しかけるマスコミ。妻を見捨てた登山家。悲劇の主人公。

ローツェ・フェースで妻への愛、自身の生存、登山家としての責任、それぞれが相反する極限の判断を迫られた甲斐は、人々の好奇心を惹《ひ》きつける格好のネタだと思われた。そこに、残された家族への配慮や遠慮などというものは微塵《みじん》もない。登山とはなんの関係もない、家庭内のことまで聞き出そうと追いかけ回された。

いわれのない誹謗《ひぼう》中傷から健人を守るため、世間の注目が自分に向くように甲斐は沈黙を貫いた。それしかできなかった。「あんた、自分のしたことに責任を感じてないの」、そんな罵声を何度浴びせられたことか。

甲斐の育った家庭は貧しかった。父親が経営していた会社が中学生のときに倒産してからは、日々生きることに精一杯で、周囲のことを気にしたり、気配りする余裕などなかった。学費もすべて自分で稼ぐ日々の中で歳を重ねるにつれ、自分を表に出すことに臆病になっていった。他人からみれば愛想のない、ぶっきらぼうな男に映るだろう。そんなことより、不用な一言で稼ぎ口を失うことが怖かった。

健人にそんな人生を送らせたくない。

なのに。

妻を失い、ローツェから日本に戻って帰宅したときの健人との会話が頭をよぎる。

「父さんは母さんを見捨てたの」

「なぜ」

「記者の人にそう言われた」

「それは違う」

「では、なぜ本当のことを話さないの」

「彼らに話しても理解できない」

「なぜ」

「彼らは極限とはなにかを知らないからだ」

「極限って」

「指先を壊死《えし》させる寒さや耳を引きちぎる風のことではない。人の本質が問われる状況のことだ」

「……母さんになにがあったの」

「お前にはいずれ話さねばならない。でも今じゃない」

「なぜ」

「今のお前には理解できないからだ。今、話せば心の傷だけが残る」

なぜ、の質問を繰り返しながら、悔しそうに唇を噛んだ息子の顔が蘇《よみがえ》る。

ふと我に返ると、健人の姿が消えていた。

ノックしてから彼の部屋の扉を開けた。

「話は終わってないぞ」

沈黙が返ってくる。

「父さんは酔ってなんかいない」

健人は甲斐に顔も向けない。

「僕の話をするときに飲んでいることが問題でしょ。酒の力を借りないと話もできないの」

「なんだと！」

声を荒立ててから、慌てて頭を冷やした。

「お前の将来の事なんだぞ。ちゃんと話を聞けよ」

「父さんだって僕の話をちゃんと聞かないくせに。それに、自分のことは自分で決める。今日は部活で疲れてるから次の日曜日にしてよ」

いつものセリフだった。甲斐と健人のあいだに、次の日曜日などあったためしがない。

「父さんは明日にでも出かけるかもしれないんだ」

「そんなこと僕の知ったことじゃない。じゃあ帰ってきてからにしてよ」

「お前……」

「とにかく、今日は嫌だ。出て行ってよ！」

健人の怒声が甲斐を部屋から追い出した。

甲斐は廊下で立ち尽くした。

そういえば、葉子が遭難したあと、学校の帰り路でイジメにあっている健人に出くわしたことがある。同級生から「お前の母親は山で死んだんだってな」「親父が母親を見殺しにしたらしいじゃんか」「お前が呑気《のんき》に学校へ通っていられるのは保険金のおかげなんだろ」

次々と浴びせられる罵声に、健人は両の拳を握りしめてじっと耐えていた。

「やめろ！」と慌てて甲斐は止めに入った。

「おい。臆病者の親父だぜ。やべえ、逃げろ」

悪ガキどもは一目散に退散した。

二人きりになって、「大丈夫か」と案じる甲斐を無視した健人が歩き始める。

「怪我《けが》は」

「放っておいてよ」

「お前がイジメにあってるのに放っておけるか」

「じゃあなんで僕がイジメにあうようなことしたの」

健人の視線が突き刺さった。

「僕は臆病者の息子、周りはそう言ってるよ。そうじゃないって言い返したって母さんが死んだのは事実だからどうしようもないでしょ」

「母さんも父さんも臆病者じゃない。そう言ってやれ」

「言い返したら殴られるんだよ。殴られたら殴り返せばいいの？　父さんは、いつも暴力はダメだって言ってるじゃない。都合のよいことばかり言うなよ！」

健人が走り去った。彼の世界を遠くに感じた。

見て見ぬフリがうまくなり、長いものに巻かれることを覚えた大人には入り込めない世界だった。純粋だから棘もある。甲斐は色々なことを知りすぎて、世の中こんなものだと勝手な物さしを押しつける父親だった。

ズルさを身につけているから宮崎たちには力めるのに、健人にかける言葉を思いつけない。

第二章　絶滅の記憶

ロシア　サハ共和国　オイミャコン地区

圧雪が凍りついた道を、イワノフはトラックで進んでいた。

ロシアの北東部に位置し、北極圏が目と鼻の先にあるオイミャコンには四季がなく、一年の半分以上が冬だ。『世界で最も寒い定住地』であるこの地に五百人ほどが暮らしている。周囲にはインディギルカ川の準平原が広がり、網の目状に迷走している川から数キロ離れると、浸食が進んだなだらかな丘陵地帯が広がる。冬になると、オイミャコンの平均気温はマイナス五十度まで下がり、二十一時間は太陽が顔を出すことはなく、一日のほとんどが寒さと暗闇に包まれる。

そんな冬が目の前に迫っていた。

例年よりも早い猛吹雪に襲われた村から突如、救助要請が入り、イワノフは燃料と食料を満載したトラックで村に向かっていた。

村が雪に閉ざされてから二日が経っている。

一面が白い雪と氷に覆われた平原を抜け、樹氷の森を抜け、凍りついた橋を渡り、村の入り口にさしかかると車が横転していた。ドアが開け放たれているが人の姿は見えない。さらに進むと、もう一台。こんな気象条件で車を乗り捨てたら、それこそ凍死するのになぜ。

疑問が頭をよぎり、胸騒ぎを覚えた。

除雪車を先頭にトラックの列が村へ入る。

イワノフは目を見開いた。

点在する家々が無残に壊され、何軒かは焼け落ちていた。窓ガラスが割れ、扉が外れた家の隣では、木造の壁が黒焦げになり、屋根が焼失して、炭化した柱がトーテムポールのごとく残っている。

「人が死んでる」

助手席のパバロフが叫んだ。

道の両側に凍りついた遺体が転がっていた。

壊れた家の玄関で事切れている女性、焼け落ちた家の周りに転がる焼死体。どれもが、慌てて家から走り出たように見えた。

人々はなにから逃れるつもりだったのか。

イワノフはトラックを停めた。熊用のライフルを持って車を降りる。

目の前に建つ窓が割れた一軒家の様子を見ようとしたが、扉が開かない。どうやら内部から家具を使って扉を塞いでいる。

「裏へまわろう」と、パパロフを連れたイワノフは家の横に回り込む。二重ガラスが割れた窓から覗き込むと、雪が吹き込んだ室内は凍りついていた。壁の向こうから二本の足が突き出ている。誰かが倒れている。

「大丈夫か」と声をかけてみたが返事はない。

「イワノフ。こっち」と建物の半分が焼け落ちた家からパパロフが呼んだ。

「今、行く」

パパロフに続いて屋内に入る。屋根の燃えかすが床に積み重なり、壁は黒焦げだった。

「油をまいたみたいだ」

パパロフがつま先で床を二、三度叩く。

「ここの住人は自分で火をつけたのでは」

「どうして」

「わかりません。しかし、外の遺体を見ると、彼らは襲われ、逃れようとしたのかもしれない」

村の入り口で見た車を思い出す。

「残りの住民は」

「どこかへ逃げたのでしょうか」

「この雪の中をか。凍死するだけだ」

「それぐらい恐ろしいことが起きたのでは」

二〇二六年　十月十八日　日曜日　午前十時三十分
アラビア海上　護衛艦DDH-181『ひゅうが』

パキスタン最大の都市カラチの南西、そして、オマーンの首都マスカットのはるか東方沖に広がるアラビア海は、今日も強烈な陽射しに照らされ、波は穏やかだった。

青くたゆたう海原が水平線まで続いている。

海上自衛隊のヘリコプター搭載護衛艦である『ひゅうが』は、ひゅうが型護衛艦の一番艦だ。大型のヘリを複数、同時離発着させるために上甲板（第一甲板）が全通甲板となった空母型の艦は、基準排水量一万四千トン、全長二百メートル、最大幅三十三メートルで、三百五十名の自衛官が乗り込んでいる。

『ひゅうが』のアイランド型艦橋はステルス性を考慮して傾斜壁が多く、操舵室の上部にはフェーズド・アレイ・レーダーが設置されている。さらに搭載するヘリの航空管制室が艦橋後部に設置されている。

はるか宇宙へ溶け込んでいくような鮮やかな青空の下、横一列に入道雲が浮かぶ東の水平線から一機のヘリが現れた。アフガニスタンのワハーン回廊で遭難した気象観測隊の隊員二名を収容した哨戒《しょうかい》ヘリSH‐60Kだ。救急救命士としてヘリに同乗している衛生員からの無線では、二人とも重い凍傷と原因不明の外傷で重症とのことだった。

猛スピードでヘリの爆音が近づいてくる。やがて、赤道直下特有の熱風を巻き上げながら、SH‐60Kが着艦した。

キャビンのドアが開け放たれた。

「急いで！」

救急救命士が叫ぶ。

ヘリから二台のストレッチャーに移された観測隊員たちが、艦の多目的区画と同じ第二甲板にある医務室へ運ばれる。医務室へ続くハッチにはスロープがつけられ、ストレッチャーのままでも艦内を搬送できる。

「どいて！」「そこを空けて！」

狭い通路に看護師の怒声が響く。

ストレッチャーの角が鋼鉄製のハッチに当たる。

「気をつけろ！」

護衛艦ゆえに、客船とはまるで異質の鉄板で仕切られた無骨な艦内だが、『ひゅうが』は病室二部屋、普通ベッド八名分、集中治療室一名分、手術台や医療機器が備えつけられた手術室一部屋、歯科治療室一部屋を有しており、護衛艦の医務室としては随一の医療設備が設置されている。平時には衛生員だけだが、今回は、すぐには患者を後送できない長い航海ゆえに、軍医として二名の医官、救急救命士や看護師を含む衛生員が勤務している。

ストレッチャーのハンガーに吊るされた点滴バッグが、ちぎれそうなぐらいに揺れている。

「長谷部《はせべ》医務長。お願いします！」

大声で叫びながら、看護師が走る。

医務室の入り口で、長谷部たちは左右に分かれて患者を迎えた。

二台のストレッチャーが、次々と長谷部たちの前を通りすぎた。

――なんだ、これは。

一人は重度の凍傷で、鼻、頬、顎、指先、体の至るところが壊死して黒く変色していた。もう一人は、凍傷は軽度だが、食いちぎられたらしき傷が全身に刻まれ、胸がかすかに脈打ち、とぎれとぎれの呼吸にあわせて口から血が吹き出した。

女性自衛官の看護師が口を押さえた。

「しっかりしろ！　外傷のひどい患者は超音波検査と胸部X線検査後、すぐに手術室へ運び込め。もう一人は、小田《おだ》、とりあえず緊急処置を頼む」

二人の看護師が、ストレッチャーを押して手術室に走る。ヘリに同乗していた衛生員が、気抜けてその場へ座り込んだ。

長谷部は彼の前にかがみ込んだ。

「いったい、なにがあった」

「わかりません。ワハーン回廊のキャンプ地に向かった我々は、谷でひどく損傷したテント群を発見しましたが、周囲に人影はありませんでした。その後、周辺の捜索を続けるうちに、キャンプから北の斜面をのぼったタジキスタン国境の峰で倒れていた二人を発見し、収容しました」

「他の隊員は」

「不明です」

「何者かに襲われた形跡はあったか」

「張り布が引き裂かれてテントは壊され、内部や周囲に血痕は認められましたが、それ以外の痕跡はありませんでした」

「彼らになにが起きたのか、ここまでの空路で話を聞けたのか」

「いえ。凍傷の隊員はうわ言を繰り返すだけで、あとは救命処置で精一杯でした」

急いで、長谷部は二人を診察した。外傷患者の徴候は、上肢の脈拍欠損、前胸部または後方の肩甲骨間での粗い収縮期雑音、および下肢での脈拍または血圧の減弱などだ。

「来る、とか。やめろ、とかです」

衛生員が、憔悴《しょうすい》し切った目を長谷部に返す。

「どんなうわ言だ」


「急速輸液の準備だ。それから、β遮断薬による拍動を制御。目標は、毎分心拍数九十以下、収縮期血圧百二十以下だ」

「吐血のせいか、呼吸が不安定です」

「気管挿管しろ。一キロにリドカイン一ミリグラムを静注による前処置」

長谷部は出血性ショックに対する治療を最優先し、気管挿管による気道確保に続いてただちに静脈路確保を行い、輸液・輸血を開始することを決めた。

「医務長。胸部X線の結果が出ました」

看護師が撮影したばかりの画像を、医務室のディスプレイに映し出す。

長谷部は顎に手を当てた。

「胸の上行大動脈から下行大動脈に大動脈解離が認められる。さらに、弓部大動脈の偽腔《ぎくう》は開存、上行大動脈基部と下行大動脈の偽腔が血栓閉塞している」

「外傷性大動脈破裂の兆候に思えます」

外傷性大動脈破裂とは、交通事故や転落のせいで胸部に重度の鈍的損傷を受け、大動脈が部分的または完全に裂けてしまった病態のことだ。

「山から転落して、岩で胸を打ったのでしょうか」

「わからん。ただ、外傷からみると胸に激しい衝撃を受けたとは思えないがな。それと、これは結石か」

長谷部が指さすディスプレイ上には、腎臓結石を思わせる白い点が何箇所も映っている。

「結石にしては数が多いですし、腹部全体に広がっていますね」

「なんにせよ、これが致命傷になるとは思えないから、まずは二次救命処置を優先させよう。他には」

「医務長。大動脈の患部周辺に血腫が形成されています」

医務官がディスプレイ上で、二枚目の画像の一点を指さす。

「これは急ぐな。大動脈解離が上行大動脈におよんでいるが、船には使用可能なステントグラフトなんかない。開胸手術だ。準備しろ」

長谷部の判断は、開胸術による損傷血管の再建と血腫除去および合併損傷の修復だった。

長谷部は両手の消毒をすませると、手術着の準備を始めた。

「医務長、投薬するにしても薬剤アレルギーの有無が不明です。血液凝固因子の異常に関する疾患の有無もわかりません」

「このままだと患者は死ぬ。処置を始めるしかない」

「しかし」

「私が全責任を取る！」

長谷部は手術室に入った。

ＬＥＤ無影灯に照らされた手術室は、中央の手術台を取り囲むように壁沿いに器材戸棚、薬品戸棚、保温庫、保冷庫、冷凍庫、情報パネルが並ぶ。手術台の脇には、麻酔器、モニター、手術装置などを載せたシーリングペンダントが天井から吊るされている。看護師がメス、剪刀《せんとう》、鑷子《せっし》や鉗子《かんし》などの手術器具をトレイに準備して、慌ただしく手術室に入ってくる。

患者が手術台に乗せられた。

そのとき、患者が急に苦しみ始めた。

もだえる患者を「頑張って、もう少しだから」と二人の看護師が押さえつける。

「来るな。来るな！　来るな！」

海老《えび》のようにのけぞった患者が、一転、手術台に崩れ落ちた。

二〇二六年　十月十九日　月曜日　午後一時
東京都内

官邸に向かう車内。甲州《こうしゅう》街道を東に進んだ公用車は、幡ヶ谷《はたがや》で首都高4号線に乗る。新宿《しんじゅく》の高層ビルを左に見ながら外苑を通りすぎ、赤坂《あかさか》トンネルを抜ける。

甲斐はじっと窓の外を流れる景色を見つめていた。左にニューオータニと東京ガーデンテラスが見える。緑豊かな江戸城弁慶濠《べんけいぼり》の風景にも、不安と胸騒ぎがごちゃ混ぜになった甲斐の心が癒《い》やされることはない。やがて千代田《ちよだ》トンネルに入り、三宅坂《みやけざか》ジャンクションを通過すると、霞が関出入り口に着く。

車は官邸手前の六本木《ろっぽんぎ》通りに出た。

今日も官庁街の落ち着いた風景に変わりはない。見事な秋晴れのもと、人々が足早に歩道を行き交う。ただ、先週発表された今冬の長期予報によれば、昨年以上の暖冬が予想されていた。温暖化が止まらなければ海面上昇や酸性化、干ばつや洪水を引き起こす極端な気象変化の増加が心配される。目に見えないリスクは、酸性化が引き起こすサンゴ礁の死滅と酸素量の低下、マラリアなど熱帯の感染症の拡大などだ。

正体不明のウイルスに侵され、酸欠死した屍が路上に放置され、それをついばむカラスが群れる地獄絵が想像できる。

甲斐は、昨夜、テレビで流れた中山のぶら下がり会見のニュースを思い出した。

それは官邸のロビーで行われた。

（副長官。今、世界中で起きている異常現象についてどうお考えですか）

（異常気象については、各国が連携して温暖化対策に取り組んでいます）

（気象の件ではありません。世界中の降雪地帯で突然、人々が、場合によっては村全体が消息を絶つ事件が発生しています。なにか想像もできない事件が起きているのではないですか）

（憶測でものを言われても困ります）

（憶測？　グリーンランド、カナダ、シベリアなどの極地で事件が発生していますよ）

（日本政府として、なんの報告も受けていません）

（本当に？　グリーンランドで日本の調査隊が全滅した事件について、なにか隠していらっしゃるのでは）

（残念ながらご質問の件は噂話《うわさ》の域を出ていない。お答えのしようがありません）

そこで、中山がぶら下がり会見を打ち切った。

極地で人々が行方不明になっている？

もしかして自分が呼び出されたことと関係しているのか。

疑念ばかりが浮かび上がる。

出迎えの職員に連れられて官邸に入ると、先週の十五日に比べてはるかに慌ただしく人が出入りしていた。官邸内に緊迫感が満ち溢れている。

書類を抱えた職員や官僚たちとすれ違うたびに、怪訝《けげん》そうな視線、胡散《うさん》臭そうな眼差し、つま先から頭のてっぺんまで舐めるような視線に出会う。人里離れた山しか知らない甲斐は、この場では明らかに異邦人だった。

エレベーターの中では隅に立ち、廊下を伏し目がちに歩いて、四階の会議室に通された。内閣官房副長官の中山誠司を中心に、十名ほどの男たちが円卓を囲んでいた。彼の左には宮崎副大臣が腰かけている。その横には織田。

「待っていたよ」

机の上で組んでいた指から、中山が顔を上げた。

成田から呼び出されたときと同じく、職員が入り口に近い席に甲斐を案内する。この場での甲斐の序列らしい。甲斐が座るのを待って会議が始まった。

織田が口火を切った。

「種村隊長のもと二十名の隊員と一名の山岳ガイドで構成された第二次西アジア気象観測隊は、測定機器を持って、ワフジール峠の西麓の谷でキャンプを設営中だった十月十三日に消息を絶ちました。海上自衛隊の捜索の結果、山中で二名の隊員が収容されましたが、その二名もアラビア海に展開中の『ひゅうが』の船内で死亡しました。残りの十九名は行方不明のままです」

「収容された二人の死因は」

ここからは私が、と官邸の職員らしき男が立ち上がる。

「一名は外傷性大動脈破裂、もう一人は重度の凍傷と低体温症による衰弱が原因とのことです。おそらく登山中に滑落したことが原因かと」

「キャンプは壊滅していたと」

恰幅《かっぷく》のよい宮崎が眉根を寄せた。

「はい。激しく損傷していました」

「襲われたのか」

「そうだと思われますが、何者の仕業かは不明です」

「当時、国境付近で中国とパキスタンの国境警備連隊が紛争中だった。中国の仕業なら厄介だぞ」

「観測隊員は銃などで攻撃されたとは思えません。一点、『ひゅうが』の医務長から不思議な事象が報告されています。大動脈破裂で死亡した観測隊員の呼気からメタンが検出されました」

「息からメタンだと」

「はい」

「解剖は」

「現在、遺体を池尻《いけじり》の自衛隊中央病院に移送中です」

「それより、他に報告することは」

なぜか苛立った様子の中山が二人の会話を遮った。

報告役の職員がうなずく。

「以上です」

「よし。下がってくれ」

まとめた書類をファイルに押し込み、一礼した職員が会議室をあとにする。

中山が甲斐に視線を向ける。

「甲斐君。その二人を連れてワハーン回廊の調査に向かってくれ」

背後から職員が甲斐の前に書類を置いた。書類を手に取る。そこには二人の人物の名が記されていた。東央《とうおう》理科大学農学部動物遺伝育種学科の丹羽香澄《にわかすみ》なる女性と、国立地質学研究所の主任研究員だった上條常雄《かみじょうつねお》なる人物だった。

「丹羽准教授は動物遺伝学の専門家で、上條氏は古生物学の専門家だ。彼らにワハーン回廊でなにが起きたのか調べさせたい」

「これから現地は冬ですよ」

「承知の上だ。だが、我々は急ぐのだ」

「素人を連れて極寒の山岳地帯に乗り込めと。しかも、観測隊を全滅させた何者かが待ち受けているかもしれないのに。勘弁してください」

「断ることは許さない」

　中山が冷ややかに言い切った。

「嫌だ」

「言ったはずだ」

「なら、きちんと説明してください。観測隊が遭難したというのに、彼らの救助や捜索ではなく、農学部や古生物の研究者を連れて調査に出かけるのはなんのためです。しかも、これほど急いで」

「我々が直面しているのは、観測隊の消息などという小さな問題ではない！　なにが起きているのか、突き止めねばならないのだ」

　温厚な中山が激昂《げきこう》した。

「副長官。なにを隠しているのですか」

　甲斐の追及に、会議室の皆が黙り込んだ。それだけでもなにかがある、と思わせた。

「副長官」と、織田が右手を上げた。「政府の依頼を拒否するだけでなく、甲斐氏の今の失礼な発言。私はもう一人の優秀な登山家、遠藤雅彦氏を紹介したいと思います」

「優秀な登山家だと?」

そのとき、会議室に足早に入って来た官邸職員が、中山の耳元でなにかを告げる。唇が「総理が」と動くのが読み取れた。

「すぐ行くとお伝えしてくれ」

それから、と中山が咳払《せきばら》いを入れた。

「我々には時間がないと言ったはずだ。甲斐君、二人を待たせてあるから、出発の準備を整えろ。出発は明日。十月二十日火曜日の午後八時とする」

「副長官。遠藤氏は……」

「織田政務官。甲斐と遠藤、どちらが優秀かなどに興味はない。私の中で結論は出ている。遠藤氏はあくまでもリザーブだ」

それだけ言い残した中山が立ち上がり、足早に会議室から退出した。

同日　午後一時四十分
東京都　千代田区　永田町二丁目　総理大臣官邸　四階　小会議室

中山の秘書官に連れられて甲斐が隣の控え室に入ると、副長官室と同じく豪華な室内に置かれた応接セットのソファに、一組の男女が腰かけていた。

慌てて立ち上がった女性が会釈する。男性はスマホをいじったままだ。

小柄な女性はベリーショートの髪形に目鼻がくっきりした丸顔で、まるで化粧気がない。地味なグレーのスウェットに白のロングスカート姿は、まるで中学か高校に教育実習で訪れた国語の先生を思わせる。

男性は長身で痩せていた。ボサボサのショートヘアに無精髭の目立つ頬、白いオックスフォードシャツの上にカシミアらしきVネックのセーターを着て、デニムのパンツを穿《は》いている。品の良さと神経質なゲーマーの見かけが同居していた。

どうやら、丹羽と上條らしい。

「では、私は外します」と一礼した秘書官が退出する。

甲斐は一呼吸置いた。

「あなたが丹羽准教授ですか」

「そうです」

なんとなくおどおどしたというか、控えめな仕草が気になった。

「大学で生物学を研究されているとか」

「はい。動植物遺伝育種学です」

「動植物遺伝育種学？」

「様々な野生動物や植物について遺伝学と育種学の視点から、多様な遺伝現象と進化に関する研究を行います。簡単に申しますと、新たなモデル動植物の開発、育成を目的に、優れた遺伝子を探し出して、それを保存、利用するのです」

甲斐は額の辺りを指先でかいた。正直、甲斐にとってはどうでもよい話だった。

「遺伝子組換えの研究をされているのですか」

「一部はそうです。最近は、多様な生命の遺伝制御機構を解明するのに分子生物学、量的遺伝学、ゲノム科学などの手法を駆使しなければなりません。分子、細胞レベルの視野が必要なのです。様々な動植物の形質が子孫にどんなメカニズムで遺伝して、どのようなメカニズムで後世に現れるかを解き明かしたいと思っています。でも、怪物を作ろうとしているわけではありませんよ」

まあ、頭の良い人物であることは間違いない。

「丹羽先生。あなたは政府からどんな依頼を受けているのですか」

「ワハーン回廊周辺の動植物について調べろと。どんな種がいて、その生態を知りたいとのことでした」

気象観測隊を全滅させたかもしれない犯人のことなのか。中山は、観測隊の救出ではなく調査が目的だと言った。二人にワハーン回廊でなにが起きたのか調べさせたいと言った。では、上條とは何者で、なにを指示されたのだろうか。

「あなたが上條さんですね」

「はい」

上條が顎を上げると、丁寧な言葉遣いとは裏腹の鋭い目がこちらを向いた。

「あなたは化石の専門家とのことですが」

「古生物学です」

「山しか知らない私には難しそうですね」

「古生物学は地質学の一分野で、過去に生きていた生物、つまり古生物を研究する学問です。何千万年、何億年という地質学的な時間尺度で過去、地球上に生きていた生物を対象とし、彼らの分類・生態・進化を明らかにするのです。つまり古生物を対象とした生物学です」

「生物学？　でも過去の生物はすでに死んでいる」

「化石標本を使うのです」

立ったままの甲斐を見上げる上條の目は、揺るぎない自信に溢れていた。

「ワハーン回廊に行けばなにかわかるのですか」

「というより、あそこは古生物学の観点からは興味深い場所です。関心がおありですか」

「いえ」

「そうでしょうな」

上條が笑った。何気ない仕草に余裕すら感じる。

「たとえば、遠く離れた場所でそれぞれ観察される地層が同一時期に形成されたものか、そうでないのかを判断するのに化石を使うのです。地層に含まれる化石に着目すれば、世界中の地層の同定や新旧の判断に利用できる。今では、過去の生物を研究するには生物学、生態学の他、層序学や地球科学なども関連する時代なのです」

「あなたは、ワハーン回廊で化石を調べるのですか」

「元々、化石は無数にいた古生物の一部でしかない。多くの場合に、軟組織は失われているし、またそれが残っていても、今生きている生物を解剖するのとはわけが違う。そのため、ある化石がどんな生物であったのかは、現在の生物と比較検討して初めて明らかになる。現生物と古生物は互いに深く関連していて、現生物の体の機能や部位から古生物のそれらを推定できるまでになった。もちろん、誰にもできる、という訳にはいきません」

「話を聞いていると、丹羽先生と上條さんの研究には関連がありそうですね。二人はお知り合いなのですか」

甲斐の言葉に丹羽が小さく首を横に振る。

「上條さん。あなたは政府からどんな依頼を受けているのですか」

「私の専門知識を使って、ワハーン回廊で石炭層を調べて欲しいと」

「石炭層ですって？　なんのために」

「さあね。あそこの石炭層を調べることで、生物の進化と絶滅に関するなんらかの情報が得られるとのことです。しかも大至急らしい」

「石炭層って大昔にできた層ですよね」

「およそ二億年前から三億年前の石炭紀に地表を覆っていた森林が、湖底や海底に層状に堆積し、地殻変動や造山活動による地圧や地熱の影響で変化し、濃集《のうしゅう》してできたものです」

「燃料としての石炭と生物の進化に関係があるのですか」

「生物が歴史的に変化することが進化です。でも、我々は現在の姿しか知ることができず、つまりそれは進化の一瞬を見ているだけです。ですから、気の遠くなる時間を経て進化してきた生物は、地質年代ごとに分類しないと進化の過程を特定できない。ワハーン回廊の石炭層にも、当然、その時代のなんらかの記憶が残されているはず」

　政府による派遣の目的は人の命ではなく、石炭の調査なのか。なにを呑気な。

「それが気象観測隊の遭難と……」

「甲斐さん。二人の派遣目的はあなたに関係ありません」

　いつのまにか戻ってきていた秘書官が、甲斐の前に歩み寄る。

「あなたはこの二人を現地に連れて行き、調査を支援し、無事に連れ戻してくれればよいのです」

一切の質問は許さないと。疑問を持つことも許さないと。

中山はなにかを企んでいる。

なぜ内気な生物学者と、優秀だが、いかにも癖のありそうな地質学者を連れて危険な場所に乗り込まねばならないのか。

甲斐は秘書官の「無事に連れ戻す」という言葉が引っかかった。なにを心配している。やはり観測隊の遭難と関係があるのか。これから、なにが待ち受けるかわからないアフガニスタンの山奥に出かけて、二人の調査につき合うとしても、訓練期間も準備期間もない。もし危険が迫って撤退しなければならなくなったとき、誰が迎えに来てくれるのか。

予期せぬリスクを抱えた遠征で必要なのは互いの協調性だが、気になることがある。中山から渡された資料によれば、上條はつくばの研究所から契約を解除されていた。依願退職ではない。ということは、職場でなんらかのトラブルがあったと思われる。

「上條さん。失礼ですが、あなたは研究所をお辞めになっていますね」

「それがなにか」

「山への遠征では、互いの協力が必要になります。しかも、今回は予想もできない危険が待ち受けているかもしれない。正直、あなたの過去は気になりますね」

「私の過去など意味はない。私は依頼を受けた。だから、アフガニスタンに行ってふさわしい仕事をするだけです」

丹羽と上條、そして甲斐。すでに三人の息が合っていない。一つになれないチームは、極限の状況では崩壊する。とりあえず今は、任務への疑問は置くとしても、登山家の甲斐にとって気がかりな点がもう一つある。

「上條さん、丹羽先生、お二人に登山の経験は」

「私は地質調査で何度も出かけたことがあります」

「ありません。はっきり申して、このお仕事に協力することも不安です」

丹羽が首を横に振る。

「丹羽先生。依頼を受けた者が依頼主の所へ出かけてくれれば、それは普通、受諾を意味するものですよ」

上條の突き放しに、目を丸くして丹羽が口ごもる。

まあまあ、と甲斐があいだに入る。まだ出発してもいないのに、先が思いやられる。

丹羽がうつむく。

「行かないんですか」と念を押す上條に、丹羽が小声で「えっ」と答える。

「……行かないなんて言ってません」

「行くとも言っていない」

「人の揚げ足を取らないでください。私は一言も行かないなんて言っていません」

丹羽が少し怒った顔で横を向く。

「なら、これで決まりですね」と、上條が伸びをしながら大きく息を吸い込んだ。「化石とは生きとし生きる者のプライドだ。死してなお後世に己の存在を伝える。私もそうありたい」

二〇二六年　十月二十日　火曜日　午前七時十分
文京区　目白台　東央理科大学　農学部　動物遺伝育種学　研究室

人々にとって東央理科大学のある目白《めじろ》のイメージは、由緒ある高級住宅街だ。隣接する豊島《としま》区の目白一丁目のほとんどを占める学習院《がくしゅういん》大学や、目白聖公会など、歴史的建造物も多い文教地域ゆえに都心でも憧れの街の一つだ。

JR目白駅から『トラッド目白』を左手に見て目白通りを東に進み、学習院大学キャンパスを通りすぎて、文京《ぶんきょう》区に入ってすぐのところに東央理科大学はある。

多くの木々が植えられた広大な敷地は森を思わせ、歴史を感じさせる建築物や建造物が随所にある構内は、ハーバード大学を思い起こさせる。特に有名なのは、正門から続く銀杏《いちょう》並木とその両側に並ぶ『ゴシック様式』の校舎だ。秋になれば、この道は見事な紅葉に彩られる。そんな銀杏並木の中ほどに建つのが、農学部二号館だった。

石造りのアーチになった玄関を入って、階段で二階へ上がり、左に折れて天井の低い廊下を直進した先が丹羽の研究室だ。

昨夜、官邸から研究室に戻った丹羽は、自分のデスクに頬杖をついて思案にくれていた。ほとんど寝ていない。正直なところ、まだワハーン回廊に同行するか、迷っていたのだ。昨晩、電話で母親と大げんかした。

「政府からの依頼で、アフガニスタンへ生物の調査に行くことになった」

「いつからなの」

「明日から」

その一言が母親に火をつけた。「なぜそんな急に行くことになったの」「私に一言の相談もなかったじゃないの」「アフガニスタンみたいな危険な場所に、なぜあなたが行かねばならないの」と、電話の向こうから母親の質問が切れ目なく飛んでくる。

スマホを耳に押し当てたまま、丹羽は黙って聞いていた。

思わず片方の目から涙が一粒、頬をつたった。

小さい頃から虚弱体質だった丹羽はすぐに風邪をひくし、冷え症でお腹も弱い。やれプールだ、川遊びだ、と友だちが外で遊び回る夏でも、独り離れて木陰に座っている女の子だった。だから運動会は大嫌いだった。友人も少なく、家で本ばかり読んでいた。つまり、昔から人づき合いは得意ではない。

丹羽が小学生のときに父親が病死したあと、母は女手一つで懸命に丹羽を育ててくれた。朝の六時から夜の九時まで働き詰めで、丹羽を大学まで通わせてくれた。体力的にも精神的にも、さぞや辛《つら》かっただろう。いつか恩返しをしなければならない、と思っているからこそ、母に逆らったことはない。いや、一度だけある。中学生のとき、下校時に側溝で泣いていた雌の子猫を拾ってきて、「この子を飼いたい」と母に頼んだときだ。「どうせ面倒なんか見られないから捨ててきなさい」と母に怒られて大げんかになったけれど、そのときだけは引かなかった。その猫に運命のようなものを感じたからだ。「ミュウ」と名づけた子猫は丹羽の親友となった。

ところがミュウは一年も経たないうちに病気で死んでしまった。家にはお金がなかったから獣医に診《み》てもらえなかった。

「どうしてミュウは死んだの。どうしてお医者さんに連れて行ってあげられなかったの」と母をなじったとき、丹羽は母が泣いていることに気づいた。

丹羽は知った。命の尊さとそれを預かることの難しさ。そして、浅はかな情けがときとして他人の心にまで傷を負わせることを。

「ミュウを病院に連れて行ってあげられなかったことはごめんなさい。ミュウがあなたにとってかけがえのない友だちだったことは、母さんもわかっているわ。だからこそこれからは、命にかかわることはよく考えてからにしなさい」

そんな母親も老いた。気丈にも実家で独り暮らしをしている母親は、「東京へ出てきて一緒に暮らそう」という丹羽の申し出を頑《かたく》なに拒むが、最近は脚が衰えてきているので心配だ。

自身の研究、介護など、心配事は山ほどあるけれど、それは丹羽がそういう歳になったということだ。テキパキと段取りよく物事を処理していきたいけれど、何事も考えに考えてからでないと決められない性格ゆえに、母親からも周囲からも愚図な人間と思われている。

「どうしてわかってくれないの」「私だって一生懸命頑張ってるわよ」「もう子供じゃないんだから」、伝えたいことは山ほどある。でも、いつも「ちゃんとご飯食べてる」「体には気をつけなさいよ」と先に丹羽を案じる言葉をかけられて言い返せない。

母親を放ってはおけない。母親を独りにはできない。丹羽にとって一番大事なことだった。

「どうしよう」と丹羽は独り言を呟いた。

ただ今回は、なぜか行かねばならない気がしていた。

中山からの依頼に含みがあることは丹羽にだってわかる。しかし、官邸での中山の言葉と態度から感じた切迫感と危機感はただならぬものだった。

なにかが起きている。たぶん命にかかわること。それも多くの命に。研究者の道を選んだとき、丹羽は一つだけ心に誓った。命にかかわる問題からは絶対に逃げないと。

同時刻
文京区　小石川五丁目　播磨坂

上條はマンションの窓から目の前の播磨坂《はりまざか》を眺めていた。

文京区は坂と文学の街だ。東京二十三区にある名前のついた坂は七百以上、そのうち文京区にあるのは百十七、実に二割が文京区にある。そんな文京区の播磨坂沿いに上條のマンションは建っている。

春日《かすが》通りから小石川《こいしかわ》植物園に向かってくだっていく播磨坂は、春になると桜がきれいだ。江戸時代に、この周辺は松平《まつだいら》播磨守の広大な屋敷があったこと、そして坂の下の『千川《せんかわ》』が流れる低地一帯に『播磨田んぼ』が広がっていたことから、この坂道が『播磨坂』と呼ばれるようになった。

長さ五百メートルの坂道には、ソメイヨシノを中心に約百二十本の桜が植えられており、毎年三月下旬から四月初めに『文京さくらまつり』が開催され、中央部の遊歩道と、道路両脇の歩道、合わせて三列の桜並木に多くの花見客が集まる都内有数の桜の名所だ。

そんな一等地に上條が、３ＬＤＫで八十平米もあるマンションを持っているのは、上條の両親が医者だからだ。両親とはまるで違った地質学の道に進んだ上條だが、その世界では若手研究者として名は知られていた。『ネイチャー・ジオサイエンス』にも何度か取り上げられたこともあるし、国際会議では分科会の議長を務めたこともある。

上條の父親は脳神経外科の権威だ。周囲から崇《あが》め立てられる父親の姿を、上條は己に置き換え、自らもそうなりたいと強く願っていた。

幸い才能には恵まれていた。

若くして名を馳《は》せ、自らのステイタスを揺るぎないものとすべく発表したのが、『擬似全球凍結説』だった。二十四億年前と七億年前の二回あったとされる全球凍結とは別に、史上最大の大量絶滅が起きたペルム紀末、今から二億五千万年前、氷ではなく炭酸カルシウムでできたなにかで、地表がまるで氷のように白く覆われたという説だ。その時代、地球上に存在した唯一の陸地であるパンゲア超大陸の各地で、特殊な石灰岩が見つかった事実に上條はヒントを得たのだ。

予想どおり学会では賛否両論が巻き起こった。

それこそ、上條が望んだ反応だった。

その論争の中で次々と反対論者を論破する、できる、そう思い込んでいた。

最後に上條の前に立ちはだかったのは、東京理工《とうきょうりこう》大学の近藤《こんどう》名誉教授だった。

「あなたは斬新な理論に対して、埃《ほこり》を被った固定観念で判断している」「私は君の説をすべて否定している訳ではない。しかし、我々の疑問に対して君がきちんと反証できていないのは事実だ」「どんな理論にも未解決な部分はある。アインシュタインが相対性理論を最初に提唱したときもそうだった。素粒子、暗黒物質、すべて同じだ」

「君は自分の理論の正当性ではなく、自身の認知を欲しているだけではないか」

許しがたい侮蔑だった。

「どうやら、あなたの精緻な頭脳で私の理論を理解してもらうには百年かかりそうだ」

しばらく沈黙していた近藤が澄ました表情で言った。

「君は自信家だね。ただ自信だけで真理にたどり着くことはできないよ」

近藤の捨て台詞《ぜりふ》だった。地質学会の重鎮に論争を吹っかけ、睨《にら》まれたことから研究所を首になった。『ネイチャー・ジオサイエンス』からも、それ以降の論文掲載を断られた。

人は権威になびく。その事件をきっかけに上條の周りには誰もいなくなった。上條は気づいた。自分が論破したと思っていた連中は、上條の説に納得したのではなく、煩わしいから沈黙しただけだった。

　学会の集まりに顔を出しても、受付で迷惑そうな顔をされ、会場では誰一人上條に寄りつかないし、声もかけてこない。「なにしに来た」「よく来られるな」「早く消えろ」そんな視線を感じた。

　結果、上條は独りで小石川のマンションから、ネットで自説の正しさを細々と発信する日々を送っていた。

　後ろ手に窓外を眺めていた上條は、踵を返した。

　上條のキャリア、プライド、能力からすれば、今の境遇は受け入れがたい。

　自分は間違っていない、いつか見返してやる、学会に一泡吹かせたい、という邪心が復讐に変質し始めていることは自分でも気づいている。

　理由はなんにせよ、政府が自分を選んだこの機会をものにして名を売り、政府の評価を後ろ盾に老いぼれたちを玉座から蹴落としてやる。

　自分の将来を石炭層の中から掘り出してやる、と両の拳に力を込めた。

ネパール　サガルマタ県　ソルクンブ郡　ローツェ西側面

ベースキャンプを出発してから一睡もせず、疲労と酸素不足で疲れ果てながらも、甲斐はようやくローツェ・フェースまで上がって来た。厳しい単独での登攀のせいで意識が朦朧《もうろう》とし始めていた。雪が舞い、時折、岩壁から甲斐を引き剝がす突風が襲いかかる。狭い岩の回廊では、頭上のセラックや雪がいつ落下してくるかわからない。

葉子の救助を急がねばならない。

ほぼ垂直の岩壁に張りついたまま、甲斐は首だけ回して葉子を探した。

日暮れまでそれほど時間はない。

見つけた。

甲斐の位置から三十メートル上方、二十メートル右手のオーバーハングした岩から葉子がロープで宙吊りになっていた。プロレス技で背骨を折られたように体が海老反りになり、腹部を上にしてぶら下がっている。気を失ったまま宙吊りになった場合、血流が途絶えやすくなる。それでなくとも、この高度で強度のストレス下にある身体は、ほんのわずかのことが命取りになる。

翌日のアタック隊のために張ったロープをビレイデバイスで下降している最中に、なにかの拍子に滑落してロープにぶら下がったらしい。本来なら自力でロープを登り返さないといけないが、落下の衝撃で補助ブレーキがロックして外そうとしても外せず、ハーネスを脱ごうとしても脱げないうち、宙吊りの状態で意識を失ったように見えた。

「葉子！」

甲斐の呼びかけは強風にかき消された。

葉子は動かない。

彼女の下には、谷底まで二千メートルの切り立った岩壁が続いている。

岩壁の所々に残されたハーケンはどれも雪に埋まり、手で雪かきをするうちにグローブが濡《ぬ》れて凍りつき、指先の感覚が鈍くなる。少しのぼって比較的新しいハーケンを見つけ、しっかり利いていることをたしかめながらクライミングしていく。それを何度か繰り返したが、なかなか葉子には近づけない。

気温も急激に下がり始めている。

時間がない。

そのとき、葉子がかすかに動いた。

「葉子！」

そこで目が覚めた。

朝の七時すぎだった。くたびれた甲斐は世田谷《せたがや》区松原のマンションにいた。

ベッドから起き上がると、全身に耐えがたい倦怠感《けんたいかん》を感じた。

両手で顔を覆う。

今日の夜、ワハーン回廊へ出発することになる。


いつもどおり甲斐が朝食を用意していると健人が起きてきた。

トイレのあと、洗面所で顔を洗い終わったと思ったら、再び自分の部屋に戻って扉を閉める。再び部屋を出てきた健人がバックパックを乱暴に床に置くと、放り込むように朝食を食べ始める。

「父さんはしばらく留守にする」

甲斐は健人に伝えた。

返事がない。

「仕事でアフガニスタンまで行ってくる。四、五日で帰れると思う」

目も合わさずに健人が口に食パンを放り込む。

「聞いてるのか」

うつむいたままの健人がうなずいた。

「悪いが、留守のあいだの掃除と洗濯は頼んだぞ。戸締りと火の元にはくれぐれも気をつけて。それから生活費は、いつもの引き出しに入れてある。無駄遣いするなよ」

「僕が無駄遣いしたことある？」

そういう話には、反応するわけか。葉子に似てきっちりした子だ。

「お前の進学の件は戻ったら話そう」

「そんなことより父さん、ヘマして人に迷惑かけないでよ」

「馬鹿を言うな」

健人が顔の前で、「ごちそうさま」の合掌をした。

驚いた。甲斐はそんな健人を初めて見た。

健人が真顔で甲斐を見つめる。

「怖くないの。母さんみたいになるとは思わないの」

「怖くないと言えば嘘《うそ》になる」

「登山家ってなんで山なんか行くの。死ぬかもしれないのに」

「それは……。山が好きだからだ。それに、山岳ガイドで飯を食ってるからな」

「好きなことで死ぬかもしれない矛盾に納得できてるの」

健人がたたみかける。

「いつも悩んでるよ」

「登山家って結局みんな自己チューだよね。僕はそんな生き方、死んでもしたくない。中卒だろうと、しっかりした会社に就職して真面目に働いた方が、よっぽどまともな人生だよ」

健人がバッグを引っつかんで立ち上がった。

「とりあえず遭難しないでよ。僕は助けに行けないから」

それだけ言い残すとマンションを出ていく。

甲斐は黙ってその背中を見送った。

今生の別れかもしれないというのに、甲斐親子はすれ違いばかりだ。

二〇二六年　十月二十一日　水曜日　午後二時三十分
アラビア海上　護衛艦ＤＤＨ－１８１『ひゅうが』

パキスタンの首都、カラチの南西沖、パキスタンの領海付近のアラビア海は、三百六十度、どこを見ても彼方の水平線まで雲一つない快晴で、強烈な陽射しを受けながら穏やかにうねっていた。バカンスなら最高だろうが、甲斐たちを待ち受ける状況を考えれば、暗鬱とした気持ちになる。

Ｃ‐１３０輸送機で日本を出発した甲斐たちは、ジブチでヘリに乗り換え、先ほど、『ひゅうが』に到着した。途中、バングラデシュで給油したときも、機内から出ることを許されない、まるで囚人輸送のごとき旅だった。長旅のわりには一時間ほどの短い休憩だけで、これからいよいよワハーン回廊に出発する。

だだっ広くて滑り止め加工が施された灰色の飛行甲板後部のフックから、哨戒ヘリＳＨ‐60Ｋ、通称『ロクマル』を固縛していたワイヤーが外されている。葉巻を少し上下に押し潰したごときロクマルの寸胴のボディに、直径十六メートルもある四枚羽根のローターが載っている。

赤道直下の海風が甲斐の頰を撫《な》でた。

今回の調査には、海上自衛隊に所属する特別警備隊の一個班が護衛のために同行してくれるらしい。特別警備隊とは自衛艦隊の直轄部隊で、海自内部では『特警隊』と呼ばれているそうだ。

ただ、甲斐はずっと心にわだかまりを抱えていた。やはり今回の派遣の意味がわからない。気象観測隊全員が遭難した直後に同じ場所へ、なにを呑気に生物や地質の調査に出向かねばならないのか。

「小隊長、全員整列いたしました」

副長の報告に北村《きたむら》小隊長が横一列に並んだ九名の部下の前に立った。青い特別警備服にタクティカルベスト、89式小銃、P226自動拳銃を装着した隊員たちの日焼けして骨ばった顔が、鍛《きた》え上げられ、隆起した肩の上に乗っている。

「では行きましょうか」

部下たちへ作戦の目的を伝え終えた北村が、甲斐たちを振り返る。

甲斐たちの装備品を担いでくれた隊員たちが、一列縦隊でヘリへ向かい始める。甲斐たちもそのあとに続く。胴体中央のキャビンドアから乗り込んだ甲斐たちは、向かい合った兵員用シートに腰かける。

「ようこそ皆さん」

機長が微笑みで迎える。

「よろしくお願いします」と甲斐は軽く会釈した。

「では、ちょっくら行きますか」

計器チェックを終えた機長の右手が、エンジンの始動スイッチを押した。ヒューンという風切り音を発しながらインペラーが空気を切り刻み始める。タービンの始動するかん高い金属音と、腹に響く排気音が響き、ロクマルが目覚めた。機体が小刻みに震え、ローターが風を切る音とエンジンの爆音が全身を覆う。

機長が航空管制室に向かって離陸許可を求めた。

「タワー、02、リクエスト、テイクオフ」

〈02、テイクオフ〉

コレクティブ・ピッチ・レバーを一気に引いた機長が、同時に左ペダルを踏み込んだ。十トンの巨体が宙に舞い上がった。

『ひゅうが』を飛び立ったロクマルは、まっすぐ北北東に針路をとる。ロクマルの後続距離は千二百キロ、目的地までの往復だけでなく、甲斐たちがワハーン回廊で調査を行っている最中、場合によっては空中で待機するために必要な燃料を補給しなければならないから、途中、パキスタン空軍のミアンワリ飛行場に立ち寄って給油する。

エンジンの爆音がこもるロクマルのキャビンは、C‐130よりはるかに狭くて、無骨で味も素っ気もない。編み上げ式の椅子に座らされた甲斐は、尻が痛くなって何度も座り直した。

黙ったまま、丹羽がキャビンの窓から外を見つめている。

「甲斐さん。あなたの話を聞きましたよ」

椅子にもたれかかった上條がさらっと話を振る。

「私の話？」

「一人の登山家の話です」

「人の人生を覗いたのですか」

「興味深かった」

「あなたと一緒ですよ」

「私？　私はなにも間違ったことはしていない。ある説を主張したら、学会から総スカンを食らって、研究所を首になっただけです」

「ある説？」

「聞きたいですか」

「別に」

「ワハーン回廊までは長旅です。あなたがリーダーとして知っておかねばならない情報をお伝えします。いいですか。聞きたいか、聞きたくないかではなく、知っておかねばリーダーとしては不適格です」

　上條がすっと背筋を伸ばす。

「地球は過去二回、すべて氷に覆われたことがあるのをご存じですか。これを全球凍結と呼びます」

「全球凍結？」

「そうです。過去に二回、劇的な地球環境の変化が起きたのです。ところがそれに似た現象が、数多くの生物がすでに地球上に生息していた約二億五千万年前にも起きたというのが私の説です」

「つまり、地球は三回、凍りついたということですね」

「ちょっと違う。三回目は『擬似全球凍結』です。二回目の全球凍結後、地球上に多細胞生物が現れてから計五回、つまりオルドビス紀末、デボン紀末、ペルム紀末、三畳紀末、そして恐竜が全滅したことで有名な白亜紀末に大量絶滅が起きた。私は、ペルム紀末の大量絶滅は、氷ではなく炭酸カルシウムを主成分としたなにかが地表を覆ったためだと主張した。しかし、頭の固い学会には受け入れられなかった」

上條によれば、ペルム紀末、超大陸であるパンゲアの形成が引き起こした巨大なマントルの上昇流、『スーパープルーム』による大規模な火山活動が、大量絶滅の原因になったという説が一般的だそうだ。

「実際、シベリアにはシベリア・トラップと呼ばれる火山岩が広い範囲に残されており、これが当時の火山活動の痕跡と考えられています」

「全球凍結と同じく、地表が溶岩で覆われたからですか」

「違います。火山活動説が真実なら、絶滅は火山ガスが原因だ。火山から大量に噴出された二酸化炭素、メタン、硫黄化合物などの温室効果ガスは、気温の上昇を引き起こす。そこへ深海のメタンハイドレートまでもが大量に気化して、さらに温室効果が促進されただけでなく、大気中に放出されたメタンと酸素が化学反応を起こし、酸素濃度が著しく低下することで、地球環境が激変したとの説です」

「でもあなたの説は違う」

「そう。世間とは異端に冷酷だ。学会の重鎮が歩く道には赤絨毯が敷かれ、道の両側には重鎮たちを拍手で迎える着飾った連中が列を作っている。しかし、私が歩かされたのは、人っ子一人いないでこぼこ道だった」

「道を誤ったと」

「重要なのはどんな道かではなく、答えにたどり着けるかどうかです。あなたはリーダーとして私を必要な場所に導き、安全に連れ戻してくれればよい」

しばらく甲斐を見つめていた上條が、唇の端に笑いを浮かべた。

ロクマルは、イラン高原の東端に位置し、アフガニスタンと国境を接する山がちな地形と、中国のシルクロードを思わせる砂漠が広がるバローチスターン州を抜け、一度、パンジャブ州のミアンワリ飛行場で給油を受けると日没が迫ったため、そこで一泊した。


翌早朝、出発したロクマルはカイバル・パクトゥンクワ州に入った。やはりアフガニスタンと国境を接するこの州は、南部は乾燥した岩山が多いけれど、北部は急峻《きゅうしゅん》な山岳地帯のV字谷を流れる川の周辺に美しい針葉樹が生い茂った森林地帯となっている。

「北村小隊長。『ひゅうが』からの連絡では、国境付近の中国軍とパキスタン軍が音信不通になっているようです」

　機長がヘッドホンの片方を持ち上げた。

「音信不通？　きな臭いな」

　今や、ワハーン回廊付近は紛争地域なのだ。

　ミアンワリ飛行場を飛び立ってから、甲斐の斜め前に座る丹羽が思い詰めた表情で押し黙っていた。

「大丈夫ですか」

　甲斐は声をかけた。顔を上げた丹羽が微笑んだ。

「もしかして、引き返したい？」

「そうではないんです。ただ、この依頼も、本当に私でいいのか、私がなにをすべきなのか、ずっと考えていました」

　首を傾げた丹羽が、かき上げた髪を耳にかける。

「本当に私は愚図で……。なんでも納得しないと進めない性格なんです」

　ヘリはイスラマバードの西を通過し、さらに北へ飛ぶ。ワハーン回廊と接するギルギット・バルティスタン州はカラコルム山脈の急峻な山々が続き、そのあいだをインダス川とその支流が流れる。ヒマラヤを思わせる切り立った峰々、緑で覆われた谷、火星の荒涼とした土漠を思わせる谷。場所によって景色が一転し始めると、いよいよワハーン回廊が近いことを感じさせる。中国側のレーダー監視網を意識してか、ロクマルは地表を舐めるように低空で飛ぶ。

「次の峰を越えるとワハーン回廊です」

ロクマルが川沿いに集落が点在する村を飛び越え、目の前の赤茶けた峰に向かって一気に高度を上げる。岩屑や小石、砂を敷いたような麓に対して、山頂付近は大きさの異なる石がゴロゴロと積み重なっている。

ヘリが峰を越えると、目の前に、西に向かって丸のみで削り取ったような谷が続いている。谷とはいえ標高は四千七百メートルで、富士山よりはるかに高い場所だがまだ積雪はなく、ここまでの空路で見慣れた荒漠たる大地だった。

遠い未来、酸素で満たされた火星に移り住んだ人類が見るのと同じ景色が、足下に広がっていた。

ヘリは高度を下げ、速度を落とし、上空から観測隊のベースキャンプを探す。

「おかしいな。雪があると聞いていたのに」と、上條が下界を見下ろす。

やがて。

「あれじゃないですか」と副長が左前方を指さす。

大小の石がゴロゴロ転がる中に、ちぎれかかった旗か布切れのようなテントが風にはためている。ヘリは点在するテントの上空でホバリングを始めた。北村と副長がキャビン両側のドアを開け放つ。テントの周辺にはバックパックや防寒着などが散らばっている。

所々に雪が残っていた。

「なんだこれは」副長が声を上げる。

「そのまま真っすぐ進んでくれ」北村小隊長が機長に指示を出す。

ゆっくりとヘリが前進を始めた。ベースキャンプの周囲に設置された測定機器や通信機器は倒され、パラボラアンテナの土台の軽量鉄骨が折れ曲がっていた。

「ひどい。無茶苦茶だ」

「どうしてこんなことに」

「これは動物の仕業とは思えない」

「と、申しますと」

「峠の向こうの連中の仕業じゃないですか。戦争でも始めるつもりかもしれない」

北村がワフジール峠の方向を顎でさした。

甲斐たちは顔を見合わせた。

「我々を降ろしてから、ヘリは麓の村で待機してください」

北村の指示に機長は地表すれすれまで機体を降下させた。砂が、ヘリのダウンウォッシュに巻き上げられる。北村が手招きで甲斐たちを呼び寄せる。

「降りますよ」

荷物を投げ下ろしてから特警隊を先頭に、皆が地面に飛び下りる。

特警隊が輪を作って、その中心に甲斐たちを匿《かくま》う。

エンジンのタービン音が高鳴ると、高度を上げ、機首を西に向けたヘリが一気に加速を始めた。

「皆さん。しばらく高地に体を慣らしてください」

「甲斐さん。では、そのあいだに我々も安全を確認します」

小銃を構えた隊員たちが、双眼鏡を使って周囲の状況を確認していく。

やがて。

「いいでしょう。調査を始めてもらって結構ですが、我々が目視できる範囲から出ないように。四時間で調査を終えてください」

北村が腕時計を見る。

現在の時刻は午前七時三十五分。

北村の指示どおり、一秒でも早く調査を終えて、さっさとこんな場所を離れたい。気の進まないまま丹羽と上條を連れた甲斐は、草木一本生えていないワフジール峠の方向へ坂をのぼり始めた。

「二人とも、急いでください」

「ごめんなさい。もうしばらくこの辺りを調査させてください」

　地上へ降り立ってからの丹羽は吹っ切れたのか、研究者の顔をみせる。先ほどまでの内気でおどおどした姿ではない。

「私の仕事は皆さんを生きて連れ戻すことなんですよ」

「ここには初めてきました。動植物の生息状況を調べるには時間が必要です」

「四時間もあれば十分でしょう」

「何時間かかるかは、調査対象と求める答えが決めます。もっと理論的に考えてください」

「私にとっての理論とは経験と五感です。山では自分の肌で気圧を、風を、湿度を感じて判断する。あなたみたいに本の知識と理屈では、なにか不測の事態が発生しても生き残れない」

「私は私なりに心を決めてきているんです。半端な気持ちではありません」

　腹を括《くく》ったような丹羽の語気と表情に、甲斐は口をつぐんだ。

　跪《ひざまず》いた丹羽が、土の上からなにかを掌ですくい上げる。

　甲斐の目の前で開いた掌には、一匹の蟻《あり》が這っていた。

「こんな荒涼とした土地にも蟻がいます」

「蟻なんてどこにでもいるでしょ」

「この地で生きていることが重要なのです。温暖で餌も豊富なジャングルで巣を作っているのとは訳が違う」

「この小さな生き物があなたの探している相手ですか」

「一つではありません。過酷な環境で生き延びてきた生物です。しかし、その中でも絶滅していくものと繁栄を続けるものがいる。こんな場所でも繁栄する生物はいるのです」

「繁栄と絶滅をわけるものとは」

「たとえば今、世界中で昆虫が絶滅しかけています。その事実が、我々が六度目の大量絶滅の過程にいることを教えるのです。現場だからこそ知ることができる不都合な真実、つまり実践から導かれる理論が甲斐さんの疑問に答えてくれます」

現在、温暖化のせいで昆虫は哺乳類や鳥類より八倍早いペースで絶滅しており、このままいけば二一一九年までに地球上からいなくなる。狼やウミガメ、シロサイの減少は話題になるが、実は昆虫の減少は恐るべき脅威なのだ。

「絶滅は単一の種だけで起こるのではありません。昆虫は鳥、魚、哺乳類などの食糧であり、ハチや蝶《ちょう》といった花粉を運ぶ昆虫は、果物、野菜、ナッツ類の栽培に不可欠です。昆虫の減少は地球の生態系を壊滅的に崩壊します」

陸上植物が誕生してまもないオルドビス紀の四億八千万年前に原始的な六脚類が現

れて以降、昆虫は度重なる大量絶滅を生き延びてきた、最も生命力が強くて、したたかな生物だったはずなのに。

「副長官はなにを見つけようとしているのですか」

「人類の未来と言ってました。気になるのは副長官が非常に深刻だったことです」

中山の憂慮。丹羽の懸念。

いつのまにか、上條が丹羽や隊員たちと離れて別行動をとり始めた。

二〇二六年　十月二十二日　木曜日　午後零時五十分
東京都　世田谷区　池尻一丁目二番　自衛隊中央病院

本館地下一階の解剖室に、ワハーン回廊から『ひゅうが』を経由して二人の気象観測隊員の遺体が運び込まれていた。残念ながら二人を救うことはできなかった。今回の遭難に事件性はないが、二人が死亡した原因を特定すべきとの判断で行政解剖の処置が取られることになった。海外での事件のため、所轄の警察署がないこともあるが、政府の指示で自衛隊中央病院にて解剖の処置が行われる。

解剖に入る前に、『ひゅうが』の長谷部医務長から熊谷《くまがい》執刀医に対し、被験体の死亡に到るまでの症状、臨床経過、検査成績に関する報告がネットを通じて行われた。

手術着を着た熊谷は、外傷性大動脈破裂で死亡したと思われる被験体の前に立った。解剖は外表を詳細に観察することから始められる。上半身に顕著な切創、打撲痕などは認められない。下半身に移る。熊谷が手を止めた。右足のふくらはぎにノミで削ぎとったような丸い傷がある。傷の周りの皮膚が盛り上がり、逆に傷の内部は深い穴になっている。

「なんだこれは」

「まるで、なにかが潜り込んだ痕に見えますが」

助手役を務める看護師が患部を覗き込む。

「内部の肉がえぐられている」

ついで、熊谷は皮膚切開に移る。両鎖骨下および正中線を結ぶY字形に、胸から腹にかけて一気に切開する。ニッパーを思わせる骨剪刀で肋骨を切断し、車のボンネットを開けるように胸を開いた。まず心臓、肺など胸腔内を目視する。異常はない。胸腔の状況と個々の臓器を観察し、臓器相互の関係と血管に異常がないかなどに注意しながら、心臓と肺を取り出した。

一般的に、取り出した臓器は重量、長さなどの計測をしてから外観だけでなく、肺や消化器などの中空の臓器は切開して内腔面を観察するし、肝臓や腎臓などの実質臓器はその切割面も観察する。それぞれの組織や臓器の病的所見を整理してから、肉眼所見をまとめ、取り出した臓器は写真撮影後、ホルマリン液につけて保存される。

被験体の心臓や肺にはとくに外傷や病的所見は認められなかった。

「では、腹部に移ろう」

熊谷は肝臓、胃腸などを調べるために、中央の切開創から腹腔内に入っていく。

「どういうことだ」

熊谷は目を見開いた。

腹部には一切の内臓が残されていなかった。胃、腸、肝臓、膵臓《すいぞう》、すべてだ。看護師の力を借りて、切開創を左右に大きく開く。背骨以外は空になった腹部が無影灯に照らされる。

「なんだ、これは！」

悲鳴を上げた二人は、後ろに飛びのいた。

死後硬直の始まった腹の内側で、うじ虫を思わせる無数の生物が、養蜂の巣枠に群がる蜜蜂のように這い回っていた。

同時刻

東京都　千代田区　霞が関一丁目　経済産業省本館

副大臣の執務室で宮崎と織田は向かい合っていた。

選挙区は異なるが、二人は同じ民政自由党《みんせいじゆうとう》の国会議員だ。

執務室が上品な木目調の内装で仕上げられていること、織田が座る応接セットのソファが本革製なのは、宮崎の立場が要職であるがゆえだ。今、宮崎は新たな火力発電開発プロジェクトを担っている。世界中が再生エネルギー一辺倒の状況で、地球温暖化に配慮しながらとはいえ、化石燃料を再活用して経済成長に必要な発電量を確保する方針に日本政府は大きく舵を切ろうとしている。

当然、かつての捕鯨問題と同じく、諸外国から一斉に非難の声が上がった。国内に目を向けても電力会社や関係自治体との調整、予算の確保と配分など、課題は山積みされている。右だと言うマスコミ、左だと言う経済団体、進め、退け、百家争鳴の状態をまとめるには、中央突破をはかれる辣腕《らつわん》の政治家、宮崎のような男が必要とされていた。

「副大臣。立憲党《りつけんとう》が提出している国民投票の提案をどう扱われますか」

「野党は、なんでもかんでも国民投票、住民投票か。とことん自分たちで物事を決められない連中だ。政治の仕事は理想論をのたまうことではなく、利害関係者の調整なのだ。一番面倒くさいところを扱うのが政治だぞ。右につけば左が文句を言う。逆もまたしかり。批判を恐れずに政治が判断すべきなのに、ポピュリズムに染まりきった連中は自らの責任を放棄している」

宮崎がオフィスチェアにもたれかかる。

「最近の政治家は雑魚《ざこ》ばかり。思わず膝を打つ政策もなく、予算の勘定ができなくても、地元への挨拶回りと大衆迎合だけで国が運営できると思っている」

「手厳しいですね」

「織田政務官。君はどうだ。省内の部下に厳しすぎると評判だぞ」

「私は責任にふさわしい能力と成果を求めているだけです。できませんとは簡単に言わせません」

「パワハラだと内部告発されるぞ」

「政治は生き物です。今日の責任は今日中に果たさなければ、明日の話はできない。泣き言など、受けて立ちますよ」

「相変わらずだな」

織田は涼しい顔を返した。

「そんなことより副大臣。気になることがあります。やはり、我々の施策がなにかを引き起こしたのではないでしょうか」

「理由は」

「我々の調査と時を同じくして異変が起き始めています。少なくとも副長官は気象観測隊の遭難以降、そうだと確信されている」

「今は調査の結果を待つしかない」

「甲斐氏ですね」

「副長官の判断だからやむを得ない。一点、心配なのは守秘についてだ。甲斐は大丈夫だろうな」

「念のために、彼の身辺調査を行うよう命じてあります」

しばらく天井を見上げていた宮崎が、「先ほどの話だが」と表情を曇らせた。

「もし君の懸念が事実なら、世界中が我が国を袋叩きにする」

「政府が一丸となって対応すべきです」

「無理だな。君もわかっているはず。周りにいるのは烏合《うごう》の衆ばかりだ」

「だから、強引なまでの副大臣の指導力が求められたわけですね」

「このポストを受けたとき、心に期したことがある。おそらく不毛の地を進むことになると。誰もついてこない。それでも私は必ず生き残る」

「孤独ですね」

「政治家は孤独なものだ」

わずかだが、宮崎の表情に疲労の色がにじむ。

「私も孤独には慣れています。問題は、公のために個を殺す意志を、最後まで保てるかです。それは甲斐氏たちも同じ。当然、相応《ふさわ》しい行動と考えを要求します」

織田は表情を引き締めた。

東京都　千代田区　永田町二丁目　総理大臣官邸　五階
内閣官房副長官執務室
同日　午後二時五分

「副長官。ご報告したいことが」

秘書官が扉をノックした。

デスクの中山が顔を上げると、深刻な表情の秘書官がファイルをさし出す。

「気象観測隊員の解剖結果が出ました」

「死因は」

「こちらです」

手渡されたファイルを中山が開く。

「気象観測隊員の体内から、謎の生物が発見されました」

「謎の生物？」

「はい」

体長は二ミリの微小な生物とのこと。体節制をもち、頭部一節と胴部四節からなり、全身が粘液と、異クマムシ綱の生物と似た繊毛で覆われ、背中にはてんとう虫に似た殻を背負っている。胴部の各体節から出る四対の脚を持ち、前の三対は体節の両腹側に備わり、最後の一対は体節の後端にある。脚は丸く突き出て関節がなく、先端には粘着性の円盤状組織が備わっていた。頭部に眼点と口を持つが、外部に出た触角や口器などはない。

中山はこの生物を知っていた。

「クマムシに似た緩歩動物ではないかと思われます」

緩歩動物は、緩歩動物門に属する動物の総称だ。四対八本のずんぐりとした脚でゆっくり歩く姿から緩歩動物、また形がクマに似ていることからクマムシと呼ばれている。また、様々な環境、生息条件に関して非常に強い耐性を持つせいか、緩歩動物の最初の化石は、カンブリア紀の岩石から見つかっている。もしそうなら、この生物は五億年以上を生き抜いてきたのだ。

「この生物が気象観測隊員の体内に入り込んで産卵し、その幼虫が孵化《ふか》したことが死因だそうです」

　中山は額に手を当てた。恐れていたことが現実となった。

「体内に卵？　人の体内で孵化させるためにか」

　背筋に悪寒が走る。

「まるでゴキブリバチの生態を思わせるとのことです」

「ゴキブリバチだと？」

　ゴキブリバチはゴキブリの脚の中に一個の卵を産みつける。卵はやがて孵化して幼虫が誕生し、ゴキブリの体液を吸い出す。完全に吸い尽くすと、今度は空洞になったゴキブリの体の中に入り込んで、ゴキブリの生存にとって最も重要である中枢神経系や心臓といった内臓を食べる。それが終わると、ゴキブリの体内で繭を作り、やがて成虫となって出てくる。

「この生物がワハーン回廊に生息しているのか」

「おそらく」

「もしかして、連絡を絶った中国軍やパキスタン軍もこいつらのせいで」

「否定はできません」

「上には上げたのか」

「はい」

「総理はなんと」

「関係各国に連絡して情報を共有せよと」

「アメリカの反応は」

「彼らの調査ではカナダ北部で、似た報告が入っているとのことです。ロシア、グリーンランドも同様です」

世界中で原因不明の大量遭難事件が発生している。しかも、事件が起きているのは極地や標高の高い寒冷地ばかりだ。

「中国は」

「ワハーン回廊のアフガニスタン国境警備連隊が消息を絶ち、現在、原因を調査中ですが、人ではないなにかに襲われた可能性があるとのことです」

中山は慌てて立ち上がった。

その拍子に、椅子が音を立てて倒れた。

「甲斐たちを呼び戻せ。大至急だ！」

甲斐たちのいるワハーン回廊で、クマムシに似た新種の生物が気象観測隊を襲ったと結論づけられた。

同日　午前九時四十五分　ワハーン回廊

甲斐は上条を探した。一体どこへ。こんな危険な場所で身勝手にもほどがある。双眼鏡を四方に向ける。いた。

甲斐の場所から五百メートルほど離れた場所で上条が歩き回っている。

「ここをお願いします」と北村に告げた甲斐は、上条を呼び戻すために東の方向へ歩き始めた。

道などどこにもないから、転がる大小の岩塊を乗り越え、凍える風が吹き抜ける赤茶けた大地を横切る。それにしても、乾燥して草木も生えず、夏は灼熱《しゃくねつ》で、冬は極寒のこんな土地に人を襲うなにかが潜んでいるなど、普通なら思わないだろう。ただ、グリーンランドでの凄惨な経験が甲斐を臆病にしていた。この世に理解しがたい、人知を超えた出来事はときとして起こるのだ。

「ここで動くときは、私の指示に従ってもらわないと困る」上条の背後から甲斐は声をかけた。「単独で離れると、なにかに襲われるかもしれないんですよ」

「私は政府の依頼を実行しているだけです。言われなくとも、危険については十分に認識しています」

「政府の依頼とはいえ、我々を危険に晒してもらっては困る」

「ここの石炭層を調べることで、地球規模の生物の進化と絶滅に関する情報を得るためにはこの場所に立たねばならない」

上條がパキスタンとの国境になる南の峰を指さした。谷に沿って南西方向に連なる山脈の中腹、小石や砂を敷いたようなザレ場と、ゴロゴロと石が積み重なったガレ場の中に、黒い帯状の地層が走っている。上條が指先をゆっくり下ろしていく。すると、石炭層と思われる黒い地層が斜面をくだり、谷底の大地をまっすぐ二人の足下まで伸びていた。

どうやら二人は石炭層の上に立っているらしい。

「これは石炭層と頁岩の互層です。ここに残された生命の痕跡を探すならここから始めなければなりません」

「襲われるリスクを冒しても？」

「なにかが起きている。しかもこの谷で」

「気象観測隊の派遣やその遭難に関係があると」

「たぶんね。だから政府は丹羽先生と私を送り込んだ。でも詳しい理由は聞いていません。私にとって気象観測隊や先生の事情など、どうでもよい」

「この地層に、今、解明しなければならない生命の重要な痕跡が？」

「化石記録が岩石中に残るようになって五億四千万年も経つから、生命の痕跡の方から逃げることはありません。急いでいるのは日本政府の方です」

「この場所で化石を探すのですか」

「石炭層の中です。そもそも、なぜ化石が岩の中に残されているかご存じか」

「生物が岩に閉じ込められて、骨が残った」

「化石という形で生物の死骸が岩石中に記録され始めたのは、生命が硬い部分を生み出したからです。カタツムリや貝でいえば殻、人間でいえば骨や歯だ。古生物学者は、この化石の出現し始めた時期をカンブリア紀の始まりとしています」

「カンブリア紀は五億年前、石炭紀は三億五千万年前、地質時代が全然違う」

まさに、と上條が顔の前で人さし指を立てた。

「カンブリア紀に誕生した生物の子孫が現在まで生き残っていれば、石炭紀にも進化の途中の痕跡があるはず」

「あなたは石炭紀に繁栄して、現在も生きている生物を探しているのですか」

「石炭紀の森を想像したことがありますか」

甲斐の疑問を聞き流した上條が顎を上げて、恍惚《こうこつ》とした表情を浮かべる。

「巨木の幹は、高さ三十メートル以上にも達したでしょう。いずれも垂直に伸び、樹冠部まで一本の下枝もない」

上條は饒舌だった。

「陽の光は頭上はるかを覆う樹冠で遮られ、森の中は薄暗い。それでも木が倒れてできた天蓋のほころびからはまばゆい光が射し込む。いたるところで根が絡み合い、倒木は濡れたビロードに似た苔《こけ》で覆われている。獣の咆哮も鳥のさえずりもなく、シダの腐った幹の下に潜む巨大なゴキブリや、飛翔昆虫、サソリが這い回る世界。それが石炭紀の世界です」

「その森林が、足下の石炭に変わったと。その中に、ある生物の化石が残されていると」

「石炭は、太古の樹木が酸素の少ない沼地の泥に埋まってできたものです。石炭紀という時代名からもわかるとおり、石炭はこの地質時代の主要産物だから、もし、当時の樹木の内部で生きていた生物がいたなら、それらは木と一緒に埋もれ、石炭の中に化石として閉じ込められているはず」

地面に片膝をついた上條が半分土に埋まった石炭層の表面を指さす。

「この層の表面を見てください」

岩の表面になにかの痕跡が残されている。

「規則的な渦巻きや長さ数センチの曲がりくねった線は、くねくね這い回る生物や巣穴を掘る生物が残した痕跡です。これらは生痕《せいこん》化石と呼ばれ、石炭紀の樹木の内部や表面で、もぞもぞ動いていた動物の活動が化石として残ったものです」

「もはや答えを見つけたと」

「政府が探しているものの一部であることは間違いない」

「具体的には？」

甲斐の問いに、上條が神経質な笑いを浮かべた。彼は古生物学者としては優秀なのだろう。ただ、時代や世間に受け入れられない者からは同じ匂いがする。

謎かけを楽しむような上條に、甲斐は皮肉を込めて返す。

「政府が選ぶほどだから、あなたはその筋では有名なのですね」

「でも好かれてはいません」

「大した自信ですね」

「自信には才能と自惚《うぬぼ》れの二面性があります。私は後者とは無縁ですが、己の能力のなさを認めない若手の研究者、斬新な説に耳を傾けることなく頭ごなしに否定する年長者。そんな連中の相手をしてきたのも事実です」

上條も学会という常識と戦ってきたらしい。

「散々言われ続けましたよ。君みたいな詐欺師は迷惑なのだと。だから言い返してやった。私はガリレオやコペルニクスと同じだと。化石のごとく過去の理論に拘るあなたになにがわかるとね」

「相手はなんと」

「ガリレオやコペルニクスなど、真実を語る研究者はいつか受け入れられてきた。しかし、君は知らないようだ。真の研究者の陰には、昔から売名が目的の、君と似た詐欺師が掃いて捨てるほど現れては消えていった、とね。私を非難する連中は皆、単なる泡沫《ほうまつ》研究者だ。やがて私の時代がきます」

「この調査がそのきっかけになると」

再び、甲斐の疑問を無視した上條が話を戻す。

「あなたの先ほどの質問の答えです。これは殻の化石。この化石が重要な意味を持ちそうです」

上條が指さす石炭層の中には、表面の生痕化石とは異なる白い化石がいくつも混入していた。

「この化石が事件に関係していると」

「なんらかの関係があるかもしれない。先カンブリア時代の後期に誕生した殻を持つ生物を起源に、神は子孫たちのデザインを決めたのです。五億四千万年をかけて、様々な『目』、さらに『科』に枝わかれしながら現在に至る進化の過程で、この殻をまとう生物も生まれたのです」

それにしても、なぜ石炭の中に貝殻の化石が混ざっているのか。

一つ掘り出した殻の化石を上條が掌に乗せた。

「大きさが数ミリしかないこの殻は、カンブリア爆発の際に出現した硬い外骨格をまとった生物の特徴と酷似しています」

「カンブリア紀の生物が石炭の中に化石として残っているのですか。なぜ」

「石炭が生成される時代まで、何代にも渡って生き延びたからです。そして、進化の過程は今も続いているはず」

「現在もその子孫が生きていると」

「先カンブリア時代後期に生きていた節足動物や、軟体動物の祖先は微小な生物だった。そんな生物の一部がカンブリア時代に殻を獲得したことで体長が数ミリ程度まで大きくなり、足跡や這い跡を残すようになった。現生する動物でも、原始的な種のサイズは大して変わらない。たとえば、最も原始的な昆虫といえば、翅《はね》を持たない小さなトビムシだし、カセミミズ類という原始的で小さなミミズに似た軟体動物もいます。そして、小さいものは往々にして何世代にも渡って環境の激変を生き抜くのです」

「あなたは石炭の中で生きていた微小生物の化石を探しているのですか」

「私ではなく、日本政府です」

急に風が強くなってきた。頭上が灰色の雲で覆われ、風に雪が混じる。轟々と音を立てながら風が谷をくだってくる。

「戻りましょう。これは荒れます」

「まだ調査が終わっていません」

「あなたが危険な目にあったら、助けるのはこっちなんですよ」

「生きるか死ぬか、真実にたどり着けるか否か。リーダーの責任とは重いらしい」

いいですか、と甲斐は上條の胸を指先で突いた。

「あなたの自信がどこからくるのか知らないが、山の気象については、あなたの自惚れではなく、私の経験を信じなさい。死にたくなかったらついてこい！」

上條の背中を押して急かせながら、腰をかがめて北村たちの所へ引き返す途中、今度は丹羽が独りで岩と岩のあいだに手を突っ込んで作業していた。どいつもこいつも世話の焼ける連中だ。

「丹羽先生。皆の所へ戻りますよ。ここにいるのは危険だ」

「わかりました」と立ち上がった丹羽が、腰にぶら下げたビニール袋に、カビを思わせる生物を放り込んだ。

「なんですか、それは」

「葉状地衣類です」

ほら、と丹羽がビニール袋を持ち上げてみせた。

「カビに似ていますが、菌類でできた地衣類です。地衣類はあらゆる生物のなかで最もタフな部類に属し、砂漠の焼けた石に張りついて、わずかな夜露で生き続けることもできる。この種はミネラル分を求めてこの辺りの岩に群生しています。こんな過酷な環境で生息しているとは素晴らしい。多分新種ですね」

「葉状地衣類かなんだか知りませんが、その新種がそんなに珍しいのですか」

「地球上の生物種の八十六%、海生の種の九十一%がまだ発見されていません。私たち人類がまだ知らない生きものはたくさんいるのです」

そのとき、北村が手招きして甲斐たちを呼んだ。立っていられない風によろけながら、甲斐は牧羊犬のように二人を追い立てた。

「どうしました」

「引き上げです。すぐにここを出るようにとの指示です」

北村の周りで、特警隊の隊員たちが荷物をまとめている。その横で無線の送受話器を耳に当てた隊員が、「なんですって」、と大声で相手とやりあっていた。

その途中で、隊員が送受話器の話口を手で押さえる。

「小隊長。麓の風と雪でヘリが飛べないとのことです」

「なんだと。ここでビバークしろというのか」と、北村が不満をぶちまける。「甲斐さん、どう思います」

「麓まで歩けば二日はかかります。なのに我々にはテントもない」

「天候が回復するまでここに留まるべきですか」

「普通ならそうします。でも、いつ雪が降りだすかわからない状況で、この場所に留まるのは危険すぎる。休憩と暖を取れる場所が必要です。……仕方がない、ワフジール峠を越えて中国軍の基地をめざしましょう」

「峠の標高は四千九百メートルありますよ。大丈夫ですか」

「峠までは形ばかりとはいえ道があるはず。なんとか歩けるでしょうから、行くしかない」

甲斐の決断に北村たちが不安そうな目を向ける。

「勝手に中国に入国して大丈夫ですか。下手すればスパイ容疑で拘束されますよ」

「ここで何者かに襲われたり、凍え死ぬよりいいでしょう」

風速が増す。もはや猶予はない。

「ちょっといいですか」と上條が甲斐を呼ぶ。

「峠を越えて中国の領土に入るなんて合理的ではない」

「他に方法はない」

「あなたは山の話をしている。私は外交問題の話をしている。スパイ容疑で拘束されれば最低でも十年は食らう」

「では、ここに一人で残りますか」

「底の浅い脅しですね」

「チームワークを乱す人間まで面倒はみられない。山とはそういう場所だ」

すでに、先へ進み始めていた北村が叫んだ。

「甲斐さん。お願いします！」

やれやれ、といった表情で上條が峠に向かって歩き始めた。

甲斐以下の十三人は、荒れ果てた道を峠に向かってのぼり始めた。

向かい風の中を北村たちのあとに続いて急な坂をのぼる。空気が薄いせいだろう、よろめく丹羽に手を貸しながら、はぐれないように身を寄せ合って進む。

「もし気分が悪くなったり、頭痛がしたらすぐに言ってください」

「わかりました」と丹羽がうなずく。

風に飛ばされる砂が頬を打つ。誕生したばかりの地球はこんな光景だったろうと思わせる荒涼とした山岳地帯を進む。

四時間ほどが経っただろう。

寒気がアウターレイヤーを突き刺す。手袋をはめているのに、指先の感覚がなくなっていく。吐く息が風に飛ばされ、誰も一言も発しなかった。両膝に手をついて前かがみになった隊員が吐き戻す。

「もう少しで峠です！」

甲斐は叫んだ。

前方に岩だらけの稜線が見えてきた。

強風が五千メートル近い峠を吹き抜けていく。

道に這いつくばるようにして最後の坂をのぼる。

ワフジール峠はなだらかな地形だけれど、岩と小石と乾いた土がむき出しになった不毛の場所だった。ヒマラヤの峠には、そこを通る旅人の安全を祈って五色の旗、タルチョが風にはためいていたり、経文の描かれたマニ石が積まれていたりするものだが、ここにはなにもない。外国人がこの峠を通り抜けた記録はほとんどなく、本来なら甲斐たちが足を踏み入れることは許されない秘境なのだ。

峠は見事な絶景だった。

ワハーン回廊の南側にはエベレストやカンチェンジュンガを思わせる七千メートル級のヒンズークシュ山脈が連なり、北側にはパミール高原が続いている。そして、峠の東にはめざすカラチグ谷が見えた。

そこにはワハーン回廊と同じ荒涼とした風景が広がっているはずだった。

「こんなところに。まさか……」

甲斐は額に手を当てた。

カラチグ谷に、予想もしなかった広大な雪原が広がっていた。

同日　午後二時五分
中国　新疆ウイグル自治区　タシュクルガン・タジク自治県
ワフジール峠　アフガニスタン国境

「こんなはずでは。まさか峠の向こうが雪で覆われているなんて」

北村が落胆とも動揺ともつかない声を出した。

急激に気温が下がり、風に雪が混じっている。峠の中国側も天候は荒れていた。

「この状況では、とても基地までたどり着けそうにない。このままでは遭難します。どこか身を隠せる場所を探さないと」

甲斐の先導でビバークできる場所を探しながら、皆は峠をくだり始めた。

「あれは。あれは洞窟では」

副長の指さす先の斜面に岩の亀裂が見えた。

「行きましょう」

引き裂いたような岩と岩の隙間は、人ひとりがなんとか通れる幅しかない。ヘルメットを被った甲斐は、ヘッドライトをつける。穴へ潜り込む要領で洞窟へ入ると、傾斜のある岩肌が続いていた。

洞内の気温は五度前後だろう。

「思ったより暖かいですね」と、北村があとに続く。

「洞窟は一年中、内部の温度が保たれているものです」

入り口から二十メートルは下りただろうか、突然、洞窟が広くなった。ヘッドライトで周囲を確認すると、甲斐が立つ場所から先が何本かに枝わかれして、それぞれが奥へ続いている。

十三人は足下に気をつけながら進む。壁や天端は黒い石炭層だった。地面も岩ではなく土で覆われている。

「ここで休みましょう」

所々で地面から突き出た岩に腰を下ろして、それぞれが休憩を取る。正直、くたくただった。それでも、ここなら吹雪をやりすごしてヘリを待つことができる。

ヘッドライトで照らされている場所以外は漆黒の闇だった。

横を向いた拍子に甲斐の明かりがなにかを捉えた。

それは誰かの防寒帽子だった。

拾い上げた帽子には、『TAKAHASHI』と書かれていた。

どこかで聞いた名だ。たしか……。

バックパックを地面に下ろした上條が「なんだこれは」と、一度地面についた左手を気持ち悪そうに上げる。掌にゼリー状で半透明の粘性物がついていた。

　丹羽が上條の手を取る。

「これは生物が分泌する粘液ですね」

「なぜ、そんなものがここに」

見ると、上條の位置から粘液の筋が右奥の洞窟に続いている。甲斐は立ち上がった。ライトで地面の様子をたしかめながら奥へ進む。身をかがめて狭い部分を抜けると奥は再び広くなっている。何本もの束になった粘液の筋が、ダンプの轍《わだち》を思わせた。

甲斐は跡をたどる。

やがて、地面を這っていたライトに黒い物体が浮かび上がった。

「これは！」

甲斐は足を止めた。

地面に人が横たわっている。

軍服を着た、どうやら人民解放軍の兵士と思われた。

なにより不気味なのは、体中を粘液に包まれて地面に横たわっていることだ。

恐るおそる近づく。頬がこけて青白い表情の兵士がかすかに息をしていた。

兵士が弱々しく目を開けた。

「Are You, OK ?」と甲斐は声をかける。「なにがあった」

〈基地が……。石炭層の中から……、奥にまだ……、助けて〉

そこで言葉が途切れ、兵士が意識を失った。甲斐の背後で複数のライトが交錯し始めた。北村たちが続いてきた。丹羽もいてくれる。

甲斐はライトを兵士に戻した。

「丹羽先生。どう思います」

「この人は、神経を麻痺《まひ》される毒を注入されているのかもしれない」

丹羽は気丈だった。

「毒で麻痺？」

「私たちの身の回りには毒を持つ生物がたくさんいます。ヘビやハチは自身で毒を生産し、餌生物の捕食や防御に用いる。魚類や貝類は細菌や渦鞭毛藻類《うずべんもうそうるい》の生産した毒を取り込み、体内に蓄積する」

「そんな毒を持つ生物が、こんな場所にいるのですか」

「言ったでしょ。まだまだ地球上には私たちの知らない生物がいると」

兵士が言ったこの奥に、なにがあるのか。

洞窟はさらに広くなっている。

ライトを奥へ向ける。北村たちのライトも続く。

それらが洞窟の一点を照らし出した。

次の瞬間、甲斐の足がすくみ、体が震えた。

そこには、背筋が凍るおぞましい光景が広がっていた。

何十人もの兵士が繭となって地面に横たわっている。いや、転がされていた。

全身を粘液に包まれた彼らの腹部が、内側から破裂したように裂けている。

内臓が飛び出た傷口は、まるでなにかが這い出した穴に見えた。

猟奇殺人犯でもこんな残忍なことはしない。

兵士たちの周囲の地面が血で黒く染まっていた。

グリーンランドの雪洞と同じだ。

ここでなにが起きたのか。誰がこんな残酷なことを。

生唾を飲み込みながら、特警隊の隊員たちが顔を見合わせる。

「出ましょう」と、北村の声が震えている。「もう少し坂をくだれば彼らの基地と宿舎があるはず。なんとかそこまでたどり着くしかない」

丹羽を連れた隊員たちが、出口に向かって引き返し始める。

そのとき、頭上から貝殻をこすり合わせるのに似た音が聞こえた。

なにかがいる。

ライトを天端に向ける。

丹羽が悲鳴を上げた。

米粒ほどの大きさの生物が、頭上をびっしり覆っている。シロアリの群れか、ウジ虫の大群を思わせる生物が、天端一面にうごめいていた。

「出るぞ。急げ！」

北村が叫んだ。

「なるほど」

上條が誰に言うともなく呟いた。

甲斐は襟首をつかんだ上條を引きずるように走った。

第三章　死の覚醒

アメリカ合衆国　バージニア州　フェアファックス郡　アメリカ国家偵察局

アメリカ国家偵察局《NRO》は、アメリカ国防総省の諜報機関で、宇宙偵察システムの開発や運用、アメリカの国家安全保障にかかわる情報収集活動を指揮している。また、軍やCIAによる航空機や偵察衛星からの情報を収集して、その分析も行っている。

NROの一部門、画像情報システム取得・運用部のオペレーションルームは、イージス艦の戦闘指揮所と同じく照明がブルーライトに落とされ、半円形のコンソールに向かって、各分析官が専用のディスプレイで衛星からの画像を常時チェックしている。

シュミット分析官は、高度三百キロの軌道を回っている偵察衛星KH-12やKH-13シリーズから送られてくる画像をスクロールしているうち、カナダ北部、イエローナイフ周辺を捉えた一枚に目を止めた。27インチのディスプレイに不可解な画像が映し出されていたからだ。

広大な雪原が複数の方向へ、アメーバの触手のように枝わかれしている。近年、異常気象が続いているとはいえ、初めて見る現象だった。

「マック。これ、どう思う」

同僚のマッキンゼーが、同じ写真を自分のディスプレイに呼び出した。

「季節外れの降雪が続いていたからな」

「山岳地帯ではなく、なぜ平地だけに降り積もっているのだろうか」

イエローナイフは、カナダのノースウエスト準州の州都で人口はおよそ一万九千人、冬のオーロラ観光で有名な街だ。北極圏からはおよそ四百キロ南に位置し、グレートスレーブ湖畔の丘陵地帯に街が広がり、中心地にだけホテルやレストラン、銀行のビルが建っている程度の地方都市だ。

ノースウエスト準州の川や湖、果てしない永久凍土の大地を覆うように、見たこともない雪原が北から街に迫っていた。

「谷でもないこの地形になぜ雪原が。ただ、この現象はカナダだけじゃない。シベリアでも中央アジアでも報告されている」

グリーンランド、シベリア、カナダ、そして中央アジアなどで急激に越年性雪渓が発達していた。しかも、たった一カ月ほどのあいだに。この勢いだと北緯六十度から北の地球が氷と雪に飲み込まれそうだった。

「見ろよ。この雪原、南にすごい速さで延びているぞ。まるで生き物みたいだ。このままだと五時間ほどで街の半分が飲み込まれてしまう」

マッキンゼーがディスプレイ上をペン先で押さえる。

「カナダ政府はこの事態に気づいているのか。住民に大至急、避難指示を出すべきだ」

シュミットは、国立気象局と繫がる回線を呼び出した。

二〇二六年　十月二十二日　木曜日　午後三時三十五分
中国　新疆ウイグル自治区　タシュクルガン・タジク自治県
ワフジール峠　アフガニスタン国境

甲斐たち十三人は、両側に山が迫り、ワハーン回廊と同じように荒涼とした谷の斜面沿いに走りくだる。雪混じりなのに、なぜか乾いた風が駆け抜け、どこにも生物の気配を感じない。空気が薄いから、動悸《どうき》で肺が口から飛び出しそうになる。あの気味の悪い生物が追ってこないか何度も振り返り、でこぼこで石が転がる道を転びそうになりながら走る。

丹羽が何度も立ち止まって肩で息をする。高山病の症状が出ている。

「大丈夫ですか」「すみません。少し休めば大丈夫です」

ワハーン回廊と異なるのは、東へ延びる谷が雪で埋め尽くされていることだ。幅が一キロはありそうな谷が、あたかも蠟《ろう》を流し込んだかのごとく雪に埋まっている。

しかも雪がやけに白い。普通は雨に含まれる埃や、山から落ちてくる屑石《くずいし》で表面が黒く汚れているはずなのに。それにしても、ヒマラヤに比べればはるかに標高が低いこの場所に広大な雪原があることを、甲斐は初めて知った。

「もう少しだ」と、甲斐は前方を指さす。

谷を埋める雪の少し上、南斜面の中腹に、中国のカラチグ国境警備連隊の指揮所が見えてきた。鉄筋コンクリートで二階建ての指揮所に、五星紅旗が虚しくはためいていた。

あと四百メートル。最後の力を振り絞って走る。棒のようになった足を止めない。意識が朦朧としてきた。あと百メートル。

ようやくめざす基地にたどり着いた。

隊員の一人が扉を開けて建物内を確認する。

「大丈夫です」「よし行こう」

北村の指示に、全員が建物に駆け込んで扉を閉める。人の気配が失せた内部は煙草臭かった。少しだけ安堵《あんど》の気持ちがこみ上げる。ここまでずっと走って来たから、丹羽は床に腰を下ろし、上條は床で大の字になって肩で息をした。

「すべての窓と出入り口を閉じて、目張りしてこい。大至急だ」

北村の命令に、特警隊の隊員たちが散開する。

物音一つしない指揮所内に人影はない。建物の内部は荒れていた。なにがあったのか知らないが、床に書類が散乱し、倒れた棚が折り重なっている。なにより、床や壁が洞窟と同じ粘液でべとべとしていた。この様子からして、全員があの洞窟に連れ去られたとしか思えない。

「こちら北村小隊。02、応答せよ。聞こえるか」

無線機を背負った隊員がヘリと連絡を取っている。

甲斐たちは廊下を進む。両側の部屋をチェックしながら、造りの良い、多分、指揮官室らしき部屋に入った。窓際のデスクの上で情報端末が起動したままになっている。

「小隊長。戦区司令部からここの連隊に命令が出ています」

隊員が端末の表示を読む。

「なんと言っている」

「彼らはパキスタンと揉《も》めていただけではなかったようです。行方不明者の捜索に、何度か増援部隊を送り込んでいるらしく、その度にコールが入ってますね」

「行方不明者とは、洞窟で発見した連中のことだな。部隊を送り込むたびに襲われたということか……。他には」

「カナダの北部で雪に覆われた街が全滅したと言ってます。行方不明者の捜索に合わせて、峠付近の雪原を調べろとの命令が出ていますね」

「カナダの街が全滅だと？」北村が甲斐たちに顔を向ける。「それが事実だとしても、なぜこの場所の雪を調べる必要があるのですか」

温暖化が進むこの時代、一つの街が雪で全滅するなどありえない。

「上條さん。もしかして、これがあなたの言う全球凍結のことですか」

「もうまもなくだ」

上條が意味不明の言葉を呟いた。

「この状況からして、人民解放軍の新たな部隊がやってくると面倒になるぞ。おい、ヘリはどうなっている」

「小隊長。風が収まったのでヘリが飛べます。ここまでおよそ十分とのことです」

通信担当の隊員が、無線マイクを掲げる。

「よっしゃ」と他の隊員たちが歓声を上げた。

そのときだった。

「雪です。雪が降ってきた」

窓の外を見ていた丹羽が呟いた。

外では大粒の花びらを思わせる雪の華が舞い落ちている。日本の雪国を思わせる深々とした降雪だった。

みるみる建物の周囲が雪に覆われていく。

「変だな」と、一人の隊員が窓を指さす。「あれって、雪が動いてませんか」

たしかに。

窓に張りついた雪の結晶がかすかに震えながら四方に動いている。

夏の夜、屋内の明かりに引き寄せられて窓ガラスに集まる虫の群れを思わせた。

「あれは……、あれは雪じゃない」

丹羽が口を押さえた。

「雪ではない？」

「これが謎の答えです。気象観測隊や人民解放軍を襲った犯人が現れました」

ガラスに張りついた雪の結晶が、ぶつかり、重なり合いながら這い回っている。

結晶が動いた跡には、半透明の粘液が筋となって残る。

よく見ると、雪の華に見えたのはどうやら殻だ。

殻の内側では、洞窟で見た体長が二ミリほどの気味の悪い生物がうごめいている。

半透明の乳白色をして、うじ虫を思わせる胴はいくつもにくびれ、そこから手に似たものが何本も生えた気味の悪い生物だった。

やがて、ガラス一面が生物に埋め尽くされた。

「もしかして降雪や、雪原だと思っていたのは奴らの群れだったのですか」

「彼らの殻が雪、もしくは氷だと私たちに見えただけです」

「谷を埋める雪も？」

「そうです」

「しかし、あれだけの広さがある谷を埋め尽くすなんて。一体、何千億、いや何兆匹の群れなんだ」

「なんらかの理由で大繁殖したのです。もしかしたらヒマラヤ西部で起きている偏西風の蛇行や、メタン濃度の上昇と関係があるかもしれません」

「丹羽先生。こいつら、なんなんですか」

丹羽が窓ガラスに顔を寄せる。

「この生物は体節制がありますね。うじ虫というよりはクマムシに似ている。一つの頭部と四つの胴部からなり、全身が粘液と繊毛で覆われている。四対の短い脚の先端には、どうやら粘着性の円盤状組織が備わっています」

「頭の部分になにか見える」

甲斐は一匹の頭部を指さした。

「頭の下、中央にある円盤状の突起は、どうやら放射状の歯に囲まれた口です。それから、頭部には昆虫を思わせる眼が三つ。まるで三葉虫の眼を思わせます」

「化石で有名な三葉虫ですか」

「そうです。三葉虫の眼は多くのレンズで構成された複眼という点ではハエやロブスターと似ています。この生き物の眼も六面体が多数集まった蜂の巣状で、三葉虫と同じ複眼ですね」

シッ、と甲斐は唇に指を当てた。

カサカサというなにかが這い回る音が床下から聞こえてくる。音は次第に数を増しながら、甲斐たちへ近づいてくる。

「なんだ」「どこから聞こえてくる」

隊員たちがあとずさりしながら銃口を床に向ける。甲斐は丹羽を壁際まで下がらせた。

次の瞬間、床板の割れ目から乳白色の虫を思わせる生物が溢れ出た。

「ここから出るぞ！」

甲斐は叫んだ。

「……これが真実だ」

気抜けたように上條が立っていた。

西からヘリの爆音が近づいてきた。

「上だ。屋上に出よう」

上條の後ろ襟をつかんだ甲斐の指示に、皆が階段を駆け上がる。

小銃を構えた特警隊の隊員たちがしんがりを務める。

北村が屋上へ出る扉を開けた。

あっ、と声を発した北村がひるむ。

屋上一面が新生物に覆われていた。

乳白色の生物が重なり合ってうごめいている。

津波のごとき群れがのたうち、膨張しながら押し寄せてくる。

恐怖はそれだけではない。

建物の向こうでは、新生物の群れが雪原となって谷を埋め尽くし、はるか麓まで続いていた。広大な雪原、それこそが新生物の群れだった。

雪原全体が息をしている。ある場所は隆起し、ある場所は陥没し、裂けながらこちらに向かってくる。

いきなり雪原の一部が巨大な鎌首となって持ち上がった。

息を飲んだ甲斐たちは頭上を仰ぎ見た。

ブラキオサウルスの首に似て、長く、高く伸びた新生物の群れが左右に揺れながら甲斐たちを見下ろしている。

その先端から、砂か小石を思わせる白い粉体がまき散らされる。

雪の結晶。いや新生物の群れが風に飛ばされている。

違う。

飛んでいるのだ。

バッタの大群を思わせる新生物が空中を乱舞し始めた。

「やばい」と銃を構えた隊員たちがあとずさりする。

「早くしないと彼らが襲ってきます！」

丹羽が叫んだ。

「食堂からプロパンのボンベを持ってきてください！」

甲斐の指示に、隊員が階段を駆け下りていく。

扉を閉めた北村が通信担当に叫ぶ。

「ヘリに上空で待機するように命じろ。俺たちが屋上に飛び出たらすぐに降下だ」

いいですか、と甲斐は北村たちを振り返る。

「うまくすれば、奴らを一時的に追い払える。しかし、猶予はありません。私が命じたら全員が固まってヘリまで走ってください」

やがて、ボンベを抱えた隊員が階段を駆け上がって来た。

「ありました」

「よし。私が扉を開けたらボンベを投げてください。群れの真ん中を狙ってです。小隊長はその小窓からボンベを撃ち抜いてください」

甲斐の指示に北村と隊員がうなずき返す。

「みんなは伏せて！　いくぞ」

甲斐が扉を開けた。

隊員がボンベを投げる。

狙いどおりの位置に転がったボンベを、北村が小窓から小銃で狙い撃ちする。

轟音とともにボンベが爆発した。

炎が舞い上がり、爆風で新生物が吹き飛ばされる。

「今だ！」

外へ出た甲斐はヘリに手招きする。

ヘリが降下する。

丹羽と上條を守りながら建物を出た北村たちがヘリに走る。

「早く。早く！」と着陸したヘリから乗員が叫ぶ。

甲斐はまず丹羽をヘリのキャビンに押し込もうとした。

「気をつけろ！」と上條が甲斐を引き戻した。「死にたいのか」

見ると、新生物たちが左右から這い寄ってくる。

「丹羽先生、危ない！」

甲斐がそう叫んだとき、新生物が動きを止めた。

なぜか丹羽を中心にして新生物が輪となり、それ以上近寄ってこない。

「今のうちだ」

全員がヘリに乗り込んだ。

エンジンがうなりを上げる。

ヘリが屋上から離陸した。

空中を舞う新生物が、ポップコーンが弾《はじ》けるような音を立ててヘリの機体に衝突する。

ヘリが高度を上げる。

足下の谷は雪ではなく、新生物の群れで埋め尽くされていた。

「上條さん。ありがとうございました」

甲斐は素直に礼を述べた。

キャビンの窓から地上を見下ろしたまま、上條が唇をかみしめている。

「やはり。そうかもしれない。だから彼らは私に……」

二〇二六年　十月二十四日　土曜日　午前一時二十七分
東京都　千代田区　永田町二丁目　総理大臣官邸

東京に戻った三人は、家に戻ることすら許されず、囚人のごとく官邸に召集された。想像もできない体験を強いたことを知っていながら、それでも甲斐たちへの強引な対応が政府の焦燥を感じさせる。

深夜、百里《ひゃくり》飛行場からヘリで東京に向かう途中、足下を千葉と東京の夜景が飛びすぎて行く。人々はなにも知らずに眠りについていた。

甲斐は疲労の蓄積した目で窓の外を見ていた。

ヘリが官邸に到着すると、屋上のヘリポートで織田が持ち構えていた。

「なにがあったのか、もっと早く、詳細に報告してもらわないと困る」

多くの人命が犠牲になった地獄から、命からがら生還できたことに茫然自失の甲斐にとって、織田の叱責など耳を素通りしていく。

「事態は一刻を……」

「政務官」と、丹羽が後ろから声をかけた。「いくらなんでも失礼だと思います。もうちょっとで私たちは死ぬところだったんですよ」

「あなたたちの情報から、政府としてなにをすべきかを検討しなければならない。同情はするが、責任は果たしてもらう」

「そこまで言うなら政務官。一つ聞かせて欲しい。あなた、私たちにすべてを話してないな」

上條が織田に歩み寄った。

「なんの話でしょうか」

「素人が策をめぐらすとろくな事にならない。包み隠さず話したらどうです」

「一つ。話すべきときに話す。二つ。必要なことだけ伝える。これだけは覚えておいてください」

ではこちらへ、と織田が踵を返す。

甲斐たちは、織田の案内でエレベーターに乗る。

前回と同じく、四階の会議室に入ると様子がまるで異なっていた。過去の会議とは比べ物にならないほどの人たち、およそ三十人を超える出席者が円卓を囲んでいた。テレビで観たことがある伊藤《いとう》外務大臣、立花《たちばな》防衛大臣、そしてたしかそう、木村《きむら》総務大臣だ。大臣たちの背後には、それぞれの役所の官僚らしき男たちが壁沿いのパイプ椅子に腰かけていた。

三人も並んで円卓に席を取る。

机の上にはファイルが準備されていた。

「甲斐君、丹羽先生、上條氏。大変だったね。疲れているとは思うが時間がない。ワハーン回廊でなにがあったのか報告してくれ」

中山の労《ねぎら》いの言葉から始まった。

「では私が」

座ったまま、甲斐はおぞましい体験についてかいつまんで報告した。

「よく生きて帰れたものだ」「人民解放軍を襲ったのは何者だ」「雪原の急拡大と関係

があるのか」

　あちらこちらでひそひそ話が始まる。新しい出席者たちは、国境を守っていた人民解放軍の全滅には興味津々でも、生還した甲斐たちには大して興味がないらしい。

「以上です」と、甲斐が報告を終えると中山が額に手を当てた。随分と疲れているように見える。

「では、始めよう。こちらの資料を説明してくれ」

　中山の指示に、職員が座ったまま配布資料の説明を始めた。

　ファイルの内容は驚くべきものだった。

　世界中で、氷河や雪原の内部からなにかが現れ、村を、街を飲み込んで、人々を襲い始めている事実。もう一つは、ワハーン回廊で救助され、その後死亡した気象観測隊員の体内から捕獲された新生物の生態情報がまとめられていた。

「現在、新生物らしき事象が確認されているのはグリーンランド、カナダ、シベリア、そしてワハーン回廊です」

「そんな生物が潜んでいたなら、近くの住民や登山家が、もっと昔から異常に気づいていただろうに」

　経産省副大臣の宮崎が毒づく。

「カナダのように、急成長した雪渓から突然現れたケースは別として、緯度が高い人里離れた降雪地帯では、新生物の群れの表面は越年性雪渓や氷河で覆われていたから、気づかなかったのです」

「雪や氷の下に潜んでいたと」

「はい」

「それが突然、活動を開始したと」

「それだけではありません。突然、大繁殖を始めたのです」

丹羽がつけ加えた。

ロシア全体を飲み込む勢いで拡大している新生物の群れを捉えた衛星写真が添付されていた。北緯六十度から北が、彼らにすっぽり覆われた地球の様子は、上條の言う全球凍結を思わせる。

彼らに飲み込まれた人々の運命は。背筋が凍る現実だった。

隣では、丹羽が真剣な表情で新生物に関する報告書のページを繰っている。

「越年性雪渓や氷河の下で、膨大な数の微小生物が繁殖していたと」

中山が問う。

丹羽がファイルから顔を上げる。

「はい」

出席者全員が沈痛な表情でうつむく。

「しかも、その生物は捕えた人の体内に卵を産みつけ、孵化して成長した幼虫は腹を食い破って体外に出ると」

「そうです」

「気象隊員の体内から発見された生物の特徴と生態をどう思うかね」

　体長が二ミリの微小生物。頭部一節と胴部四節からなり、背中に殻をもち、全身が繊毛で覆われている。

「私がワハーン回廊で見た生物と同じです。一見、クマムシやうじ虫に似ていますが、拡大すると、小さいけれど硬い表皮に覆われた体は、まるで白サイを思わせる。頭部の中央に放射状の歯に囲まれた円盤状の口、六面体が多数集まった蜂の巣状で、三葉虫を思わせる三つの複眼を持っている。さらに背中に硬い殻をまとい、その殻を傘のように広げて浮遊することができる」

「こいつらは何者で、どこから来たのかね」

「この生物がいつ、どこで誕生し、なぜ雪の下に潜んでいたのか、この資料だけではわかりません。ただ、この時期に突然、世界中で活動を開始したことにヒントがあるはずです」

「現時点でなにかわかることはないのか。このまま手をこまねいていると、それこそ人類は滅亡するぞ」「報告書にはクマムシの生態に近いとなっているが、そもそもクマムシとは」

　丹羽が大きなため息を吐き出した。出席者から繰り出される矢継ぎ早の質問に丹羽が新生物の写真を掲げる。

「まずクマムシについて理解して頂く必要がありそうです。水生の無脊椎動物であるクマムシは地球上で最もたくましい生物です。丸まった体型がうじ虫に似て、緩歩動物と総称されるこの小さな生物は、凍える寒さや長期の渇水、大量の放射線に耐えられるだけでなく、真空でも生き延びることができます」

「目に見えないほど小さいのに、そんな耐性を持つ怪物がなぜ生まれたのですか」

　織田が議論に加わる。

　傍らでは、いつもの癖なのか、宮崎が目を閉じて腕を組んでいる。

「クマムシには全体の十八％にも相当する大量の外来DNAが含まれています。その大部分は細菌のものですが、彼らは菌類や植物、古細菌、ウイルスのDNAも取り込んでいます」

「他の生物のDNAを取り込むなんて芸当ができるのですか」

「クマムシは遺伝子の『水平伝播《でんぱ》』によって外来DNAを獲得します」

「水平伝播？」

「親から子への遺伝ではなく、個体間や異なる生物間で遺伝子の取り込みが起こることです」

「信じられない」

「遺伝子の水平伝播は人間でも起きます。ただ、クマムシはその程度が半端ではありません。クマムシは乾燥した環境では干からびて休眠状態になり、水分を得ると活動を再開します。ところが休眠状態のあいだ、水分を失った細胞ではＤＮＡが断片化されてしまう。やがて細胞が水分を取り戻すと、断片化、つまり損傷したＤＮＡを修復する過程で、スポンジのように外来ＤＮＡを取り込むのです」

「要点のみ話してくれ。この新生物はクマムシと同じ生態と耐性を持っていると」

　中山が話を新生物に戻す。

「詳しく調べないと断定できませんが、多分そうでしょう」

「この生物は昆虫ではないのか」

「昆虫というよりは節足動物、つまり昆虫類、甲殻類、クモ類、ムカデ類など、外骨格と関節を持つ生物の一種ですね。四億八千万年前に誕生した昆虫だけでも現在の地球には九十万種以上、節足動物は一千万種以上が存在します。彼らがその中の一種としてもおかしくはない」

「たしかに殻を持っている」

「ただ不思議なことに、この生物は昆虫と同じ生体機能も持っています」

ここを見てください、と丹羽が再び新生物の写真を掲げる。

「昆虫は肺も鼻の孔もなく、体の側部に気門と呼ばれる針の先ほどの孔が体節ごとに一対ずつ開いています。昆虫はこの気門から酸素を吸い、気管と呼ばれる細長い管に引きこむことで呼吸しますが、どうやらこの生物も同じです」

「なぜ飛べるのかね」

中山の質問に、上條が丹羽に代わって答える。

「この生物は原始的だが、飛翔能力を有しています。飛ぶことについても、他の生物に先駆けて道を拓いた昆虫に似ているということです」

「しかし、翅は持っていない」

「初期の飛翔昆虫は、ぴんと張った翅が現在のトンボの翅に似て、胴体から突き出す形で生えていました。翅の素材は体を覆っている表皮と同じで、翅脈《しみゃく》で補強されていた。最初の翅は、飛翔とは関係のない目的で進化したのです。体から張り出した膜のようなものでしたが、偶然にもそれが滑翔するための装置に変化した。この生物の殻も進化の過程で、同じ機能を持つことになったのです」

「生殖は。丹羽先生、なぜ彼らは人の体内に卵を産みつけるのですか」

「織田政務官。おそらく嫌気性の生物だからです。だから、酸素の少ない環境で産卵するのです」

「彼らは卵で繁殖するのですか」

「卵で繁殖するのには、それなりの理由があります」

「どんな」

「たとえば両生類のゼラチン質に覆われた卵からは、水の中でしか生きられないオタマジャクシが孵化します。でも、水の中だからこそ、オタマジャクシは安全に成長できるのです。熱帯産のカエルの中には、植物の葉のあいだに溜《た》まった水の中だけでオタマジャクシが成長する種類がいます。理由は、地上をうろつく敵から気づかれることなく成長できるからです」

「この生物にとって幼虫時代に安全なのは人の体内というわけか」

「地下にいたときはわかりませんが、地上、つまり好気性環境下では他の動物の体内を選んだのです。理由はそこが嫌気性環境だから。加えてこの生物は、卵の時期から環境の悪化に強い耐性を持っていると思われます」

驚くべき事実に、しばらくのあいだ会議室が秩序を失った。

それでは、と中山が議論をまとめにかかる。

「丹羽先生。この新生物のおおよその生態は君の説明で納得できたが、なぜこの時期に世界中で活動を開始し、かつ大発生したのか、彼らはどこで生まれ、どうやって生き延びてきたのか、まだ疑問は山ほどある。しかし、なにより求めているのは彼らの撃退方法だ。すべての情報を渡すから研究室に戻って、その答えを見つけてくれ。これは命令だ」

「困ります！」と、丹羽が声を上げた。「それに、これは世界的に究明すべき問題です」

「わかっているよ。君の指摘については私が対応する」と、目を開けた宮崎が腕をほどいた。「で。米国やEUとは連絡が取れているのでしょうね、伊藤大臣」

「どうなんだ」と、伊藤が北米局の課長にふる。

「こちらからは連絡しておりません」

「なぜ」と、宮崎が厳しい目を向ける。「呑気な」

「しかしそれは」

「もしかして君は、外務省の問題ではないと高をくくっているのではないだろうな」

「しかし、経産省さんから納得できる情報を頂かなければ」

「なんだと」と、今度は織田が声を上げた。「こっちからは逐次、情報を渡しているはずだ。くだらない言い訳をするな！」

「お互い、頭を冷やせ。外務省だ、経産省だと言っている場合ではない。くだらない言い争いは慎みたまえ」と、中山が語気を強める。「それより丹羽先生。私の依頼は日本政府からのものだ。当然、政府としてできる限りの援助はする」

「そういう問題ではありません。私には……」

そのとき、足早に入って来た秘書官が、深刻な表情で中山になにかを囁いた。

「今行く」と、うなずいた中山が立ち上がる。「丹羽先生、悪いがその話はあとにしてくれ」

「ちょっと待ってください」と、甲斐は中山を呼び止めた。「彼女には彼女の事情がある。いくらあなたでもそれを無視することはできないはず」

「そんな悠長なことは言っていられない。これは命令だ！」

なら私からも、と上條が円卓に両手を置いた。

「副長官。あなたは、今回の調査で気象観測隊の行方や遭難の原因を調べるのではなく、丹羽先生にワハーン回廊周辺の野生動物の現状を調べろと命じ、私にはワハーン回廊の石炭層を調べれば、生物の進化と絶滅に関するなんらかの情報が得られると伝えた。では聞きたい。あなたは新生物の存在を知っていたのではありませんか」

中山が上條から目をそらせる。

「甲斐君は取りあえず家に帰ってよい。ただ、連絡が入ったらただちに出頭できる場所にいてくれ」

同日　午前八時十分
東京　世田谷区　松原二丁目

政府が公用車で甲斐を自宅まで送ってくれた。

いつかのときとは逆に、霞が関から4号線で幡ヶ谷をめざす。後部座席に深く腰かけた甲斐はうつむいたまま、今回の事件との関係、甲斐が置かれた状況、そして健人のことを考えていた。

突然、スマホが甲斐を呼んだ。車は新宿を通りすぎていた。

中山だった。

「甲斐ですが」

(さっきは悪かったな。不用な心配をかけた)

「なぜ、我々にすべてを話してくださらないのですか」

(今、教えられることは、君たちが襲われたカラチグ谷の洞窟で、昨日現場に突入した中国の捜索隊が、行方不明だった国境警備連隊の兵士と、行方不明だった気象観測隊の隊員を発見したという事実だ。どうやら、新生物は働き蟻と同じく、捕らえた獲物を群れで巣へ運び込むようだ)

「捜索隊は、よくあの場所に行けたものですね」

（すでに、新生物は洞窟どころか、谷にもいなかった。新たな獲物を求めて、南へ移動したのだ）

「一体、なにが起きているのですか」

（もうすぐすべてを話すときがくる。健人の命にもかかわる問題だ）

「健人に？」

（そうだ。それより君が出かけているあいだ、経産省の職員が君の自宅を訪ねたらしい）

「なんですって」

（なにかを調べようとしたのかもしれない）

「健人が応対したのですか」

（健人は職員を手荒に追い返したらしい。浩一君。年寄りの老婆心だと思って聞いて欲しいのだが、健人も君との関係を迷っているのでは）

「と、申しますと」

（君を父親として認めているからこそ、反抗的な対応を取っているのではないかな）

「そうかもしれませんが、彼の心を開くのは簡単ではありません」

（……そうだな。いや、余計なお節介だった）

それじゃ、と電話を切りかけた中山を甲斐は呼び止めた。

「先ほどの私の質問に対して答えて頂いていません」

（……今はまだ話せない）

「こっちは命を懸けているんですよ」

（今は、全人類が命を懸けている）

「やましいことはないと」

（政府が動くにしても、自ずと制約や限界がある。予防措置を講じる前に、そこに至る時間が重要なのだ。特にこの国では。一つの決定や指示にも調整と合意が必要になる。副長官一人ではどうしようもない）

「そのもどかしさが、なにかを引き起こしたのですね」

（それも含めていずれ話すことになる）

車がマンションの前に停まった。ロビーを足早に駆け抜けた甲斐は、エレベーターで三階に上がる。廊下を歩いて三〇二号室の扉を開けた。

健人の靴が玄関に脱ぎ捨ててあった。

廊下の奥、誰もいないリビングで明かりをつける。キッチンは綺麗《きれい》に片づけられ、シンクに洗いかけの食器は一皿もない。ゴミ箱は空だった。ベランダには洗濯したスクールシャツやズボンが整然と干されていた。自分の息子とは思えない几帳面《きちょうめん》さだった。

取りあえずテーブルに荷物を下ろした甲斐は、健人の部屋をノックした。

「父さんだ」

甲斐の声かけに無言が返ってくる。土曜日だからまだ寝ているのかもしれない。

「開けるぞ」

鍵はかかっていない。ベッドで健人が仰向けに寝転んでいた。

「今、帰った」

「……おかえり」

「ところで、父さんが留守のあいだに役所の人間が訪ねて来たのか」

頭の後ろで腕を組んだ健人が天井を見上げている。

「要件はなんだった？　父さんのことを調べに来たのか」

「調べられるようなことしたの」

「するわけないだろ」

「本当？　まあいいや。どうせ僕は変人の息子で有名だから」

「父さんは間違ったことはしてない。それだけは言っておく」

珍しく健人がため息をついた。

「母さんのことまで色々聞かれた」

「お前、乱暴はしなかっただろうな」

「なんだと」

「だから、物を投げて追い出してやった」

「なぜそんな乱暴なことをした」

「腹が立ったから」

「相手は政府の人間だぞ。必要なら令状持った警官だって連れてこれる連中だ。お前まで面倒に巻き込まれるな。いい歳なんだから、もうちょっと感情を抑えろ」

「父さんに言われたくない」

「ただ、お前は間違ってない。父さんも連中には反吐《へど》が出る。じゃあな」

それだけ伝えて扉を閉めようとした。

「父さん」と健人が呼び止めた。

「父さんの仕事は、ニュースで盛んにやっている事件と関係あるの」

「今はまだ言えない」

腕を解いた健人が、顔を甲斐に向けた。

「どうでもいいけど、怪我とか大丈夫だったの」

二〇二六年　十月三十日　金曜日　午後一時四十分
文京区　目白台　東央理科大学　農学部　動物遺伝育種学　研究室

農学部二号館の地下。

生物学的安全性を保証するＧＬＰに適合した動物実験施設は、部屋全体にバリアシステムが設けられ、大気汚染物質、細菌、塵埃《じんあい》などを除去するフィルターと吸排気装置で外部と遮断されている。入り口付近には実験動物の飼育室があり、奥へ続くクリーン廊下を抜けると洗浄準備室、さらにその奥に解剖室が配置されている。解剖室の三方の壁には冷蔵庫、ガスボンベ、薬品棚と作業台、そして殺菌灯の青い光に照らされたクリーンベンチなどが並んでいる。

無機質な蛍光灯に照らされた狭い実験室だった。

この六日間、丹羽は政府だけでなく個人のネットワークもフルに活用して、海外の研究機関に新生物の詳細な分析を依頼し、あらゆる情報を集めた。

組織標本観察用蛍光顕微鏡で、丹羽が採取したばかりの新生物の組織を調べていた。その背後で、甲斐と上條はパイプ椅子に腰かけている。丹羽の判断次第で、三人は再び人類を滅亡させる謎を解くために、どこかへ飛び立たねばならない。

たった数週間のあいだに、甲斐たち三人は七十八億人の運命を握る救世主に仕立て上げられた。内気な生物学者、群れからはぐれた地質学者、そして息子と折り合えない登山家だ。

官邸の職員らしき数人が、研究室の外で待機している。まるで好意を感じさせない彼らの視線は、明らかに甲斐たちを監視していた。

すでにマスコミは各地で起きている新生物による襲撃、被害を大々的に報じている。未曽有《みぞう》の事態に世界中が騒然としているなか、中山はなぜか甲斐たち三人を秘密裏に動かそうとしているようだった。

「丹羽先生。この生物の正体は明らかになったのですか」

甲斐の質問に、顕微鏡を覗いたままの丹羽が答える。

「はい。体腔は生殖腺の周りに限られていますね。口から胃、直腸からなる消化器系を持ち、口の周りには尖った歯が環状に並んでいます。呼吸器系として、体の側部の気門から空気を吸い、細長い管気管で吸収しています。眼と脳、腹側の二本の縦走神経で結合された複数の神経節を持っています」

「殻は」

「殻は炭酸カルシウムでできて……」

「違う。今、私たちが話すべきはそんなことじゃない」

廊下へ繋がる扉の様子を窺いながら、上條が低い声を出した。

丹羽が顕微鏡から顔を上げる。

「二人とも気づいているはずだ」突然、上條が静かに口を開いた。「彼らはなにかを隠している」

甲斐は丹羽と顔を見合わせた。

「我々が官邸から戻ったあと、副長官から電話がありました。詳しい事情はいずれ説明すると言っていた」

「もし、彼らが隠し事をしているなら、これ以上協力するのは危険です」

「どういう意味です」

「素人は自分たちに都合のよい情報だけを選択し、その結果、判断を誤る。我々の持つ情報は為政者の彼らにとっては不都合な真実だ。考えてみてください。丹羽先生と私がワハーン回廊に送り込まれた理由が気象観測隊の遭難とはなんの関係もなかったこと。世界中で起きている事件をまるで予見していたかのような副長官の発言、そして我々への露骨な情報制限」

「なにを恐れているのです」

「恐れてはいません。私の経験からすれば、知りすぎた者に権力は寛容ではない。私はまだ自分の人生に希望を抱いている」

「中山副長官はそんな人に見えないですけど」

丹羽が首をかしげる。

「宮崎副大臣、織田政務官、彼らは駆け引きの中でしか物事を判断しない。私を貶《おとし》めた連中と同じだ。甲斐さんはそう思いませんか」

「誰だろうと自然を相手にしたとき、駆け引きが入り込む余地などない。山でも天候、高度、積雪、体力、どれか一つでも判断を誤れば計画は失敗に終わるだけ」

「とはいえ、私たちは登山隊のシェルパと同じ。都合よく利用される側です」

「それは極端な意見ですね」

「エベレストの登頂成功を金で買おうとする連中がいる、と聞いたことがあります。そんな連中にとってはシェルパなど道具にすぎない」

「困難な登山ではシェルパは不可欠な存在です」

「道具はいつでも取り替えられるものです」

「そうかな。考えるだけ、指示するだけでは登頂できない。道具が必要です。彼らもそれは知っている。もう一つ。使える道具はそれほど多くないもの」

「私は個人的な事情の話をしているのです。つまり、目的を達成したあとなら、我々はあっさり捨てられるかもしれない」

不安を抱く上條。では、丹羽はどうだろう。

「丹羽先生。あなたはどう思います」

「人類が絶滅の危機に晒されているのは事実です。私は協力すべきだと思います」

「上條さん。私には登山家ゆえの予感がある。この問題はやがて政府の手に負えないほど深刻になる。我々をどう扱うか策を巡らすどころか、彼らは我々にすがるしかなくなる」

「宮崎や織田がなにかを企んでいるのは事実だ」

「政府には政府の事情があるのでしょう。我々のなすべきことを考えましょう。我々はすでに引き返せないほど首を突っ込んで秘密を知ってしまっているし、なにより上條さん、あなたも研究者ならなにが起きているのか知りたいはず」

丹羽と甲斐の意見に上條が沈黙する。

やがて。

「いいでしょう」と上條がうなずいた。

「結構。それでは……」と、甲斐は話を本題に戻す。「上條さん。この生物はずっと雪の下で生きてきたわけではありませんよね」

「彼らは氷雪地帯の下に埋もれていた石炭層の中に生息していたのです。大気中の二酸化炭素が増加したことで大繁殖し、雪や氷河の下から姿を現しただけです」

上條がタブレットを取り出す。

「ワハーン回廊から持ち帰った化石を調べました。この化石の祖先は、硬い殻を持った生物の化石が生まれたカンブリア紀に誕生したと考えます。この頃、わずか数百万年のあいだに硬い殻を持ち、しかも幅広いデザインを備えた動物が出現した。おそらくその中の一種にルーツを持っている。理由は嫌気性生物で硬い殻と眼を持っていることです」

「殻と眼が意味を持つのですね」と、丹羽が念を押す。

「多細胞生物に消化管は必要ですが、硬い部分は必須ではない。だから初期の多細胞生物に硬い部分はありません。ところが、カンブリア紀を境に、幅広い生物に硬い部分が現れる。理由は生存競争です。硬い部分を持つ生物のほうが、生き残って繁殖する可能性が高くなる。この生物は三葉虫と同じく目と殻を進化させ、効果的に獲物を捕食しながら敵の攻撃を防ぐことで生き延びてきた」

「現在までの五億年を」

「そうです」

では私からも一つ、と丹羽がディスプレイに解剖写真を呼び出した。

「注目すべきことがあります。この生物の呼吸です」

「呼吸？」

人類にとって呼吸とは外界から酸素を取り入れ、二酸化炭素を排泄《はいせつ》して、ガス交換することだ。

「この生物は生存に酸素を必要としません。一酸化炭素や二酸化炭素といった炭素酸化物、水とカルシウムがあれば生きていける。炭酸カルシウムの殻を持ち、殻を作る際に自分で水素を生成します。さらに、その水素と炭素酸化物から体内のメタン菌を使って生きるための細胞エネルギーを獲得したあと、水とメタンを排出する通性嫌気性生物です」

　嫌気性生物は酸素存在下でも生存できる通性嫌気性生物と、大気レベルの濃度の酸素に暴露すると死滅する偏性嫌気性生物にわけられるが、この生物は酸素の存在下でも炭素酸化物があれば生きていける通性嫌気性生物だ。

「先生の予想どおりだった。嫌気性生物だから、人の体内で卵を孵化させるのですね」

「そうです。人の体内は酸素が少なく、こうした生物にとって快適な環境になっている。彼らは、光合成の副産物である酸素に耐えられる進化をしてこなかったのです」

「つまり、そいつは二酸化炭素などを吸って、メタンを吐いているのですか？　だからワハーン回廊でメタンの濃度が上昇していたのですね」

「そうです。それを炭酸塩呼吸と呼びます」

「でも、石炭層内に炭素酸化物やカルシウムは乏しいはず」

「はい。ところがこの生物は体内に、牛などの反芻《はんすう》動物が持つのと同じ微生物も取り込んでいて、石炭に含まれるセルロースやリグニンを分解してエネルギーに変えているのです。つまり炭素酸化物が乏しい環境では、発酵によって必要なエネルギーを得ながら石炭層に潜んで何億年も生き延びる術を持っている」

「体内に複数の生物のＤＮＡ、炭酸塩呼吸をするためにメタン菌やセルロースを分解する微生物を取り込んだ生物？　でもなぜそんなことが」

「生物は、もともと生き残るためにしたたかな戦略を取ります。私たちヒトも酸素を吸って二酸化炭素を排出する過程で、細胞エネルギーを獲得するためにミトコンドリアを体内に取り込んでいますよ。なぜこの生物がそんな能力を持ったのかではなく、五億年のあいだに現れた膨大な種の中で、たまたまその能力を身につけたから生き延びただけです。滅び去った種の方がはるかに多いのです」

「この生物は体内に複数の微生物を取り込んで炭素酸化物で呼吸し、さらにそれが乏しい環境にも耐性を持つよう進化したのですね」

「三十六億年前に誕生した微生物は、地球のあらゆる場所、生物の細胞内で生き続けています。地中の深部や、何百万年も埋もれたままの岩石の中にもバクテリアがいる。地球は、まだ酸素が存在しなかった時代の嫌気性生物を生かし続けている」

　地球の懐の深さと、生命のしたたかさには舌を巻くが、そのせいで人類は絶滅の危機に立たされている。三十億年をかけて積み上げられた生命の掟に、たかだか誕生して七百万年の人類などなすすべもない。

「この生物の起源と生態が明らかになったとして、次になにが起きるのですか」

「深刻な事態が起きます」と、丹羽が唇を嚙む。

光合成は、過去、地球の生態系に深刻な影響を及ぼした。二酸化炭素と窒素が大気の主成分だった二十数億年前の地球で、シアノバクテリアによる光合成が生み出す大量の酸素は、当時の生物にとって致命的な地球環境の破壊を導いた。つまり、地球規模の酸素による汚染だったのだ。汚染の行き着く先は大絶滅だ。

つまり我々は、酸素は生命に不可欠なものと考えているが、当時の微生物にとっては猛毒でしかなかった。人間は進化により酸素への耐性を獲得した微生物の子孫なのだ。

「今度はその真逆のことが起きます。かつてシアノバクテリアが地球上に酸素を供給したのと同じように、この生物が地球上にメタンを供給し、酸素からエネルギーを得ている現在の生物は、すべて絶滅することになるでしょう」

「嫌気性生物である彼らを撃退する方法は」

「生物である以上、弱点はあります。彼らが五億年の歴史を経てきたのなら何度かの繁栄と後退を繰り返し、そのあいだに他生物と接触や縄張り争いを経てきたはず。どこかに彼らが干渉した、もしくは彼らに干渉した生物がいたなら、その生物を調べることで、新生物に対する生体防御機構を発見できるかもしれない」

「生体防御機構とは」

「免疫と同じです。ある生物が、外敵から身を守るために獲得した能力です」

「それをどうやって？　ワハーン回廊で見つけることができたのですか」

「ヒントはありました。でもまだ足りない。新生物の生息場所を、複数、調査して情報を集めなければならない。しかも、ワハーン回廊とは違って、新生物がまだ巣を抜け出していない場所が重要です」

上條さん、という丹羽の声に上條が肩をすくめた。

「それを見つけるのは、あなたの仕事です」

二〇二六年　十月三十一日　土曜日　午前八時三十分
アイスランド　レイキャビク

グリーンランドの東、北極圏のすぐ南の北大西洋に位置しているアイスランドは、発散型プレート境界である大西洋中央海嶺《かいれい》が海面上に隆起した島だ。つまり、海嶺とは、地下深部から上がってくるマントルが作る海底山脈のことだが、その一部が海面上に飛び出たのがアイスランドだ。海嶺では新しい地殻が形成され、左右に広がっていく場所だから、アイスランドは年に二ミリのスピードで引き裂かれているし、アイアイスランドホットスポットの上に位置しているため火山活動も活発だ。

そんな島ゆえに、荒々しい風景がいたる所で見られる。

たとえば、ユーラシア大陸とアメリカ大陸という二つのプレートの境目にあるシンクヴェトリル国立公園は、世界で唯一、地表が引き裂かれている現場を見ることができる。カトラ火山から噴火した溶岩《ようがん》が冷やされてできた柱状節理の玄武岩、長時間かけて起こる風化と浸食作用が作ったブラックサンドビーチの地形、三十二メートルの高さを流れ落ちるグトルフォスの滝、そして氷河だ。アイスランドの国土の約十一％は氷河で覆われており、大きい順にヴァトナヨークトル氷河、ラングヨークトル氷河、ホフスヨークトル氷河、ミルダルスヨークル氷河と続く。ちなみにヴァトナヨークトル氷河はヨーロッパでも最大の氷河だ。

島の総人口は約三十五万人で、居住地帯は海岸線に集中しており、首都レイキャビクのある島の南西部に人口が集中している。

ハットルグリムス教会は、レイキャビクの中心部にある街のシンボル的な教会だ。コンクリート作りのモダンな建物は完成に四十一年を要し、七十三メートルもの高さがある。スペースシャトルを思わせる溶岩玄武岩の風景になぞらえたデザインは街のどこにいても目につくから、観光の際には目印になる。内部には大型のパイプオルガンが設置されて多くの祭事が行われるし、教会の展望台からはレイキャビクの街を一望できる。

結婚式の準備を終えたハリス牧師は、玄関周りを掃除するために教会を出た。

強い西風が海を渡ってくる。

すると、鳥の大群が東へ向かって飛んで行くのが見えた。

空を黒く染めるほどの数だった。

ハリスは教会の正面、コロンブスより早くアメリカ大陸を発見していたといわれる『レイブル・エイリクソン』の銅像の向こうに、西へ延びる道路を見た。その先には北大西洋が見える。

すると水平線に巨大な雲が湧き上がっている。

濃厚で、やけに白い雲だった。

よく見るとそれは渦を巻き、内部から次々と湧き上がる大小のコブに形を変えながら、こちらへ向かってくる。

「雪雲か」

そう思った。

やがて雪雲が湾に侵入してくる。

速い。動きが速すぎる。

まるで蜂かバッタの大群を思わせる雪雲は、上昇したかと思うと今度は左右に広がり、次の瞬間、掌を閉じるように収縮する。

「なんだあれは」

海から街に上陸した雪雲が坂を上がってくる。

どこからか悲鳴が上がる。

「助けて！　やめろ」

雲の中から駆け出して来た男の周りで雪が舞っている。雪なのにそれは男を取り巻き、行く手を遮り、蜂のように襲いかかる。男は両手で払いのけようとするが、逆に全身が飲み込まれていく。

雪が生きている。

次の瞬間、雪の粒が男の口に潜り込み始めた。

雲が教会に迫る。

冥府の神の長衣がごとく、雪雲が天上を覆い尽くした。

あれは……、あれは雪じゃない。

「逃げろ！」

ハリスは叫んだ。

同日　午後五時三十二分
東京都内

長い沈黙から息を吹き返した嫌気性の新生物が、爆発的に勢力を拡大している。

世界中で、表面がひび割れた氷河や雪原が突然動き出し、中から這い出た新生物が人類を襲い始めた。彼らは大地を覆い尽くしながら周囲を飲み込んでいく。

人民解放軍が襲われたと思われる十月六日のワハーン回廊周辺を撮影した衛星写真によると、パキスタン側の雪原から国境の峰を越えて、雪雲と見間違える新生物の群れが中国領の『カラチグ谷』になだれ込んでいる。ところが翌七日には、降り積もったはずの雪は見事に消滅していた。どうやら『カラチグ谷』に降った雪は融けたのではなく、パキスタン側へ引き上げたのだ。そして、一週間後の十三日、再び谷は雪で埋め尽くされていた。季節外れの降雪に見えたのは、新生物の襲撃だった。彼らは組織だって獲物を狙うのだ。

国境警備連隊を攻撃されたと誤解した中国とパキスタンの間で紛争になっていたが、連隊を全滅させたのは新生物だったのだ。

おそらく、新生物は人間が吐く二酸化炭素を感知して襲ってくる。

ただ一つおかしな点がある。なぜパキスタンやカラチグ谷には新生物が雪原と見誤るほど群れをなしていたのに、ワハーン回廊には生息していなかったのか。ワハーン回廊にも石炭層は分布していたのに。

まだまだ謎は多い。

雪原から溢れ出て雲となり、あるときは雪崩となり、街に襲いかかる新生物の組織的な攻撃と圧倒的な数に、軍隊の兵器などなんの役にも立たない。スポット的に、新生物を焼き払い、爆殺することができても、すぐに勢力を回復する新生物の進撃は止まらない。

アラスカ、ノースウェスト準州、マニトバ州、ローレンシア台地などの北米。ロシアではモスクワのある東ヨーロッパ平原とウラル山脈、西シベリア低地、中央シベリア高原、中国では北のアルタイ山脈や東シベリア山脈を越えてゴビ砂漠から黄土高原、東北平原に新生物が勢力を拡大している。

カナダ軍、ロシア連邦軍や中国人民解放軍の北部戦区と西部戦区の部隊は壊滅した。すでに、北緯五十五度以上は新生物に支配され、犠牲者の数は一億人を超えただろう。白く覆われた大地ではいたる所で人々が襲われ、目を背けたくなる凄惨な状況で奴らの繁殖の道具にされていた。

腹を食い破って幼虫が這い出た屍が朽ちるに任せて積み重なる大地が地平線まで続

いている。北米、ロシア、中国、北欧の主要な道路は、かろうじて難を逃れて、着の身着のまま南をめざす避難民の列が何百キロも続いていた。

ニュースによれば、各国は国連で何度も対策の議論を繰り返しているが、敵の圧倒的な数、圧倒的な生命力の前に結論は出ない。何より、どの国も自国で起きている事態に対処するだけで手一杯だった。一部に核兵器の使用を提案する動きもあったようだが、世界を覆いつつある新生物に核兵器を使えば、地球環境そのものが破壊されてしまうという理由で却下された。

なすすべのない人類は、ジリジリと赤道付近に追いやられつつある。

それだけではない。新生物の繁殖に伴い、大気中の酸素濃度が急激に低下し、逆にメタンの濃度が上昇していた。それはかつて地球で起き、現在の生物の繁栄を生んだ『大酸化イベント』とは真逆の現象だった。

新生物の攻撃を免れても酸欠死という未来が待っていた。

甲斐、丹羽、上條の三人は、中山がさし向けたクラウンに乗せられた。三人で黒塗りの公用車に乗ることなどこれが最初で最後だろう。世田谷区松原の甲斐のマンションから目白台の東央理科大学に寄り、播磨坂《はくさん》のマンションで上條をピックアップした。春日通りから後楽園《こうらくえん》の横を抜けて白山通りに入り、水道橋《すいどうばし》を通過する。神保町《じんぼうちょう》、一《ひと》ツ橋《つばし》、どこも閑散としていた。土曜日だからだろう。大手町《おおてまち》では皇居の反対側、内堀《うちぼり》通りの東側に建ち並ぶ銀行や商社の本社ビルに、一つも明かりがついていない。どんよりした曇天の下、行き交う車も少なく、歩道を歩く人もまばらで、まるで早朝の都心を思わせる。今、世界で起きている異常事態を伝えるニュースに、人々は外出する心の余裕すら失っているように思えた。

やがて訪れる悲劇を前に、屋内にこもり、ひたすら祈りを捧げるつもりなのか。

「甲斐さん。あなた、自身の面倒と人類の危機、どちらが厄介か天秤《てんびん》にかけたことはありますか」

突然、上條が思いもよらないことを言い出した。

「それは二択の話じゃない。人類の危機に比べれば取るに足らないことだけど切実な問題もある。みんな家の内と外でそれぞれ悩みを抱えているでしょ。愛情と責任、どちらも色んな形がある」

「愛情なんて真実を貫く武器にならない」

上條が窓際についた腕に顎をのせる。

「あなたは戦っていると」

「勝ち負けじゃない。だってもう勝っているから。でもそれを証明できない」

「他の研究者、特にあなたをパージしている人々が目の前の危機から逃げているなら、あなたは自身の能力と勇気を証明できるはず」

「簡単に非を受け入れる連中ではない。人類の危機が去っても私の不遇は続く」

「なら世間を味方につけることです。世の中があなたを褒めたたえれば、学会の連中は沈黙せざるをえない。私は逆だったからよくわかる」

「甲斐さん。奥様の件で世間から袋叩きにあったとき、あなたはなにを考え、どのようにやりすごしたのですか」

どこにでもクズはいる。許せないのは、そいつらが甲斐のプライバシーに土足で踏み込んでくることだ。そんな過去を、甲斐はどこまで話すか迷った。しかし、上條と丹羽はともに困難に挑み、危険を乗り越える仲間だ。

今さら隠し事など意味はない。そう思った。

「私はかつて、ヒマラヤで妻とシェルパの救助に失敗したことをマスコミから執拗に責められた。彼らは倫理にかかわるミスやスキャンダルには敏感だ。家の前に記者が押し寄せ、家族や親戚まで取材しようとする。事件の当事者になった瞬間、ただの登山家は謝罪と従順を強いられる取材対象になる」

「私には迷惑をかける家族はいない」

「あなたの敵にも彼らは話を聞きにいく。そうなれば、あなたにとって都合の悪い、許しがたい話が溢れ出る。あなたは、おかしな理論を提唱する臆病者の研究者に仕立て上げられる」

「反論するだけ」

「甘いな。読者が興味を持つ取材対象になった途端、あなたの尊厳も自尊心も、何より個が吹き飛ばされる。彼らはあなたの救済に興味などない。そして、それは世間があなたのニュースに興味を失うまで続く」

「勝ち目はないと」

「人々が『なにか変だな』と思い始めれば、世間を味方につけることができる。流れは一気に変わり、世界中の研究者があなたの前に跪き、あなたを褒め称える」

「あなた、私をそそのかしているのですか」

「違います。沈黙を選んだ私の経験を伝えているだけ」顔をそむけた甲斐は、窓外を見つめた。「ついでだから言いましょう。私は小心者だ。マスコミに追いかけられたときは、布団の中で頭を抱えて震え、母親を見殺しにしたと責める息子との関係すら修復できない。でも、小心者だからやれることもある。登山家なんて臆病者ばかり。研究者だってそうじゃないんですか。でも一つだけたしかなことは、この危機に世界を救うのは、怖がりで不器用な三人組だということ」

　甲斐は丹羽が気になった。

「丹羽先生は本当にいいんですね。これから、官邸に入れば途中で降りることはできませんよ」

「覚悟はできています」

「では、丹羽先生。人類に残された時間は」

「長くて数カ月でしょう」

「上條さん。その日が来るまで、どこかに隠れて新生物に腹わたを食い荒らされて死ぬのを待つか、最後まで戦うか。少なくとも我々は確実に来る終末の迎え方を選ぶことができる」

同日　午後六時
東京都　千代田区　永田町二丁目　総理大臣官邸

車が官邸に入った。出迎えた織田に連れられて、玄関からロビーを抜け、荷物用エレベーターでいつもの四階の会議室に入る。

今回は大臣の姿がない。時折、関係省庁の担当者らしき職員が出入りして、出席者にメモを渡したり、耳元でなにかを囁く。会議自体を内密にしたいという空気が滲《にじ》んでいた。

スマホを耳に当てる宮崎が眉間に皺《しわ》を寄せている。

三人が席に腰かける。

丹羽がバッグからファイルを取り出した。

織田が立ち上がる。

「会議を始める前に甲斐、上條、丹羽のお三方にお願いしたい。これからの情報、議論は最重要の国家機密です。決して口外しないように。では、中山副長官、お願いします」

会議が始まる。

「世界中で繁殖している生物が人を襲うだけでなく、酸欠を作り出すということかね」

いきなり中山が核心を切り出す。すでに、丹羽の情報が伝わっている。

「地球ではごく当たり前のことですが、全宇宙規模で考えれば、地球のように豊富な酸素がある惑星は非常に珍しいのです。少なくとも今から二十七億年前の地球にはまったく酸素がありませんでした。それがある時期を境に、現在の酸素濃度の百分の一程度まで一気に急上昇したのです。百分の一ならたいしたことはないと思われるかも知れませんが、それまでまったく酸素が存在しなかったことを考えれば、まさに空前絶後な大異変です」

「丹羽先生の報告書によれば、それは地球物理学上『大酸化イベント』とも呼ばれ、それまで酸素のない環境、つまり嫌気性環境で進化したバクテリアなどは、急上昇した酸素により、ほぼすべてが死滅してしまったと」

「今度は人類の番です」

「酸素濃度が急上昇した要因は」「シアノバクテリアと呼ばれる微生物が二十七億年から二十五億年前ごろに誕生し、彼らの行う光合成によって爆発的な酸素が生み出されたのかね」「新生物は、シアノバクテリアとは真逆の生物、大量のメタンを作り出すというのか」

矢継ぎ早の質問が飛ぶ。

「はい。嫌気性新生物の反逆が始まりました」

丹羽と出席者のやり取りを聞いていた中山が、「実は」と切り出した。

「我々はこの新生物の存在をつかんでいた」

「副長官。そのお話は困ります」と、織田が中山の発言を遮る。

「構わん」

「副大臣。よろしいのですか」

織田が宮崎に助けを求める。

「副長官。必要最低限でお願いします。実は、米国と中国から事実関係の確認について厳しい要求がきており、この時期に情報が漏れると関係各国との協議に重大な影響がおよびます。どうかご配慮を」

宮崎の釘刺しに、ため息をついた中山が仕切り直す。

「きっかけは、今年の一月二十日に南極沖で発生した巨大津波だ。この津波で潜水調査船支援母船『なんよう』が転覆、沈没した。津波発生の原因は、南極半島の西岸から氷河が海に滑落したためだが、なぜ津波を起こすほどの氷河が陸から滑落したのか原因は不明だった。その謎を解くため南極半島へ派遣した政府の調査隊は、滑落跡で石灰質の化石が大量に混入した石炭層と未知の微小生物を発見した」

「滑落の原因は石炭層だったのですね」

上條が問う。

「氷河の下に広がっていた石炭層の表層が破砕され、砂を撒《ま》いたように滑剤の役割を果たしたことが原因だった。なぜ石炭層が破砕されていたのか、今となっては考えられる理由は一つだ」

「氷河と石炭層のあいだに新生物が繁殖し、滑剤の役目を果たしたわけですね」

「新生物については、著名な生物学者たちに種の特定を依頼したが、南極で未知の生物が発見されることは珍しいことではないと興味を示さなかった。まして我々は、踏めば潰れる生物になんの興味もなかった」

「今となっては後悔していると」

「あのとき、もっと詳しく調査していればと思う。ただ、あの生物がこれほど広範囲に生息しているなんて誰も予想できなかった」

「皮肉ですね。ある時代に繁栄した生物の排出した物質が新たな生物の繁栄を生み、旧生物を滅ぼす。半年前まで、政府もこんな事態になるとは思わなかった」

上條に甲斐も続く。

「なぜ、我々を担ぎ出したのですか。しかも大々的な調査も行わず」

「国際的に連携を取りながら政府は動いている。君たちは私の個人的な調査機関だ。もちろん、君たちの情報は官邸に上げている。ただ、それをどう使うか、他国の関係者がどう捉えるかは政治の問題なのだ。政治の世界には表があれば、必ず裏がある」

「やましいことでもあるのですか」

「甲斐さん、そこまでにしてください」ピシャリと織田が甲斐を制した。

「なぜ。私たちはともに危機に立ち向かう仲間じゃないのか」

「あなたが立ち入ることではない」

「私たちは所詮、消耗品なのか」

「どう捉えてもらっても結構だ」

「自らの責任など放棄したくなるほど我々は痛めつけられてきた。あなたたちはそんな私たちだからこそ選んだはず。極秘に事を進め、いざとなったら切れる者が必要だったからだな。人類の危機を案じるわりには、政治家ゆえの打算と駆け引きが透けて見える」

「我々の苦労も知らないで！」

突然、織田が声を荒げた。

「あなたの苦労？」

「私が誰と会って、どんな話をしているかも知らないで、自分たちの境遇だけがすべてだと勘違いしてもらっては困る」

「あなたにも命をかける覚悟があると」

「当然だ。私たちは無限責任を背負っている」

甲斐君、と宮崎が書類の上で指を組んだ。

「私と政務官はすでに十字架に乗せられているのだ。ただ、君たちにその十字架は見えないし、見ない方がよい」

会議では滅多に口を開かない宮崎の凄《すご》みに、しばらく会話が途切れた。

やがて、思い直したように上條が口を開く。

「副長官。官邸であなたに初めてお会いした際、あなたは私の経歴をすべてご存じだった。私のことをどう思っていらっしゃるのですか」

「君の経歴、学会での評判、君の提唱する理論、すべてを精査した。人物については正直に言って偏屈で鼻持ちならない。しかし、人類の運命を託す人間を伊達《だて》や酔狂では選ばない」

「そんな私になにを望まれるのですか」

「彼らの弱点を突き止めて欲しい」

「では、私があなたの欲する答えを見つければ、私の将来を確約してくれますか」

「当然だ」

中山が大きく頷《うなず》き返した。

椅子にもたれかかった上條が、天井を見上げながら大きく息を吐いた。それから目を細めて、唇の端だけで安堵の表情を作った。

話を進めてよいかな、と中山が仕切り直す。

「新生物が中国の北部を壊滅させた。それだけではない。ヒマラヤを越えた別の群れが西から、昆明《こんめい》、成都《せいと》、重慶《じゅうけい》などの都市を飲み込みながら東へ向かって移動している。このままでは一週間後に中国の沿岸に達する。丹羽先生、次に起きることは」

「この生物は飛翔能力を持っています」

「そのとおり。冬の西風に乗れば奴らは東シナ海を越えてくるだろう」

「日本が襲われるとおっしゃるのですね」

「新生物が中国の海岸線に迫るスピードと気象条件から、猶予は来週土曜日の十一月七日と予想している。それまでに彼らを撃退する方法を見つけねばならない」

簡単に言って欲しくない。

「丹羽先生。どうすれば」

「ワハーン回廊以外で、彼らの生息場所、少なくとも生息していた場所に行く必要があります。でも残された時間を考えると、今から探している暇はない。確実に目的を遂げる場所はありますか」

「グリーンランドに行ってくれ」と、中山が即答した。

「なぜグリーンランドなのですか」

「あの場所は我々の管轄下にあるからだ。それに甲斐君も土地勘があるだろう」

中山の拘りが解せない。しかも、なぜ一部とはいえグリーンランドに日本が管理している場所があるのか。どうやら、調査隊と関係があるらしい。

いずれにしても、次の目的地が決まった。


長く憂鬱な会議が終わった。さすがに三人とも疲れ切っていた。出発の準備を始めるにしてもせめて仮眠を取りたいと隣の控え室に移った。

甲斐はソファで横になる。睡魔が全身を包む。

人生に光を見出した上條が隣で寝入っている。

仮眠を取る前にスマホを確認すると、一件の着信履歴と留守番メッセージが残されていた。健人の担任からだ。健人になにかあったのでは、と甲斐はすぐに担任の番号をタップした。

「もしもし」

（甲斐さんですね。お忙しいのにすみません。健人君の担任の吉本《よしもと》です）

「いえ、こちらこそ電話を取れなくて失礼しました。お世話になっています」

（今、お時間はよろしいでしょうか）

「どうぞ。なにかありましたでしょうか」

（世界中でおかしな事件が起きているときにどうかとは思いましたが、実は健人君の進路のことでお伝えしたいことがあります。もう十月ですので高校進学か就職か、さすがに進路を決めねばならないのです。健人君はそのことについて、お父さんになにか話していますか）

「就職したいと」

（やはりそうですか。でもそれは決して彼の本心ではないと思います。彼は進学したいのですが、お父さんに負担をかけたくないので遠慮しているとしか思えません）

「健人が先生にそんな話を」

（彼の親しい友人から相談を受けました。お父さん、彼は優秀だし友人からの信頼も厚い。コロナ禍のときと同じく、来年の就職求人は厳しい状況が続いていますから、

私は進学すべきだと思います。是非、彼と話し合ってみて頂けませんか）

わかりました、と甲斐は電話を切った。

進路のことを持ち出すたびに、健人らしくないすげない態度に引っかかるものを感じていたが、まさか甲斐に遠慮していたなんて……。けれど、彼に担任から電話があったことを伝えても、かえって意固地になるだけだ。ただ、今の甲斐の状況からして、ゆっくり二人の時間は取れない。しかも、健人を納得させるためには、葉子とのことを告げなければならなくなるだろう。

ソファに横になったまま、甲斐は右の前腕で両目を隠した。

ローツェ・フェースを吹き上げる風は耳元で唸りを上げている。天候の悪化は明らかだった。時間がない。甲斐の位置から、水平にトラバースして葉子に近づこうにも、岩壁はガラスのように平滑で、ナッツをさし込めるクラックは皆無だった。甲斐は葉子が宙吊りになっているオーバーハングした岩の上部に回り込むことにした。

陽が西に傾き始めている。

おそらく葉子たちが打ち込んだと思われるハーケンにクイックドローをセットしてクライミングを繰り返す。

甲斐は慎重に岩壁をよじのぼっていった。

雪の混じり始めた風が、甲斐を引き剝がそうと岩壁から吹きつける。

頰が引きつり、指先が凍える。

ようやく右前方に、葉子を吊り下げているロープと、それを支えているハーケンで確保した支点が見えた。

わずかに張り出したテラスを伝って慎重に葉子の直上に出た。周囲には神の存在を感じさせるヒマラヤの峰々がそびえ、北にはエベレストがせり上がっている。

見下ろすと、目もくらむ絶壁の途中に、風に揺れる葉子が見え隠れする。

ロープで支えられた甲斐自身も反力が取れないため、葉子を引き上げることはできない。

二個のナッツで支点を確保してから、ロープを投げ下ろした。

登り返し用のアッセンダーをハーネスにかけた甲斐はビレイデバイスを使って懸垂下降を始めた。

二十メートルほど下りると、葉子にたどり着いた。

「葉子。聞こえるか！」

誰かが甲斐を揺り起こす。

「甲斐さん。大丈夫ですか」

眠りから覚めると、丹羽が心配そうにこちらをみている。

知らぬまに、甲斐はソファで寝込んでいたらしい。

「顔色が悪いですよ」

「すみません。考え事をしているあいだに寝てしまいました」

いつのまにか額、頬、首筋に嫌な汗が吹き出していた。

丹羽が遠慮がちに尋ねる。

「もしかして奥様の夢を見ていらしたのですか」

「なぜそれを」

「女性の名前を呼んでいらっしゃったから。実は……、甲斐さんが奥様を事故で亡くされたことは、織田さんから聞きました。息子さんがいらっしゃることも」

「私のつまらない人生に興味がおありのようだ」

甲斐はソファから起き上がった。

「……すみません。差し出がましいことを申して。でも、これから甲斐さんになにかあれば、息子さんはどうされるのかと思って」

「同情ですか」

「いいえ。でも私たちはこれから危険な調査に出かけるのですよね」

「今回の調査と私の家庭の事情は関係ない」

つい烈《はげ》しくなった甲斐の口調に、丹羽が言葉に詰まる。

「あの……、こんなことを言ったら怒られるかもしれませんが、母子家庭で育った私には、息子さんのことが気になりました」

「あいつは大丈夫です。お気遣いなく」

「そ、そうですよね」

気後れしたらしく、丹羽の言葉がもつれる。

しばらくのあいだ、甲斐はしかめ面を作り、丹羽は気まずい表情で押し黙る。

甲斐が作った壁に丹羽がうろたえている。息子に拒絶される甲斐そのものだった。

健人のことを言えたもんじゃない。

「でも、もうちょっとで出発ですよね。正直言って不安です。今になって迷っています」

「誰でも同じですよ」

「私は自分になにかあれば母はどうなるのだろう、と心配でたまりません。正直言ってこんな大事なときなのに、瑣末《さまつ》なことにくよくよしています」

膝に置いた両の拳を丹羽がぐっと握りしめた。

彼女の表情に不安と迷いが混在している。

無理もない。命を賭すことになるのだから。

「すみません、甲斐さん。こんなときに、もうやめます」

「いえ。こちらこそすみません。私のことを心配してくださっているのに、大人気なくけんか腰になって。心配事があるなら聞かせてください」

丹羽が口を開きかけ、思い直しては閉じ、また開きかけては閉じた。

「私は母に迷惑ばかりかけてきました。女手一つで育ててくれた母を喜ばせたいのに、苛立たせることばかり。私は私なりに必死に考えているんですけど、愚図で優柔不断な性格が直せない」

「でも、そんな性格だからこそ、お母さんや恩師、友だちはあなたのことを信頼できる人だと感じたのでは」

「なら嬉《うれ》しいけど」

「この調査に参加することを、よくお母さんが承知してくれましたね」

「母には内緒です。説明したって頭ごなしに反対するだけ。でも私は必要とされているのですよね。だったら決めたことに後悔はない。でもどうすれば母を説得できるかわからない」

「親子の問題はうちだって一緒ですよ」

「私は納得できないまま、中途半端に『うん』と言えないんです。母に合わせてあげればいいのに。うまく嘘をついてやればいいのにできない。それでいつも喧嘩《けんか》の繰り返し」

皆同じなのだ。

「丹羽先生。余計なお節介かも知れないけど、お母さんに電話なさい」

「でも」

「危険な任務に出かけるからこそです」

甲斐の説得に丹羽が迷う。

「さあ」と、甲斐は催促した。

「わかりました」

唇をきつく結んだままうなずいた丹羽がスマホを取り出す。少し震える指先で番号をタップした丹羽が、スマホを耳に当てる。

「あっ、お母さん。私。ごめんね、ずっと連絡できなくて」

(どうしてたの。心配したわよ)

母親の声が漏れてきた。

「お母さん。よく聞いてね。今、世界中で事件が起きているのは知ってるでしょ。詳しくは話せないけど、その事件を解決するために私は出かけなくてはならないの」

(どういうこと。どうしてあなたなの。まさか危ないことを……)

「お母さん!」と丹羽が語気を強めた。「ごめんなさい。大丈夫、きっと戻ってくるから。それより、電話したのはお礼を言いたかったからなの。私はお母さんのおかげで命の尊さを学んだ。だから私はこれから出かける。沢山の大切な命を守るために。私は行かなければならないの。だからお願い。もう一度だけわがままを聞いて」

丹羽が言葉を切る。母親の反応はない。

「お母さん。聞いてる？」

（絶対に危険なことをしないと約束して）

「する」

（命がかけがえのないものだってこと覚えてる？）

「うん」

（命はいくつもあるけれど、お母さんにとってあなたの命は一つしかないのよ）

「はい」

（……行ってらっしゃい）

「ありがとう。また電話する」

そっとスマホを切った瞬間、丹羽が声を上げて泣いた。甲斐は震える背中を優しく叩いてやった。顔を覆った両手のあいだから、いく筋もの涙が頬を伝う。

納得できないと、『はい』と言えない彼女。

思い当たる。

健人がそうだ。甲斐は勝手に苛立ち、勝手に不満を抱いていただけで、結局、健人のことを理解できていなかった。

「あなたはお母さんとの関係で悩んでいた。私は逆です。家での私は息子から疎んじられるくたびれた父親です。山では偉そうにあれこれ指示を出すくせに、我が子とうまく接することができない」

丹羽が涙でぐしゃぐしゃになった顔を上げた。

「聞いてくれますか」という甲斐の願いに、「はい」と丹羽がうなずく。

甲斐は葉子と健人のことを語り始めた。話し始めると、今度は甲斐が止まらなくなった。丹羽は真剣な表情で応えてくれた。

「話し合う前に酒を飲んでいただけで、こっちを遠ざけようとする」

それは違います、と丹羽が首を横に振る。

「息子さんは、お母さんが亡くなったことは仕方なかったんだ、と納得させてくれる父親であって欲しいのです。お酒で酔っている甲斐さんはそうじゃない」

「理想の父親を求められても困る」

「息子さんの思いは、あなたへの尊敬の裏返しです」

「四六時中、しかも家の中ででも気を張ってなんかいられない。外では色々ありますから、家でなら息抜きに一杯やってもばちは当たらない」

「あなたは、世の中はそんなものだと考えていらっしゃるかもしれないけど、子供には大人の事情なんて関係ない。辛い経験に耐えてきた息子さんならなおさらです」

「私だって息子のことを一番に考えて、歩み寄ろうとしています」

「息子さんがお母さんを亡くした悲しみから立ち直るまで、凛々《りり》しく正しい父親であってあげてください」

「私に演じろと」

「演じるのではありません。父として正直に伝えてあげて。山での甲斐さんでいれば、なにも演じる必要はないはず。人生はこうだ、なんて理想を押しつけるのではなく、甲斐さんの体験を話してあげれば十分なはず」

「私がそうすれば、息子は就職のことも考え直してくれるでしょうか」

「多分、就職のことも学費や生活費であなたに負担をかけたくないからだと思います。息子さんと私は似ている。だからわかります。自分のこと、お母さんのこと、そして甲斐さんのこと、色々、一杯考えているけどうまく伝えられないだけです」

　近くで息遣いが聞こえた。

　いつのまにか目を覚ましていた上條が、頭の下で腕を組んで天井を見上げていた。

二〇二六年　十一月一日　日曜日　午前九時十七分　残り六日
東京都　千代田区　永田町二丁目　総理大臣官邸

三人は官邸をヘリで出発した。

やがて、海を越えて死の使いが押し寄せる首都は、恐れおののいて息を潜めている。もし、甲斐の懸念が現実になれば、一千三百万人の悲鳴が街に溢れる。

まずは、人々が新生物に貪り食われる。

新生物から逃れることができても、酸欠死が待っている。

酸素濃度が徐々に低下すると、ちょっとした動作で息が上がり、ふらつき、息苦しさ、動悸、皮膚が広範囲に青くなるチアノーゼなどの症状が現れる。肺が酸素を求めるから、胸が激しく上下し、苦しくて横になれない。やがて、もはや生きているのがつらいだけという状況の中で、意識が混濁する。

屍やカラスの死骸が路上に溢れ、人影の途絶えた街では古新聞が風に舞い上がる。

彼らが海を渡ってくれば、霞が関の官庁街、有楽町《ゆうらくちょう》のオフィス街、東京スカイツリー、荒川《あらかわ》をこえた葛飾《かつしか》区の下町。すべてが雪原のごとく新生物に覆われる。甲斐は恐るべき未来に震えながら窓から下界を見下ろしていた。

百里飛行場は、茨城県小美玉《おみたま》市百里・与沢《よざわ》にある自衛隊と民間の共用飛行場で、半分が茨城空港として営業されている。

三人は百里飛行場から空自のC‐2輸送機でグリーンランドをめざす。

ヘリを降りてハンガーを歩いているときに、上條のスマホが鳴った。

ポケットからスマホを取り出した上條がゆっくり立ち止まる。

こわばっていく彼の表情に、甲斐と丹羽は顔を見合わせた。

「どうされました」と丹羽が声をかける。

上條が空を見上げる。

「……終わりました」

「終わった？」

「私を学会から永久追放するそうです」

「そんな馬鹿な。だって、副長官が」

「誰の仕業か知りませんが、先手を打たれた」

ポケットにスマホを乱暴に押し込んだ上條が、どんどん歩を速める。

「気にしないでください。行きましょう」

先を行く上條を追いながら、甲斐は丹羽にそっと問いかけた。

「学会から追放されたところで、研究者として生きる道はいくらでもあるでしょ」

「そう簡単ではありません。おそらく論文の投稿すらできない。ということは、学位の取得も難しい」

うつむいた丹羽が小声で答える。

上條には時間がない。


三人は、待機していた輸送機のキャビンに、機体側面前部のタラップ付ドアから乗り込む。機内は結構大きくて、なにより天井が高い。内装材で覆われているので構造材、パイプ、ケーブルなどのむき出し部が少なく、照明が多いのと壁面がベージュ色なこともあって機内は明るかった。とはいえ床は多少、滑り止めが施されて歩くことも考慮されているが、やはり人よりも貨物優先の飛行機だった。

壁沿いに並んだパイプフレームに布張りしただけの座席に座った三人は、四点式のシートベルトで体をホールドした。キャビン前方の隔壁にはＬＥＤ式のメッセージボードがあって到着地の天候、所要時間、飛行高度、シートベルト着用サインなどが表示される。

（それでは、これより離陸します。途中、給油のためアラスカ経由でグリーンランドまで飛行する予定です）

機長のアナウンスが流れるとエンジンのタービン音がうなり、続いてタキシングが始まった。輸送機が滑走路に向かう。

「甲斐さん。一つ気になることがあるのです」

窓から外の景色を見送りながら丹羽が呟いた。

「副長官は、新生物について数カ国に協力と理解を求めた、とおっしゃっていました。でも未知の生物に関する情報なら、そのすべてが集まるスタンフォード分子細胞学研究所の知人は、そんな相談を日本から受けたとは言っていませんでした。どういうことでしょうか」

上條がじっと押し黙っている。

輸送機が離陸した。

同日　午後一時三十二分
グリーンランド　ギュンビョルン山麓

輸送機はアラスカのエルメンドルフ空軍基地で給油したあと、日本から十四時間かけてグリーンランドのカンゲルルススアーク空港に降り立ち、そこからヘリでギュンビョルン山の南岩壁をめざす。そこは調査隊が消息を立ち、甲斐が彼らの無残な死体を発見した雪洞があった場所だ。

休憩や、まして仮眠を取る暇もなく、三人は空港で調査のための装備を整えた。雪山用のウェア、グローブ、ピッケル、ロープ、バックパックなどを装着した三人はヘリに乗り込み、三十分ほどの飛行で氷と岩が入りくんだ垂直の岩壁を見上げる雪原に降り立った。

人類の運命とは関係なく、北極圏の青空が頭上に広がっている。北にはシャープな稜線の南岩壁がはるか頭上までそびえ、南には地平線を境に白い雪と青い空が接する。

人類が滅亡したあとでも、この空は変わらない。自然が見せる表情は美しいけれど冷酷だ。思えば、一千億個ある銀河の中の、さらにたった一つの星で大量絶滅が起きようと、宇宙の百三十八億年の歴史では些細《ささい》な事件に違いない。何億年かあとに見たこともない知的生物が、ある地層に大量の二足歩行の哺乳類の化石を発見することぐらいしか我々が歴史に残せるものはない。

甲斐は本物の新雪を踏みしめた。

「上條さん。人々が新生物の群れを一時的に雪や氷と見間違えていたとしても、やがてはその正体に気づくはずですよね」

機中では虚ろな様子だった上條が、本来の研究者の顔を見せる。

「いかに人は注意深く物事を見ていないか、ということです。未知の事象に遭遇した初期の段階では、思い込みという錯覚が起きるのは常ですよ。『まさかそんなことが起きているとは』、というのが人々の常套句《じょうとうく》です」

「では、石炭を採掘したとき、新生物の存在に気づかなかったのは」

「新生物が潜む石炭は、石灰成分の化石が多数混入されているから燃料材としては売り物にならない。採掘の対象から外されていたのですよ」

「もしそうなら、まだ巣に潜んでいる連中が多数いるということですね」

「そうです。我々の前に姿を現したのはほんの一握りにすぎない」

「では、どうやって巣を探すのですか」

「新生物が石炭層の中に生息し、かつそこに彼らの化石が残っていることはなにを意味するのか。つまり、カンブリア紀のどこかで誕生して次第に生息範囲を広げていった彼らが、大気中の酸素濃度が高くなるたびに地中や樹木の中へ潜り込んだからでしょう。彼らが誕生したのはおそらくカンブリア紀の熱帯。いつの時代でも熱帯という気候条件下では様々な生物が誕生する。その仮説が彼らの居場所に導いてくれる」

　これを見てください、と上條が一枚の地図を手渡した。

　そこには北米のカナダからグリーンランドへ、そして北極海を越えてシベリア、最後は南極へ延びる一本の線が描かれている。

「彼らが誕生したであろう五億年前、カンブリア紀の赤道です。この時期、グリーンランドも南極も赤道近くにあった。少なくとも、私はそうだと考えています。もし私の仮説が正しければ、彼らは、このどこかで誕生したはず」

甲斐は、周囲を見渡した。

「こんな雪で閉ざされた場所が、かつて赤道だったのですか」

「私には見えます」上條が目を細める。「かつて、この辺りが熱帯雨林だった頃の光景が」

赤道付近にあったグリーンランドでは、熱帯雨林の森と沼地に漂う靄《もや》の中を、新生物の祖先や様々な古代生物が這い回っていた。そのあと、濃度を増す酸素のせいで隅に追いやられる時代がきても、新生物は石炭層の中で、祖先の化石からカルシウムをエネルギーに変えるだけでなく、セルロースなどの炭水化物をエネルギー源にして生きてきた。

「なぜ奴らは世界中に分布しているのです。それがわからないと根絶できない」

するともう一度、上條が地図を掲げる。

「世界中に石炭層が分布している理由と同じです。現在の陸地のイメージで見てはいけません。大陸は長い年月をかけて地球上を浮き草のように移動し、一つに集まって巨大な超大陸を作ることもあれば、現在のように別々の大陸に分散することもあるのです」

プレートテクトニクスによる大陸移動説だ。たとえば、アフリカの現在の赤道地帯は、およそ四億五千万年前には南極の位置にあった。

「四億年前から三億年前、ユーラシアやグリーンランドは赤道付近にありました。その後、二億五千万年前にローレンシア大陸など、四つの大陸が次々と衝突して誕生したのがパンゲア超大陸で、この大陸は中生代三畳紀の二億年前ごろから再び分裂を始めた。そのあいだ北米、グリーンランド、シベリア、ユーラシアは陸続きだった。新生物は五億年前の熱帯地域で誕生し、繁栄し、隅に追いやられたこともある。しかし、パンゲアが存在したペルム紀末の大量絶滅時、再び大気中の二酸化炭素が増加した嫌気性環境下で彼らは生息範囲を広げ、分裂した大陸に乗って世界中に分布したのです。あるときは地表を這い回り、あるときは石炭の中で息を潜めながらです」

　上條がアイウェアを顔につける。

「では、奴らの巣を探しましょう。なぜそこで生き永らえたのか、あるいはなぜそこに閉じ込められていたのか。その謎が明らかになれば、彼らの弱点を見つけることができるかもしれない。甲斐さん。調査隊は新たに発見された石炭層を探していたのですね」

「そうです」

「多分、あれですね」と、上條が目の前にそびえる岩壁を見上げた。

　上條が指さす先、岩壁の中腹を黒い線が斜めに横切っている。黒い地層はほぼ四十五度の傾斜で岩壁を横切り、山麓の氷河に消えていた。

「行ってみましょう」

はるか山頂へ続く急峻なガレ場をのぼりながら上條が調査を始める。岸壁に着くと所々に調査隊が打ち込んだと思われるピトンが残る急斜面で、ロープで体を支えながら石炭層の露頭を観察する。落石が起きないか、甲斐が頭上を注意していると、強風でギュンビョルン山の稜線からは雪煙が舞っていた。

「この辺りの石炭層には、石灰の混入、つまり新生物の化石はありません。層に沿って下を見てみましょう」

上條が石炭層をたどって山麓に引き返していく。すると、岩壁と氷河の境界で、行く手を巨大なクレバスに阻まれた。岩から引き剝がされた氷河にクレバスが走っている。

雪原に膝をついた上條がクレバスを覗き込む。

「下りるのですか」

甲斐の問いかけに、上條がうつむいたまま無言を返す。クールな古生物学者でさえ怯えているのか。無理もない、甲斐も同じだ。この穴の底には悪魔が待っているかもしれないのだから。

「……下ります」

「クレバスを懸垂下降するのは厄介ですが、なんとかします」

今回の任務では本格的な登攀は想定していないとはいえ、それなりの装備は準備してある。

「問題は装備よりも我々の意思ですよ、上條さん」

「ここまで来て怖気《おじけ》づいても仕方ない。このクレバスの下に人類が求める答え、いや私の未来があるのだから」

「私も行きます」と。こちらも意を決した表情の丹羽が相槌《あいづち》を打つ。

甲斐は、クレバスから十メートルほど離れた氷面に、二本のアイススクリューを打ち込んでアンカーとし、その先に取りつけたカラビナにロープを通す。

「では行きましょう。私が最初に下ります。下へ着いて安全を確認したら合図するので、一人ずつ続いてください。それまでは決して下りてこないように」

甲斐はクレバスの縁から降下を始めた。一瞬、雪洞で見た死体が頭をよぎる。

クレバスの壁面は垂直に近く、底は見えない。

アイゼンの前爪を氷に打ち込みながら、ハーネスに取りつけたビレイデバイスを使って少しずつロープを送り出しながら氷の壁を下りていく。壁面の下部は雪が圧縮されて固結した氷状になっている。二十メートルほど下りると、突然、周囲が広い空洞になっていた。北側の面は岩が露出している。ようやく硬い氷で覆われたクレバスの底についた。ライトで周囲の安全を確認する。新生物の気配はなかった。これなら大丈夫と、ロープを引いて上の二人に合図を送る。

まず上条を、次に丹羽を下ろす。

「これはすごい」

氷河の中にできた大空洞を上條が見回す。高さは三十メートル、幅は十メートル、奥行きが五十メートルはあるだろう。まるでミラノ大聖堂の内部を思わせる巨大な空間だった。その突き当たりに、はるかギュンビョルン山の山頂から続く垂直の岩壁が露出している。屏風《びょうぶ》を思わせる岩の中央を石炭層が横切っていた。

「あそこを見てください」と、上條が岩壁に歩み寄る。一面に白い化石が露出した石炭層の表面がボロボロに崩れている。

「空気が抜けた穴ですか？」

「白いのはワハーン回廊の石炭層と同じ殻の化石で、表面が崩れているのは新生物が這い出たからでしょうね。やはりここは、彼らの巣の一つだったらしい」

「上條さん。所々にまるで機械で掘ったらしき穴が空いている。あれは？」

甲斐が指さす先をしばらく見つめていた上條が、ふっと視線を落とした。

「……甲斐さんはこの近くの雪洞で新生物に襲われた調査隊を発見したのですね」

「そうです」

「あそこに見える、機械で掘削した孔が新生物を目覚めさせたのかもしれない」

「なんですって」

「いや……、あくまでも私の推論です。でも、副長官がこの場所が日本の管轄下にあると言った訳がわかる気がする。それより、雪洞の様子はおかしくなかったですか」

「というと」

「多分、あなたが調査隊員を発見した場所は、雪洞ではなく、新生物の群れの中だった。よく襲われずにすんだものです」

甲斐は生唾を飲み込んだ。隊員たちの無残な姿が頭をよぎる。あのとき、甲斐自身が新生物に襲われていてもおかしくなかったのだ。

「でも、もはやここにはいない」

「他へ移動したのです」と、上條が頭上を見上げる。

「どこへですか」

甲斐の問いに、丹羽と上條がうなずき合う。

「アイスランドでしょう」

「昨日、レイキャビクを壊滅させた？」

「おそらく」

「新生物は生息範囲を広げるために、海を越える能力を持っていると」

「人類もそうです。エチオピアのダナキル砂漠とアラビア半島を隔てる狭い海峡を越えて我々の祖先はアフリカを脱出した。そこが航海の難所だったから、アラブ人はあの海峡を『悲しみの門』と呼びます。海峡の幅は三十キロ弱で、二百から三百五十キロある紅海やアデン湾よりははるかに狭いのですが、当時の人類にしてみれば、簡単に渡れる距離ではなかったはず。しかしその海峡も、海水面が現在より九十メートル以上低かった六万年前の氷期にはもっと幅が狭かった。その時代に人類はアフリカを脱出したのです」

「しかし東シナ海はもっと広大だ」

「それでも起こり得る。冬の偏西風に乗って数匹が越えるだけでよいのです。苦難の先には彼らの食料が山ほどある。ポルトガル人が黄金の国をめざしたのと同じです」

　恐るべき未来が見える。

「それにしても、これだけの面積の石炭層で生息していたなら、その総数は何兆匹でしょうね」

「丹羽先生。兆ですって？　それほど大繁殖した理由は」

「大気中の二酸化炭素が一定の濃度を超えたために、彼らの繁殖を急激にうながしたのです。現在、大気中の二酸化炭素濃度は四百ｐｐｍを超えています。産業革命以前は二百七十ｐｐｍだったことを考えると四十八％も増加している。その数値のどこかに、彼らの活動を活発化させる境界値があったのでしょう」

「でも、カラチグ谷の近傍では彼らを目覚めさせる人の活動はなかった」

「おそらく、偏西風の蛇行によってヨーロッパや西アジアから高濃度の二酸化炭素が運ばれたからだと思います。二酸化炭素の増加によって活動が活発化した結果、彼らは本能的に我先に交尾をしようと群がり始めたのです。数を増やし生存競争で優位に立つ。つまり、競争原理の掟は、生命誕生後の歴史の中で生物界の隅々にまでおよんでいる。つまり、ある生物が手に入れるものはすべて、他の生物の犠牲の上に生じるのです」

「我々はもはや無力なのですか」

　地下水が滴る岩肌から、丹羽がなにかを剝ぎ取った。かつてワハーン回廊の岩に張りついていた斑点状のカビや、あるいはイワタケに似た葉状地衣類だった。

「見てください。こんなに寒くて、暗い場所でも地衣類が繁殖しています。甲斐さん、このさえない生き物を覚えていらっしゃいますか」

「そういえば、ワハーン回廊であなたが腰袋に採取してましたね」

　カラチグ谷でヘリに乗り込もうとしたとき、新生物が一瞬、丹羽にひるんだことを甲斐は思い出した。

「あのとき、新生物が襲ってこなかったのは、もしかして、この地衣類のおかげだったと」

「彼らは私がぶら下げていた地衣類にひるんだのです。それだけではない。パキスタンやカラチグ谷と違って、石炭層が分布しているのにワハーン回廊で氷や雪と見間違えるほど新生物が繁殖しなかったのは、おそらくこの地衣類に押し込められていたから。つまり新生物の天敵です」

空を飛び、月に到達する輝かしい文明を築いた人類が最後に頼るのは、日陰で生きる菌類だというのか。

「凄まじい耐性を持った新生物に対抗できるのが、その地衣類だと」

「彼らがどこで生まれたかはほぼつかめました。生態もある程度わかっています。あとはこの地衣類が、新生物に対する生体防御機構を持っているかどうかを検証できれば、人類の救世主になり得る。そのためには、新生物がまだ巣に潜んだままの場所に行かねばならない。上條さん、探し出せますか」

「おそらく」

上條がうなずく。

三人は、新生物が五億年に渡って生きてきた石炭層を見上げた。

ペルム紀末に起きた『大量絶滅』のきっかけは、パンゲア超大陸の形成が巨大なマントルの上昇流である『スーパープルーム』を引き起こし、その結果、大規模な火山活動が発生して二酸化炭素や硫化水素などのガスが排出されたことだった。しかし、『史上最大の大量絶滅』になったのは、どうやら別の理由、つまり、新生物の仕業だったのかもしれない。

氷河と岩壁の隙間からさし込んだ夕陽に石炭層が照らされていた。

第四章　ホワイトバグ

モンゴル国　モンゴル大草原

ユーラシア大陸の北部では、新生物の攻撃であらゆる生物が絶滅しかけていた。中国東北部からユーラシア大陸の中央部を横切って、ハンガリーに至る東西一万キロの草原は『ステップ』と呼ばれる。見渡す限りの草原に遊牧民のゲルが点在し、羊や馬が草をはむ。なだらかな丘を越え、谷を縫ってどこまでも続くその風景は、さながら草の海を思わせる。

ところが今、地平まで続く広大な草原地帯の風景が一変していた。

北からトゥブ県を抜けてウランバートルへ続く草原の道が、避難民で溢れていた。とても道路とは呼べない獣道だけでなく、道なき草原を何千万もの避難民の列が続く。

新生物から逃れる人々が南をめざしていた。

避難民はウクライナやベラルーシを経てヨーロッパへ向かうか、カザフスタンやモンゴル、中国を経て南へ歩く。古代後期から中世初頭にかけて起きたゲルマン系民族の移動に匹敵する規模だが、何十年もかけて人々が移動した当時に比べれば、今回の切迫度は比べものにならない。その光景は第二次世界大戦時に、ナチスの侵攻から逃れようとした難民の列を思い出させる。

人々は飢えや貧しさのせいで追いやられているのではない。彼らを追い立てるのは死、それも残酷な死だ。

上り坂や混雑のせいで列が立ち往生しているあいだに、新生物が背後から情け容赦なく襲いかかる。奴らは人の体内に潜り込んで卵を産みつける。孵化して腹を食い破って現れた幼虫は交尾して、産卵するために次の獲物を求める。想像を絶する生命力で急激に数を増していた。

北から雪雲が迫ることは、死を意味していた。

「来たぞ！」

誰かの叫び声に、振り返った人々の表情が恐怖に歪む。

白い、やけに白い雲が地平線から南へ向かってくる。秋空に浮かぶ高積雲でもなければ、草原にたなびく霧でもない。もっと濃厚で、雲海の内側から次々と、まるで積乱雲が水平に突き出すかのごとく渦を巻いている。

新生物の群れが襲ってきた。

「逃げろ！」

人々が荷物を投げ出して走り出す。

「どけ！」「邪魔だ！」

ぶつかり合い、もたもたした老人を押しのけ、突き飛ばし、倒れた人を踏みつけながら逃げ惑う。馬車を引いていた馬が暴走する。クラクションを鳴らしながら、トラックが人々を跳ね飛ばして突っ走る。トラックの幌《ほろ》につかまって逃げる人が振り落とされる。

「痛い！」「やめてくれ！」「助けて！」

親とはぐれた子供が泣き叫ぶ。腰を抜かして呆然《ぼうぜん》と座り込む者、ひざまずいて祈りを捧げる者。

空を覆い尽くし、ものすごい速さで雲海が迫る。

獲物を求めて新生物が草原を乱舞する。

新生物が狙いを定めた標的に襲いかかる。

人々は肉を、皮膚を食い破られ、血しぶきとともに悲鳴が上がる。

新生物が群れるありさまは、バッタによる蝗害《こうがい》の比ではない。襲われるのは植物でなく人だ。新生物の群れが飛び去ると、繭に形を変えた人々が草原を埋め尽くす。それは、生きたまま卵を産みつけられ、粘液で全身を包まれた寄生体だった。やがて孵化した幼虫が体内から這い出たあとに残るのは単なる肉片だ。

赤道付近まで逃れたところで、絶滅までの時間稼ぎにしかすぎない。元々、新生物は熱帯で誕生したのだ。

人類に残された時間は、指で数えることができる。

衛星写真では、北半球が白い生物に覆われつつある。

それだけではない。新生物に襲われた北米、ユーラシア北部では大気中のメタンの濃度が急激に増えている。建物内に潜み、新生物の攻撃を免れても人々を待ち受けるのは酸欠死だ。

しかも、好気性生物にとっては、さらなる悪循環が発生している。新生物が出すメタンが温暖化を加速させる。七万年前から一万年前まで続いた最終氷期が終わるきっかけの一つに、海底で大量のメタンハイドレートが崩壊してメタンが発生し、結果、強烈な温暖化作用で気温が急激に上昇したことが確認されている。そのときと同じ現象が、新生物の活動によって引き起こされようとしている。当然、数が増えるほど新生物の出すメタンは増える。二酸化炭素と違って光合成で酸素を生成することもなく、ひたすら温暖化を促進させる。しかも、硫化水素と同じ可燃性ガスだ。

人類の生存圏が急激に縮小し、好気性生物にとって地球規模の激変が始まった。

すべては人間による温室効果ガスの排出が招いた結果なのだ。

二〇二六年　十一月二日　月曜日　午後八時十分　残り五日
東京都　千代田区　霞が関一丁目　経済産業省本館

副大臣の執務室で、織田と宮崎は応接テーブルを挟んだソファで向かい合っていた。

重苦しい沈黙が室内に満ちている。

「アイスランドやモンゴルが全滅し、ロシア、カナダ、中国で被害が拡大しています」

織田は用件を切り出した。

「世界中から憎悪が襲いかかってくるぞ。責任問題、賠償請求、断交。国際的な孤立を避けるために、我々にとっては地獄の日々が待っている」

「誰も代わってはくれません」

宮崎が背もたれから身を起こす。

「石を投げられ、唾を吐かれる。両手両足をもがれ、縄に吊るされても逃げることは許されない。覚悟はできているか」

「市中引き回しのうえ、獄門ですね」

「秦の時代から、中国で滅ぼされた王朝は皆殺しにされてきた。国を治める者の宿命だ」

「……我々は間違っていたのでしょうか」

「我々はこの国のために決断したのだ」

「甚大な被害を受けた国にとっては戯言《ざれごと》でしょうね」

「外交とは権益の奪い合いだ。どちらが正しいかではなく、どれだけ無理強いできるかを競う場だ。相手国の欠点をあげつらい、人参《にんじん》と恫喝《どうかつ》を使い分けて首を縦に振らせようとする」

「だから喧嘩上手な人が選ばれる」

「……腹は括っている。ただ」

「ただ？」

「甲斐たちを巻き込むことになる。……政務官。君は彼のことをどう思っている」

「優秀ですが、感情や行動がウェットすぎます。そこが心配ですね。私としては、契約という意味でも遠藤氏の方が御しやすかった」

「かつて、君も結構ウェットな性格だった記憶があるがな」

織田は壁に掛けられた油絵に顔を向けた。

作者など知りもしない。

「忘れました」

「彼とわかり合えることはないと」

「命じる立場の者として一線は引かねばなりません。そこは譲れません。それに、我々が泣き言を許されないのと同じで、彼らにも許さない」

そのとき、織田のスマホにメールが着信した。

部下が呼んでいる。

戻ります、と織田は席を立った。

扉のノブに手をかけた織田は足を止めた。

「私は完璧でありたかった。でも逃げ水を追いかけていたのかもしれません」

同日　午前十時五分　残り五日
グリーンランド　カンゲルルススアーク空港

残された時間は少ない。

日本からの連絡では、新生物は確実に中国の沿岸へ迫っていた。

この時刻、日本はすでに夜の九時を回り、まもなく十一月三日を迎える。

甲斐たちに残された時間はあと四日しかない。一秒でさえ惜しい三人は、ホテルではなく空港事務所で作戦を練っていた。上條は机や床に資料を広げ、持参したＰＣでシミュレーション解析を行い、求める答えを探していた。

空白の輸送機は、上条の指示でいつでも飛び立てる準備を整えている。中山の配慮で、どの国であろうと出入国手続は免除されることになっていた。

過去、二回あったとされる全球凍結とは別に二億五千万年前、ペルム紀末の大量絶滅時に、炭酸カルシウムを主成分としたなにかが地表を覆う擬似全球凍結が発生した、という自身の仮説をもとに、上条は自分たちが向かうべき場所、新生物の謎を解き明かし、その弱点を教えてくれる場所を特定しようとしていた。

ペルム紀末にしか存在しない石灰岩が、パンゲア超大陸を構成していたゴンドワナ大陸と、ローラシア大陸の各地で見つかっていることから、この事件に巻き込まれる前の上条は、『シアノバクテリアの活動で沈殿した炭酸カルシウムや、その表面に付着した堆積物が地表を覆い尽くし、その名残が各地で発見された石灰岩だ』と主張していた。しかし、石灰岩の存在だけでは根拠に乏しく、『地表が白く覆われる現象など発生しなかった』、という他の地質学者の否定論を突き崩せなかった。

しかし、事情は変わった。パンゲア超大陸が存在したペルム紀末の大量絶滅時、大気中の二酸化炭素が増加した嫌気性環境下で新生物が地表を覆い、その時期に生成された石灰岩が大繁殖した彼らの殻によるものという仮説には説得力がある。なぜなら、今現在がその仮説の正しさを証明しているからだ。

では、上条たちが向かうべき生息域はどこなのか。自身の仮説を頼りに、新生物の誕生からの歴史を上條が見直している。

ペルム紀末の大量絶滅が起きた頃、ワハーン回廊のあったアフガニスタンや、南中国は赤道近くに広がっていた『テチス海』にあった。グリーンランドはパンゲア超大陸の一部だった。さらに時代を遡ると、新生物が誕生した五億年前のカンブリア紀、グリーンランドや南極とともに赤道付近にあったのは北米大陸だ。北米はその後、四億年前のデボン紀に一度南半球に移動したあと、再び北半球に戻ってくるが、そのあいだ常に赤道付近にあった。

上條が一つの結論にたどり着いた。

「決まりました。カナダへ飛びます」

「カナダ？」

「バフィン島です」

「理由は」

「カナダ北中部のイエローナイフから、グリーンランドを抜けてシベリアまでを結んだライン上で、北米東部だけ新生物が現れていない。しかし、パンゲア超大陸の時代、グリーンランドとカナダ中央部のあいだに位置し、グリーンランドとも陸続きだった場所。かつ、石炭層が発見されているのはカナダ北東部、ヌナブト準州の北極諸島にあるカナダ最大の島、『バフィン島』です」

机の電話をつかみ上げた上條は、待機している空自の機長にその旨を告げた。

一時間後、甲斐たちを乗せた空自のC‐2輸送機はカンゲルルスアーク空港を飛び立った。グリーンランドの氷の大地を離れると、眼下にはラブラドル海の濃碧《のうへき》の海がうねっている。

昨日までにカナダでは、南東へ向かって勢力を拡大した新生物にモントリオール、ケベック、オタワが全滅させられた。しかし、グリーンランドに近いラブラドル半島やバフィン島では、いまだに新生物の発生情報はない。

「パンゲア超大陸の一部だったバフィン島は、地質的には先カンブリア楯状地で、北部に採掘されていない石炭層が発見されています。ただ、そこの石炭は品質が悪いため、カナダ政府からはずっと捨て置かれたままでした」

「理由は」

「石灰成分の化石が多数混入されているからです」

「グリーンランドと同じだ」

「それだけではありません。その一箇所で、最近まで日本が試掘坑を掘っていた。それがなにを意味するかは、おわかりでしょ」

「そこが我々の目的地というわけですね。もし、バフィン島に新生物の生息地があれば、間接的にあなたの仮説が証明される」

　上條が前かがみになって、両膝の上で指を組む。

「そうです」

甲斐は上條から確信に至った安堵感と達成感を感じた。

バフィン島北部まではおよそ三時間の飛行となる。

思えば昨日から一睡もしていない。

座席に座り直すと、甲斐は猛烈な睡魔に襲われた。


甲斐の声に、葉子がうっすらと目を開けた。

「……あなた」

「今、助ける」

「私はもうダメ。多分、脊椎を損傷している。ロープを登り返せない」

「諦めるな」

「よかった。最後に、あなたに……」

葉子の声が聞こえない。

風が二人の残り少ない会話までも吹き飛ばしていく。

二昼夜、極寒の中で宙吊りになっていた葉子の目から乾いた涙がこぼれた。

「……ごめんなさい」

「なにを謝る」

「シェルパのツェリンと、アタック隊が使うフィックスロープを張っている最中だった。昔、誰かが設置したらしい古いロープを、誤って私は彼に持たせた。ロープが切れたの。彼は転落した。私のミスよ」

葉子の告白に甲斐は一瞬、言葉を失った。

「いいか。俺がお前のビレイデバイスを一旦外すから、しっかりロープを持って体を支えろ」

「ツェリンには一人息子がいたの。健人と同い年。彼らの村を出るとき、私たちを笑顔で見送ってくれたあの子の人生を私は奪ってしまった」

「その話はキャンプへ下りてから聞く。今は俺の言うとおりにしろ」

伸ばした右手でなんとか補助ブレーキのロックを外そうとするが、甲斐の体勢が不安定なことと、彼女の体重のせいでうまくいかない。

「だめだ。一度上に戻って俺が引き上げる。待ってろ」

そのとき、葉子がそっと甲斐の肩に触れた。

「……健人をお願い」

彼女が弱々しく笑った。

その両腕がだらりと垂れ下がる。

力なく首が後ろに折れ、葉子の口が半開きになった。

「おい、葉子。葉子！」

甲斐は妻の名前を大声で呼んだ。

ここでは、命までも風が運び去る。

「せっかくここまで来たのに、なんでだよ。なんで行くんだよ！」

すべての悲しみが、なすすべもなく風に揺れていた。

「葉子！　ふざけるなよ。俺を置いて行くんじゃねえよ！　葉子！　行かないでくれ。頼むから、……後生だから」

甲斐は泣いた。


目の前に丹羽と上條が見えた。

輸送機の貨物室にエンジン音がこもっている。

丹羽が心配そうにこちらを見つめていた。

甲斐は大きく息を吐き出した。

「甲斐さん。教えてください。父親って息子のことをどう思っているのですか」

突然、上條が思いもしないことを尋ねる。

一瞬、健人の顔が頭をよぎる。世界の運命を託されようと、それぞれが内に悩みを抱えている。甲斐は息子との不仲、丹羽は母親との行き違い、そして上條は父親との距離。

甲斐は上條に健人の痛みを感じた。

「男というのは、いくつになっても子供です。なにかに迷い、くよくよしながら父親を演じるのです」

「なぜ」

「息子のことを思っているから。……誰よりも」

「その気持ちを伝えたことは」

「死んでも言わない」

「言わなければ子供にはわからない。勇敢な甲斐さんらしくない」

ローツェ・フェースでの、悔やんでも悔やみ切れない記憶から目覚めたばかりの心に、上條の正直すぎる言葉が突き刺さった。

「私らしくないですって？　勇敢？　私の正体はこんなくたびれたオヤジですよ。子供に、健人に胸を張りたいっていつも思ってるけど、勇敢になんかなれない、なり方すら知りませんよ。勝手なこと言わないでください」

「……私は父に言って欲しかった」

誇り高き上條が初めて見せる苦悩だった。

甲斐は一瞬、口ごもる。

「それは……、それはきっと、わかって欲しいなんて思わないから言わないだけ」

「子は親に感謝しなくてよいのですか」

「感謝なんかいらない。親は、ただ子供に与えたいだけ。その見返りなんてこれっぽっちも求めていない」

「それじゃ、すれ違いのままで終わってしまう」

「いいんです。それで息子が立派に育ってくれれば、自分の足で人生を歩き始めてくれればそれでいい」

「親ってみんな同じですか。社会的には尊敬を集める父なのに、ああしろ、こうしろ、なんてことは、ただの一度も言ってもらったことがない」

すると、両足をきちんと揃えて窮屈な座席に腰かけていた丹羽が、少しだけ上條に体を向けた。

「私が大学に研究職で残ることが決まったとき、お礼に母親を箱根《はこね》に連れて行きました。強羅《ごうら》の旅館に着くと、突然母親が泣き出した。どうしたのって聞いたら、昔、お父さんとこの旅館に来たことがある、もう一度、お父さんとあなたの三人で泊まりに来たかったと。そんなこと、母が言うなんて思いもしなかった」

丹羽が穏やかに目を細めた。

「きっとお母さんはお父さんと出会って幸せだったんだと思いました。お母さんのささやかな夢は、三人で温泉に行くことだったんだと。……家族ってそれだけで幸せになれる」

三人を乗せたC‐2輸送機は、北をめざして飛行を続けていた。

あと一時間でバフィン島に到着する。

同日　午後二時四十二分　残り五日
カナダ　バフィン島

バフィン島はカナダ北東部、ヌナブト準州の北極諸島にある島で、日本の一・三倍の面積を持つ世界で五番目に大きな島だ。島の東にはバフィン湾やデービス海峡を挟んでグリーンランド、南にはハドソン海峡を挟んでカナダ本土のケベック州がある。広大な島なのに住民は一万人程度で、湖、険しいフィヨルド、数千メートル級の高さの山々といった、ほとんど手つかずの大自然が残されている。

三人は、バフィン島南部のイカルイト国際空港から小型機に乗り換え、さらに一時間半ほどのフライトで、北部にあるアークティックベイの空港に着いた。

小型機が着陸したのは砂利を敷いただけの滑走路で、空港ターミナルはプレハブ小屋だった。その向こうの駐車場らしきスペースに、日本政府が用意したらしい大型のオフロード車が出迎えに来てくれていた。

〈Wellcome to Arctic bay, Mr. Kai. My name is David〉

胸板が厚くて筋肉質の体軀《たいく》、右腕に熊の刺青《いれずみ》を入れた大男が迎えてくれた。

「今回はよろしくお願いします」と、甲斐はデイビッドと握手した。まるでグローブを思わせる掌だった。

〈まもなく日が暮れるから、ホテルへ案内しよう〉と、デイビッドが車を指さす。

飛行機から降ろした荷物を持って、三人は車に乗り込んだ。極北の街ではもはや夕暮れが迫っているため、今日はアークティックベイの街で一泊することになる。空港から砂利道を走ると、夕陽に照らされた半円形の湾の対岸にへばりつくように広がるアークティックベイの街が見えてくる。マッチ箱を思わせる建物が寄り添う小さな街だった。この辺りでは木やセメントなどの建材が手に入らないから、家は南極の観測基地を思わせるプレハブ式住居になっている。

車が街の中心にある小さな宿に着いた。

チェックインをすませると、すぐに食堂で夕食を取る。思えば朝からなにも口にしていなかった。厨房から漏れてくるうまそうな匂いが鼻をくすぐる。

メニューはカリブーの肉を使った料理だった。

〈ジョン・フランクリンを知っているか〉と、デイビッドが缶ビールを口に運ぶ。

上條と丹羽が首を横に振る。

〈百七十年以上前、イギリスの軍人だったジョン・フランクリンは北極遠征の指揮官として一八四五年に二隻の軍艦と百二十九人の隊員を率いて北極圏に旅立ったが、この街の少し北のバフィン湾で目撃されたのを最後に行方不明になった。以来、探検隊の運命は謎に包まれたままだったが、二〇一四年に探検隊が乗っていた軍艦のうち、一隻がビクトリア海峡の極寒の海底で発見された。この島は昔から神の住む場所で、禁足地だった〉

「日本ではそんな土地を『オソロシドコロ』と呼ぶ」と、甲斐は応える。

「でも、そんな北極圏も変わってしまいました。現在、世界の他の地域と比べて北極圏は二から三倍の速さで温暖化しているため、氷河や氷帽《ひょうぼう》の後退が速くなっています」と、カリブーの肉を口に放り込んだ上條が続く。「この地は、少なくとも過去四万年にわたり、絶えず氷に覆われていた。バフィン島とグリーンランドのアイスコアから得られた気温データと比較すると、北極圏は現代が最も暖かく、今後数世紀以内に完全に氷がなくなってしまう」

そのとき、玄関の扉が開いてイヌイットの老婆が入って来た。小柄で背中が丸くなり、足が悪いらしく杖をついている。

彼女が四人に向かってなにか言っている。

しばらく老婆から話を聞いていたデイビッドが、こちらを向く。

〈俺たちは、明日、東の地へ行くんだよな〉

「そうです」

〈彼女は決して足を踏み入れてはならないと言っている〉

「理由は」

〈あそこへ行って、戻って来た者はいないそうだ〉

三人は顔を見合わせた。

「彼女に伝えてくれ。もし、私たちが明日、東の地へ行かねば南の地でもっと多くの人が死ぬと」


デイビッドと明日の目的地を確認したあと、三人は二部屋にわかれて眠りについた。

夜が更けた。

老婆の言葉が気になって、甲斐はベッドで寝つけずにいた。すると、隣のベッドで横になっていた上條が起き出した。

ポケットからこっそりスマホを取り出すと、誰かに電話する。

しばらくすると相手と繋がったようだ。

気づかれないように、甲斐は寝たふりを続けた。

「……もしもし、父さん。僕だよ」

（お前か。ずっと連絡もよこさず、なにしてた）

辺りの静寂のせいで、相手の声が漏れてくる。

「今、いいかな」

（構わないが、お前、どこにいるんだ）

「カナダのバフィン島だよ」

（カナダ？　なんでそんなところに）

「そんなことどうでもいいんだ。それより、時間がない。聞かせて欲しいことが一つある。……僕のことをどう思っていた」

（お前のこと？）

「僕の人生についてだよ」

（どうした、突然）

「僕は父さんみたいになれなかった」

（私のようになれと言ったことなど、一度もないぞ）

それなら、と中学の頃から感じていた心の重圧を上條が告白する。

しばらくのあいだ、父親がなにかを言い出しかねている様子だった。

（……お前が小学生の頃、たしか五年生だった。上野の国立科学博物館へ連れて行くと、お前は恐竜の展示コーナーから離れなかった。帰りにミュージアムショップで、トリケラトプスのフィギュアを買ってやったときのお前の嬉しそうな顔を今でも覚えている。多分あのとき、お前は無意識のうちに自分の道を決めた。自分の足で歩き始めたお前に言うべきことなど、あるはずがない）

「でも、僕は学会からはツマはじきだ」

（それがどうした。お前は研究者だ。研究者の喜びは自分で切り開いた道で求める真実にたどり着くこと。道の両側で腕組みしながらお前の首尾を眺めている連中は、お前が正しい、お前には敵わないと知った途端、拍手を送り始めるものだ。気にするな）

「でも僕自身、時々、道が見えなくなる」

（道を切り開くということは、道を探すこと。道を切り開く者の前に道はない）

はるか日本から、八千五百キロ離れていても父親の声は穏やかだった。

（それより、常雄。こんな大変なときにカナダにいるということは事情があるんだろ。でも無理をするなよ。決して無理をするな）

目を閉じた上條が、スマホを額に押しつける。

「ありがとう、……父さん」

上條がスマホを切った。

すぐに父親からしきコールが繰り返し入る。

なのに上條は二度と電話を取ろうとしなかった。

電源を切ったスマホを枕元に置いた上條が、ベッドに潜り込む。

「お父さんですね」

甲斐の声がけに上條が背中を向けた。

「かけ直してくる回数だけ、お父さんはあなたのことを案じている。父親とはそんなものです」

「……もういいんです」

上條が毛布を頭から被った。

二〇二六年　十一月三日　火曜日　午前七時　残り四日
カナダ　バフィン島　アークティックベイ

長い夜が明けた。

三人は、デイビッドの運転するオフロード車で東の内陸に向かってナニシビクハイウェイを走る。ハイウェイとは名ばかりの荒涼とした原野を抜ける砂利道だ。時折、みぞれ混じりの雨が降る寒々とした景色が広がっていた。

　起伏に富んだ地形を東へ向かうにつれ、山々は緩やかに西へ傾斜している。ここは『石の島』だ。ゴロゴロと大小の石が転がる荒涼とした山岳地帯に、白い綿毛を思わせる花が咲いている。途中、何箇所か鉄鉱石らしき赤茶けた山が見えた。

　街から百キロも進むと道が途切れていた。めざす石炭層はまだはるか東方だ。

〈心配するな。この先は枯れた川床を走っていけるから〉と、デイビッドがハンドルを切る。

「詳しいな」

〈俺は何度か来たことがある。あんたたちがめざしている石炭層に日本が試掘坑を掘る際、案内役として同行していた〉

「日本が？　政府の仕事か」

〈そうだよ〉

　一旦南下した車は、川床礫《かしようれき》のでこぼこ道を進んでいった。目的地にたどり着くまでにはかなり車を走らせなければならない。やがて、山岳地帯を抜けると、隆起が少なく、お椀を伏せたような地形が広がった。なだらかな斜面の所々に石が積み上げられていた。

〈あの石積みは、イヌイットが作ったホッキョクギツネ用の罠《わな》だ。石積みの中は空洞。

つまり、落とし穴だよ〉

　デイビッドが教える。

　そして、罠とは違った形の石積みもあった。

〈ヨーロッパやアメリカから、帆船で極北の地にクジラを捕りにやって来た人たちの墓だ。故郷に戻ることなく命を落とした人の骨は、木も草も生えないこの地で、石積みの中に埋葬された〉

　さらに、五十キロほど走る。この島がパンゲア超大陸の内陸地域だった頃、砂漠と乾燥した山岳地帯が広がっていたはずだ。地平線まで視界をさえぎる木は一本もなく、砂嵐がサソリくらいしか棲めない広大な砂漠と砂丘を吹き抜ける。風と砂は、砂から顔を出した岩石の表面に地球が誕生してからの時間を風紋として刻む。それが、二億五千万年前のこの地の光景だ。

　一方、山岳地帯は、植物の生えていないヒマラヤの高地に似ていただろう。岩石が散乱する扇状地が、はるかかなたの乾燥した平原にまでおよび、オアシスや緑の谷間などない。風のうなる音だけが響く世界だったのだ。

　やがて、水が涸れた川床の向こうに、岩の露出した険しい断崖が見えてきた。川床を横切り、対岸に移動する。

〈着いたよ〉と、デイビッドがフロントガラス越しに断崖を見上げる。

崖の上部には頁岩が、崖の下部には石炭層が露出している。両方の層ともに、大きく褶曲していた。さらに、この場所の石炭層には特徴があった。石炭層を上下に挟む粒子の細かい粘土層は、水の流れがほとんどない条件でしか形成されない。なにより目を引いたのは、まるで小麦粉を撒いたように、石炭層の表面に白い斑点模様が見えることだ。

三人は車を降りた。

丹羽が早速、崖に続く斜面を調べ始める。地面にしゃがみ、岩の表面を撫でる。苔を思わせる、カビに似た生物が張りついていた。

「ありました、地衣類です。ここではワハーン回廊やグリーンランドよりもはるかに多く群生しています」

見ると斜面一面が、ワハーン回廊で見たのと似た地衣類で覆われていた。

「バフィン島の山岳地帯や低起伏の台地は極地ゆえに天然の低温貯蔵庫です。だから数万年ものあいだ、この地で古代のコケや地衣類が維持されてきた」

丹羽が見つけた地衣類の群生域をたどると、その先に石炭層がそびえている。

その一点を上條が指さす。

「我々の最終目的地です」

そこにあったのは、石炭層に日本が掘った坑道だった。地衣類の群生域を抜けて試掘坑の前に立つ。馬蹄《ばてい》形の鋼製支保工と木製の矢板が地山を支えている。

「行きましょう」

振り返ると、耳にイヤホンをしたデイビッドが、運転席で体を揺すっている。その呑気さからは、とても、滅亡が目の前まで迫っているとは思えなかった。

ヘルメットを被り、ヘッドライトを点けた三人は中に入る。暗い坑道がまっすぐ続き、地面、側壁、天端、すべてが黒い石炭だった。やがて人力で切り拡げられたらしき広い空洞に出た。

つま先が硬いものを踏んだ。そっと足を引くと、あの化石が落ちている。

「ありました。奴らの化石だ」

上條が白い証拠を拾い上げた。ライトで四方を照らすと試掘坑の壁一面に殻の化石が露出している。

「ここが生息地ですね」

「そうです」

「おそらく、世界中にここと同じ規模の生息地が何箇所もある。そして、今と同じ現象が二億五千万年前に起こったに違いない。現代の温暖化が私の説の正しさを証明してくれた」

三億年前、石炭紀の後期に二酸化炭素濃度は現代のレベルまで低下した。一方で植物の活発な光合成のせいで酸素濃度は地球史上最高の三十五%まで上昇した。

「当時はこの世にまだ腐朽菌が存在しなかったため、リグニンを含む樹木は腐ることなく土中に埋もれていた。しかしそのおかげで、牛などの反芻動物が持つのと同じ微生物を体内に取り込み、セルロースやリグニンを分解してエネルギーにできる新生物は、好気性の環境下でも生き延びた」

上條の表情が確信に満ちている。

その後、樹木を分解できる白色腐朽菌が誕生した。白色腐朽菌は膨大な量の倒木を分解する過程で酸素を消費するから、大気中の二酸化炭素は急激に増大した。この低酸素環境はペルム紀を通じて継続し、活発な火山活動で温室効果ガスが排出されたペルム紀末の大量絶滅時に決定的となった。

「先カンブリア紀に誕生した新生物は、ペルム紀末の嫌気性環境で地表を白く覆うほど大繁栄して大量絶滅を引き起こしただけでなく、メタンを大量に排出して温暖化を加速させた。さらにその後の三畳紀に、移動する陸地とともに地球上に分布することになった」

そして、二度目の『擬似全球凍結』が訪れようとしている。

「今や、新生物が生成するメタンによって温暖化に拍車がかかっている」

「でも、なぜここの新生物は外の世界に出ないのですか」

「理由はあの地衣類です。どうやら新生物と地衣類は敵対関係にあります」

　上條に代わって丹羽が答える。

「こんな近くにいるのに」

「だからです。あの地衣類が新生物の行動を制限しているのです」

「だから、地中に閉じ込められたままなのですね」

「そうです」

　そのとき、坑口の方から人の気配がした。坑壁を照らすフラッシュライトの明かりがこちらに向かってくる。

　デイビッドだった。

〈そろそろ引き上げないと、日暮れまでに街まで戻れないぞ〉

立ち止まったデイビッドのつま先に、頭上から小石のような黒い塊が落ちてきた。

甲斐は天端を見上げる。

石炭層の表面が泡を吹くように、何箇所も盛り上がっている。

層の内側から押し出された石炭の破片がパラパラと落ちてくる。

天端に空いた無数の穴から新生物が次々と這い出てきた。うじ虫のように体をくねらせ、絡み合い、重なり合いながら這い出てくる。

殻をこすり合わせた新生物が、たちまち天端に溢れる。

気配を感じたデイビッドが上を向く。

〈なんだ。こいつら〉

「だめ！　彼らに向かって息を吐いてはいけない」

丹羽が叫ぶ。

新生物が一斉にデイビッドに襲いかかった。

フラッシュライトがデイビッドの手から地面に落ちた。

デイビッドが両手で全身をはたく。

つま先から頭までが新生物に覆われていく。

鼻、耳、目、そして口から、新生物がデイビッドの体内に潜り込む。

デイビッドの口から血が溢れ出た。

デイビッドが地面に倒れる。

皮膚の下で新生物が這い回っている。断末魔の叫びが粘液に包まれていく。びっしりとデイビッドの体に群がった新生物は、皮膚病の水泡か発疹《ほっしん》を思わせた。

「ここを出るぞ！」

甲斐は上條と丹羽に叫んだ。

見ると、出口へ続く坑道が新生物で埋まり始めていた。

「甲斐さん。あそこは飛び越えるしかなさそうだ」

「しかし、丹羽先生には無理だ」

「なら、私が背負います」

「背負いますって、上條さんはどうするのですか」

「私が丹羽先生を背負って新生物の群れを抜けますから、二人で脱出してください」

「なに言ってるんですか。あなたを残していけるわけがないでしょ」

「これから起きることを考えたら、甲斐さんと丹羽先生はこんな所で死ぬわけにはいかない。私の役目は終わった。あとは任せました。丹羽先生。一つだけお願いがあります。私の説を学会に伝えてください。今さら私が正しかったと主張する気はありません。学会の謝罪を求めるわけでもない。でも伝えて欲しい」

　上條が微笑んだ。

「今は色んな満足感で一杯です。だから、さあ私の背中に」

　上條が丹羽に背中に乗れとうながす。

「できない」と、丹羽が躊躇する。

　そのあいだにも新生物は数を増す。猶予はない。決めるのは甲斐なのだ。

「丹羽先生。上條さんの背中に早く！」

　周りから這い寄る新生物を「この野郎！」と、甲斐は思い切り踏み潰した。

　一瞬、上條の足がふらつく。甲斐は上條を支えて、丹羽を手助けする。

「甲斐さん。あとを頼みます」

穏やかな目を、上條が甲斐に向けた。

甲斐はうなずいた。

先に甲斐は駆け出した。坑道の支保工のフランジに手をかけて、振り飛びの要領で新生物の群れを飛び越えた。

「早く。こっちへ」

振り返った甲斐は手招きする。

「嫌です！　一人じゃ行かない」と、愚図る丹羽をしっかり背負った上條が、新生物の中に足を踏み入れる。

彼の両足に新生物が群れ集まる。

上條が顔を歪める。

「丹羽先生。絶対に手を放すなよ！」

よろけながらも上條が確実に歩を進める。

新生物が上條の体を這い上がり始めた。

上條が痛みに悲鳴を上げる。

「お前らなんか。お前らなんかに負けるわけがねーだろ！」

「もう少しだ。頑張って！」

突き出した右手で甲斐は上條の腕を引っ張る。
上條が群れを抜け出た。
両膝を折って、地面にひざまずく。下半身が血に染まっている。
甲斐は上條の背中から丹羽を抱え上げた。
突っ伏した上條が、額を地面に打ちつける鈍い音がした。
波のごとくうねり、切れ目なく追ってくる新生物が、上條の全身を覆い尽くしていく。
群れの中から上條の右手だけが突き出ていた。
「上條さん！」
口を押さえた丹羽が叫ぶ。
「見るな！」
丹羽を抱えたまま甲斐は坑道を走った。

二〇二六年　十一月四日　水曜日　午後十時　残り三日
東京都　千代田区　永田町二丁目　総理大臣官邸

中国国内で新生物が、予想どおりの速さで沿岸地域に迫っている。北からの群れは吉林省《きつりん》を越えて朝鮮半島に、ヒマラヤから押し寄せる西の群れは山東省《さんとう》や江蘇省《こうそ》に到達している。すでに人民解放軍は壊滅状態となり、新生物が通過した地域では、洪水で押し流された倒木を思わせる死体がそこらじゅうに転がっていた。

新生物が目前に迫った上海《シャンハイ》市は、逃げ惑う人々で大混乱に陥っていた。

今後の気圧配置とそれによる風向き次第で、彼らが黄砂と同じく東シナ海を渡ってくるのは確実だ。

すでに、政府は西日本の住民にすべての窓を閉め、目張りした屋内にこもる準備を終えるよう非常事態宣言を発出し、鳥取から長崎までの海岸線に陸上自衛隊を配備し終えた。中部方面隊と西部方面隊だけでなく、東部方面隊の大半も西へ移動中だ。ただ、自衛隊の火力を持ってしても効果は限定的で、根本的な対抗措置がなければ新生物の侵略は阻止できない。

甲斐と丹羽は、グリーンランドへ出かけたときとは逆の経路で百里飛行場からヘリで官邸に戻った。往路と異なるのは上條がいないことだ。

四階の会議室に入ると、いつものメンバーが待ち構えていた。

日本壊滅という現実に、どこまでも無力な出席者たちの顔が青ざめている。

織田が正面にポツンと二つ空いた席を指さした。

「時間がない。あなたたちが得た情報について報告をお願いします」

「上條さんが亡くなったのに、お悔やみの言葉もないのですか」

丹羽が途中で立ち止まった。

織田が上目遣いの視線をちらりと送る。

「残念だと思います」

やけに乾いた語感だった。

「それだけですか」

「この瞬間も世界中で多くの人々が亡くなっている。新生物の犠牲になった人たち全員にお悔やみの言葉を述べている暇はありません」

「私は上條さんのことを言っているのです」

「目の前で氏が亡くなったからショックを受けたのはわかりますが、個人的な感傷をこの場に持ち込まないでください」

「あなたは人の痛みがわからないようですね」

「人の痛みには、見えるものと見えないものがあります」

「内なる痛みでも、表情や言葉でわかります」

「学者のあなたに？　意外ですね」

「新生物が待ち受ける現地に行く覚悟もない人がなにを偉そうに」

「私はいつでも命を懸けている」

「よく言うわよ。命を懸けるっていうのは、いつ死んでも構わないなんて意味じゃない。死ぬのは誰だって怖いわ。でも、自分の命を気にする余裕もないほど、やらねばならないことがあって、それをやり通すことよ」

「ここはあなたの劇場じゃない」

織田の口調から棘が顔を出す。

「なんですって！　じゃあ、教えてあげるわ。上條さんは、命を懸けるなんて安っぽいことは言わなかった。私に背中に乗れと言っただけ。そしてあの人は新生物の中に歩き出した。あなたに、なにがわかるって言うの。許さない。絶対、あなたを許さない！」

丹羽の目から涙が溢れ出る。

織田につかみかかろうとする丹羽を、甲斐は後ろから羽交い締めにした。

「落ち着いて！」

「放して！」と、もがきながら丹羽が織田を足蹴にしようとする。

織田が丹羽を指さす。

「あなたはロシアの、モンゴルの、北米の惨状を見たのか。我々はその悲劇を止めようとしているのだから、リスクを背負うのは当然だ。それに、我々の依頼を上條氏は自身への保証と引き換えに請けたはずだ。当然、命の危険があることは覚悟していたはず。先生。我々の依頼を請けたということはあなたも同じ。そして、あなたは生きている。自分の責任を果たして頂きたい」

織田は顔色一つ変えない。

収まらない様子の丹羽を、甲斐はどうにかなだめて席に着かせた。

中山が「いいかな」、と甲斐に目線で問う。

丹羽の横に腰かけた甲斐はうなずき返した。

「まずは丹羽先生。グリーンランドとカナダでの調査結果を報告してください。よろしいですか」

中山が丹羽を気遣う。

横を向いたまま、丹羽が何度か深呼吸して気持ちを鎮める。

がん首そろえた他の出席者は、丹羽を待つしかない。

ようやく、丹羽が「大丈夫です」と右手を小さく上げた。

「では、お願いします」

取り乱して失礼しました、とようやく丹羽が落ち着いた表情を取り戻す。

「まず、お配りした写真をご覧ください。そこに写った地衣類は葉状地衣類で、樹皮や岩に着生するウメノキゴケの一種と思われます。ウメノキゴケは普通、熱帯や温帯に生息しますが、この種は寒冷地に適した新種です」

「このカビに似た生物が、決め手だとどうして言えるのですか」

厚生労働大臣が問う。

「ワハーン回廊、グリーンランド、そしてバフィン島と、新生物の生息域の近くに分布していただけでなく、新生物の行動が抑制的だったバフィン島で、この種は群生していました。さらにもう一点。私たちがカラチグ谷で新生物に襲われたとき、新生物は私を避けました。理由は採取した地衣類を私が身につけていたからと思われます」

「新生物はこの地衣類を避けて生息するのですか」

「バフィン島では周囲が天敵の葉状地衣類で覆われていたため、新生物は石炭層内に押し込められていたのです。暴風雪が吹き荒れる真冬の南極大陸で、何千ものペンギンが、大きな輪になって寒さに耐えるのと同じです」

「では、この地衣類で新生物に対抗できると」

「植物や地衣類といえども、植食者である昆虫やダニに対して無防備なわけではありません。彼らは、自分自身の発育や繁殖に必要な物質の他に、植食者による加害や病原菌に対する生体防御機構となる物質を作り出します。植物と植食者の関係は、植物の生体防御機構の進化と植食者による打破との繰り返しです」

「地衣類とはなんですか。カビとなにが違うのですか」

「地衣類は菌類と藻類またはシアノバクテリアからなる共生体です。全世界で約二万種が確認されているほど生息域が広く、温帯から極地圏、高山や砂漠や熱帯雨林といった低温、高温、乾燥、湿潤などの多様な環境で、多様な種が生育しています。着生するのは樹皮や葉、岩や土、コンクリート、金属など様々で、生長速度は遅く、年間数ミリしか大きくなりません」

「だから、地衣類のなにが新生物に効果があるのですか。知りたいのはそこだ」

先を急ぐ織田を、丹羽が受け流す。

「地衣類が作る化学物質、つまり地衣成分と呼ばれる物質は七百種類以上が知られています。地衣成分の中には周辺の微生物や植物、昆虫に対する生長抑制物質または忌避物質となるものが存在します」

「具体的には。新生物に有効な地衣成分ははっきりしているのですか」

「有効成分がウスニン酸、ブルピン酸、ピルビン酸、オルシノール、メチルエーテル、オルセリン酸、アトラノリンのいずれかだと思います」

「すぐに突き止めたまえ」

大きく頭を反らせてから、宮崎が首を何度か回す。

「もちろん、そのつもりです。でも、正直、ムカつきます」

「なにが」

「上條さんは、これから起きることを考えて、自分の命と引き換えに私を救ってくれた。だから、私は死ぬ気でやります。でも、彼がバフィン島で亡くなったとき、空調の効いた部屋でふんぞり返っていたあなたたちのためじゃない。それだけは覚えておいてください」

机に肘をついて、組んだ指に顎を乗せた中山が、じっと目を閉じている。

甲斐は発言を求めて右手を上げた。

「私からは一つ確認したいことがあります。世界中で石炭層の調査を命じた人には不都合でしょうが、我々を、いや世界を救うために命を投げ出した上條氏のためにもお聞きしたい」

織田が横目で睨む。

「今回の調査はおかしなことばかりだ。新生物の存在を九カ月前から知っていたにしても、時間がないと急《せ》かすわりには奥歯に物の挟まった言い方。何事も極秘に進めたがる点。さらにグリーンランドの地質調査エリアが日本政府の管轄下に置かれていた点。どうです織田政務官、あなたならその訳を知っているはず」

「なぜ私に聞くのです」

「グリーンランドから帰国した私を、わざわざ成田まで出迎えに来た理由は、私とマスコミが接触するのを嫌ったからでは」

握っていたペンを織田が机に戻した。

「あなたが派遣した地質調査隊の目的はなんだったのです？　私たち三人がグリーンランドのクレバスで石炭層を調べていたとき、壁面に何本ものボーリング孔跡が残されていた。あれは十月五日、私が救助に行かされた調査隊が削孔したものですね」

「それがなにか」

「ボーリングの目的がなんであれ、それが新生物を目覚めさせてしまったとしたら。つまり、ボーリング孔に充塡《じゅうてん》した膨張破砕剤でクラックを発生させながら石炭を試掘しましたね。ところが膨張破砕剤の生石灰が、新生物を目覚めさせた。その結果、調査隊全員が新生物に殺されただけでなく、アイスランドまで絶滅させた」

「馬鹿な」

「話す気はないと」

「あなたたちが知る必要はない」

そういうことか。

クズとはこういう男のことを言うのだ。

甲斐は立ち上がった。

「副長官。余計な話をしました。私と丹羽先生は人類を救わねばならないので、ここで失礼します」

踵を返した甲斐は、丹羽を連れて会議室を出ようとした。

「待ちたまえ」と、織田の低い声が追いかけてきた。

振り返ると、織田が立ち上がった。

「思い上がるな。二人だけで世界を守るつもりか」

「守れと命じておきながら、今度は思い上がるなと」

「私たちはいつも安全な場所で遠巻きに見ているだけだ、という当てつけか」

「ようやく私の思いが届いたようだ」

「浅いな。まったく浅い」

織田の挑発に取って返した甲斐は、政務官の鼻先に顔を突き出した。

「さっきから、人を馬鹿にするのもいい加減にしろよ」

「君こそ、鉢の中の出来事だけで白黒つけようとするな」

「なんだと！」

「落ち着け！　二人とも」

織田の横に腰かけた宮崎が掌で机を打ちつける。

扉の横に立つ官邸職員に向かって宮崎が指を鳴らした。

会議室の扉が再び閉じられた。

「甲斐君、丹羽先生。上條氏のことは残念だったと思う。自分たちは命を懸けているのに、我々が遠巻きに見ているだけだという不満ももっともだ。しかし、私と政務官が向き合うのは、君たちが見た死とは異質のものだ。国の死。……わかるか」

「いいえ」

「私は多くのものを見てきた。裏切りや背信は日常茶飯事の世界だ。それでも命まで取られるほどのことではない。しかし、今は違う。自らの失態は国を滅ぼし、人々を死に追いやる。ヘマをすれば君は岩壁から滑落するが、それは、私も同じだ。そして、私が落ちる先は谷底ではなく、地獄だ」

　悠々たる態度とは裏腹に、宮崎の言葉は過酷だった。

二〇二六年　十一月五日　木曜日　午前十時十二分　残り二日
文京区　目白台　東央理科大学　農学部　動物遺伝育種学　研究室

　陸自の西部方面隊第四師団の村上《むらかみ》幕僚長が、打ち合わせ机を挟んでパイプ椅子に腰かけていた。わざわざ、九州から丹羽に会うために上京して来た幕僚長は、用事がすめばとんぼ返りする。

　少し白髪が混じる五分刈りの頭に太い眉と鋭い目、えらの張った日焼けした顔、がっしりした体軀が皺一つない制服に包まれていた。

　第四師団は重要拠点である福岡《ふくおか》市の防衛を担当する。すでに各種誘導弾、一〇式戦車、高射機関砲、自走りゅう弾砲、迫撃砲、装甲戦闘車などの配備を終えている。また海上には、イージス艦を主力とした海自の護衛艦、二十隻が展開していた。

すでに自衛隊は決戦の準備を整えてはいるものの、相手は他国の軍隊ではなく、一匹一匹はミリの大きさしかない生物だ。火力の有効性は未知数で、さらに群れの大きさによっては消耗戦に突入する。長さが数百キロにおよぶ砂嵐のごとき群れには、ミサイルや砲弾などは限定的な効果しかない。中国全土で人民解放軍がなすすべもなく壊滅した事実が教えている。唯一あるとするなら、地上がすべて放射能で汚染されることを覚悟して大量の核兵器を使用することだろう。しかし、それは人類自らが絶滅の道を選ぶことを意味する。

「新生物と対峙《たいじ》する際の注意点を教えて頂きたい」

机に制帽を置いた村上が切り出した。

丹羽が村上の前に紙コップに入れたコーヒーを置く。

「私には兵器の威力や使い方はわかりません。私がお伝えできるのは、隊員お一人おひとりの安全を守るための注意点ですがよろしいですか」

「お願いします」

「まず、新生物は獲物が動けないように、粘液で自由を奪いながら体内に潜り込みます。彼らは毒蛇と似て、歯の一本に毒針を持ち、内臓の壁にその針をさし込んで毒を注入し、周辺の痛みを麻痺させるのです。その後、麻痺させた粘膜層に複数の卵を産みつけます。やがて孵化した幼虫は、短時間に脱皮を繰り返して外骨格を再生しながら、最後に獲物の腹部を食い破って出てきます」

「寄生されるのですね」

想像するだけでもおぞましい事実に、村上の表情がこわばる。

「そうです」

「対処方法は」

「隊員を守るためには皮膚を一切出さないことです。新生物は皮膚を食い破って体内に侵入することもありますから、彼らが服の中に潜り込む余地を与えないために顔だけでなく、首、袖、足首周りなども入念にシールしてください」

「服を食い破ることは」

「切断に強い繊維が使われていれば、数分は大丈夫だと思います。でも、彼らの咬《か》む力は強力ですから長くはもちません。たとえば袖周りのシールも、ガムテープ程度なら簡単に食い破るでしょう」

「新生物への攻撃手段は。どうやって撃退すればよいのですか」

「たとえば、蝗害には空からヘリコプターや飛行機などで殺虫剤を撒く、あるいは、大群になる前に幼虫の段階で駆除する方法が効果的です。実際、今まで五千億匹ほどのバッタが駆除されてきました」

「でもその戦いは終わっていない」

「今、新生物を殺せる成分の特定を急いでいます」

「それが突き止められれば、具体的にはどんな攻撃方法になるのですか」

「簡単にいうと、菌類を素にしたバイオ殺虫剤と思ってください。ただ、群れがあまりに大きいので生産能力が心配で、散布方法も難しいでしょう。とりあえず、彼らの侵略を防ぎながら、繁殖が激しい場所を特定して、地上の幼虫の集約化が始まったら、すぐに駆除することです」

「それまで、なんとか持ちこたえろというわけですね」

「お願いします」

「自衛隊が国を守るために初めて戦う相手が、まさか虫だとは思いませんでした。それでも、彼らへの対抗策の準備が整うまで、少しでも時間を稼ぐために総力を上げます。我々の戦いが人類の未来を決めるのですね」

　立ち上がった村上が、丹羽と甲斐に敬礼を向けた。

「新しい情報が得られ次第、福岡の司令部へ連絡をお願いします。それでは、これで失礼します」

　村上が足早に決戦の地へ戻っていった。

丹羽は、彼女らしく着々と手を打っていた。

すでにグリーンランドへ出発する前に、アメリカのスタンフォード分子細胞学研究所にワハーン回廊で採取した地衣類を送り、その分析と新生物への有効成分の特定を依頼していた。その後、バフィン島での生息状況から確信を得た丹羽は、政府に依頼して有効成分が特定され次第大量生産を開始すべく、低緯度の地域に工場を持つ化学会社に依頼をかけていた。

村上が帰ると、丹羽は着信メールの確認を始める。

「どうやらブルピン酸が効果を発揮しそうです。これを有効成分とする有害生物防除剤を作ればなんとかなるかもしれません」

病原菌の感染や傷害、植物ホルモンを含めた化学物質や重金属、オゾンなどの大気汚染物質、紫外線や厳しい生育環境など、様々なストレスを受けた植物は、その身を守るために一連の生体防御反応を起こす。植物が身を守るために作る蛋白質《たんぱくしつ》群は生体防御蛋白質と呼ばれ、外敵やストレス要因に対抗する切り札となる。

これと同じことが丹羽の採取した地衣類の中でも起きていた。何億年にもわたる新生物との攻防の中で、この地衣類が身に着けた生体防御物質がブルピン酸らしい。

「ブルピン酸は、短期間に大量に作れるものですか」

「時間との勝負です。新生物に対して人民解放軍や米軍でさえ無力でした。圧倒的な数の前に人類の兵器などなんの役にも立ちませんから、数カ月で必要な量が生産できないなら、人類は滅亡します」

テレビの天気予報で「来週は西高東低の気圧配置となり、大陸から北西の風が吹き始める」との予報が出る。

九州北部の人たちにはまにあわないかもしれない。

「種の存続を懸けた戦いが始まります」

「地球温暖化だけがこの事態を引き起こしたのですか」

甲斐にとって、まだそこが引っかかっていた。

そうですね、と丹羽が首を傾げた。

「自然の林や野原で昆虫採集すると、ハチや蟻のように巣を作る虫や、よほど集合性が高い虫でない限り、同じ場所で同じ種類の虫がまとめて繁殖することはありません。これは自然界では特定の虫が一箇所に大量に発生するのを抑えるなんらかの環境圧が働いているためです」

「新生物には環境圧が作用していないのですか」

「もともと害虫と呼べるほど大量に発生する虫はそれほど多くはなく、農業によってその土地の環境が変化し、その変化に適応した虫が農地で大量に繁殖して害虫という汚名を着せられることになった」

「つまり害虫とは人の都合で見た分類というわけですね」

はい、と丹羽がうなずく。

「ゴルフ場で起きるコガネムシの大量発生は、害虫化の顕著な例です。たとえばコガネムシ類の一種であるオオサカスジコガネは、昆虫愛好家のあいだではいわゆる『珍品』の部類に入る虫です。通常は山林などでこの虫を見つけることはほとんどなく、自然界での生息密度は低い。ところが、多くのゴルフ場でオオサカスジコガネが大量発生し、芝生を加害しています。理由は、芝の根がコガネムシの幼虫にとって格好の餌であり、山林などを切り開いて造られたゴルフ場は、まさに餌が乏しい生活環境の中で無尽蔵の餌を供給してくれる場所だからです。彼らにとってゴルフ場は生涯にわたって餌の心配がない、完璧な生息地なのです」

「結局のところ、人間の行為が害虫を生んでいるわけですね」

「ゴルフ場の造成といった人為的環境操作の影響は、当然、コガネムシ以外の生物の発生生態にも影響を及ぼします。人為的に創出された環境に適した種が大量に発生する傾向にあり、ゴルフ場や牧草地だけの問題ではありません。自然界ではあり得ない規模で単一の作物を栽培する農地はもはや自然環境とは言えず、その環境に適した虫が大量に発生することがあっても、それはまさに人が作り出したのです」

「皮肉な話ですね」

「新生物が好む嫌気性環境を作り出したのは人です。それだけではありません。地中から姿を現した彼らに対して、身を隠す場所もなく、身を守る手段も持たず、格好の餌になってしまうほど、地上には人が溢れています」

他の生物にとって人は害虫でも、新生物にとって人は、ゴルフ場に植えられた芝生の根と同じだった。新生物からすれば、今の地球は生涯にわたって餌の心配がない、ほとんど完璧な生息地なのだ。

二〇二六年　十一月六日　金曜日　午後一時三十分　残り一日
福岡県　福岡市　博多区　博多駅前二丁目　大博通り

福岡県の県庁所在地である福岡市は、西日本では二番目、東京二十三区を除いた全国の市では横浜《よこはま》市、大阪《おおさか》市、名古屋《なごや》市、札幌《さっぽろ》市に次ぐ五番目の人口（約百五十万人）を擁し、九州地方の行政、経済、交通の中心地だ。

北の玄界灘《げんかいなだ》に向かって開けた街は、博多《はかた》湾と今津《いまづ》湾に面した福岡平野の大半をしめる。博多湾の砂州である海の中道、志賀島《しかのしま》、玄界島、西は糸島《いとしま》半島の東部までを市に含み、南と南西部は脊振《せふり》山地で佐賀県に接している。

人工島のアイランドシティが建設されている博多湾東部の海岸部は埋立地だが、西区の大部分や東区には自然豊かな海岸が残されている。

福岡市から壱岐《いき》・対馬《つしま》を挟んで向かい側に朝鮮半島があり、韓国の釜山《プサン》から約二百キロ、中国の上海からは東京都までの距離とほぼ同じ約八百九十キロだ。

「なんか虫みたいな生き物が、中国から飛んでくるばい」

迷彩のフードパーカーにカーゴパンツ、ナイキのスニーカーで決めた若者が、タバコに火をつける。

「咬みつくらしい」

「窓の隙間も全部目張りして、家に閉じこもれって」

「ばってん、ガムテープはどこも売り切れとーよ。食料もばい。冷凍食品やレトルト食品、ミネラルウォーター、どれもこれも売り切れとる」

「殺虫剤も」

「そげんこと言うたって、何日、我慢すればよかね。全然、説明がねえ」

「だいたいこの非常事態宣言だって、出されたのは三日前やった」

「所詮、虫ばい。叩いて殺せばよかよ」

政府の非常事態宣言などどこ吹く風といった若者たちが、博多駅から博多港方向に続く大博《たいはく》通り沿いのコンビニ前でたむろしていた。

博多駅は九州の玄関口だ。もともと博多駅は、駅を出れば背の高いビルが所狭しと立ち並ぶビジネス街だった。しかし、二〇一一年の九州新幹線開通を経て、急速にその姿を変えた。博多駅を含む駅ビルが肥大化し、様々なエンターテインメントやショッピング施設を集結させてきたのだ。駅ビルから博多口方面に向けて広がる巨大なペデストリアンデッキと地下街のおかげで雨に濡れることなく、界隈にある多くの店舗を行き来することができる。

そんな駅前が曇天に暗く沈んでいる。

しかし、それは天気のせいだけではない。

パトカーだけでなく、高機動車、軽装甲機動車が市内を巡回し、武装した自衛官が一定の間隔で路上に配置されている。

いきなり若者たちの前を、赤色灯を回転させたパトカーが博多駅の方向へ走りすぎていった。パトカーを目で追うと、駅へ続く大博通りの路側に福岡県警察警備部第一機動隊の輸送車がずらりと列をなし、その前では横一列になって道路一杯に広がった機動隊員が博多港の方向へ歩きながら、道行く車を停めて引き返すように命じ、歩道を行く人々に帰宅をうながす。

「どうしたんじゃ。警察がくるぞ」

命令に従わない者がいれば、たちまち隊員に取り囲まれる。同じ措置が市内の主要な道路で行われていた。こうでもしないと短時間に人々を屋内に誘導することができないからだ。

「午後二時から、政府の緊急放送が流れるとよ」

「見てみるか」

迷彩男がバックパックからタブレットを取り出した。

民放ではコメンテーターが自宅での待機と、その注意点を繰り返し流している。ある番組では、専門家と呼ばれる人物にインタビューして個人的な意見を述べさせている。災害時によくあるパターンの放送内容だった。

画面が切り替わった。

眉間に皺を寄せたキャスターが、「これから倉島総理による記者会見が始まります」と伝え、官邸からの中継が始まった。会見場にはひな壇がセットされ、報道席は鈴なりの記者で溢れている。カメラがズームしてひな壇がアップになると、倉島総理とその背後に寺山《てらやま》官房長官が控えていた。

（それでは、本日、福岡、長崎、佐賀、大分の四県に発出した非常事態宣言についてご説明致します）

演台の上でファイルを広げた倉島が記者席を見渡した。

（本年十月中旬から、カナダの北極圏、グリーンランド、シベリアなどで謎の生命体が町や村を襲いながら南に向かって勢力を拡大しています。関係各国は連携してこの非常事態に対処しておりますが、すでに五億人を超える人々が犠牲になったと推定されています。日本国内ではこの生命体の存在は確認されておりませんが、事態は日々変化しており、今現在、中国の沿岸地域に達しつつある生命体が、西風に乗って九州北部に到達する可能性があります）

記者席を見回す倉島の顔が青白く見えた。

（それでは、この非常事態を受け、私から政府の対応について発表いたします）

寺山官房長官が用意した原稿を読み上げ始めた。ついに、政府が新生物の存在を公表した。

（昨夜、国民保護法に基づき総理を本部長とした対策本部が設立され、事務局はただちに対処基本方針の策定を行いました。なお国民保護法に従い、自衛隊全部隊に国民保護等派遣を命じました。すでに関係各県には連絡ずみですが、それをこれから配布します）

寺山が掲げた書類を、官邸スタッフが手際よく記者たちに配布していく。

「おい。大丈夫か」「やばいじゃん」

スマホを見ながら迷彩男たちが生唾を飲み込む。

寺山の説明によれば、対策本部長である倉島総理は明け七日の午前零時より外出禁止令を発令し、一切の外出を認めないこと、さらに解除の決定は謎の生命体による攻撃の終息を確認してから行う、以上二点を四県の知事に指示した。同時に総理は、熊本、宮崎、鹿児島各県を避難先地域に指定し、それらの知事に対策本部を設置するよう指示している。加えて所要の救援に関する措置、具体的には収容施設の供与、食料品および飲料水の供給、医療の提供などを要求した。

ただ、政府は細部を詰め切れていない。もし外出禁止令が長引いた場合、非常物資の運搬と配布をどのように行うのか、なんらかの理由で避難が必要になった場合、誰が周知、誘導するのか。避難の経路、避難のための交通手段、避難場所についてはなにも決定されていない。

現在、福岡、長崎の二県では、農家や郊外の一軒家に住む高齢者を対象に公民館、学校や駅近くに建つビルへの避難が始まっている。ただ、新生物が海を渡ってくるまでに避難が完了するかどうかは微妙な状況だ。

新生物の攻撃は西から来ると予想した西部方面隊の田島《たじま》総監は、一〇式戦車、九〇式戦車、七四式戦車、一六式機動戦闘車、一五五ミリりゅう弾砲、対空誘導弾、対艦誘導弾を、長崎市から五島灘《ごとうなだ》に沿って北へ走る国道202号線と、福岡市防衛を目的として糸島半島西部の玄界灘沿いに配置した。それらの拠点では各種誘導弾、高射機関砲、自走りゅう弾砲、装甲戦闘車を線上に配置し、海を越えてくる新生物への絶対防衛線として全火力を投入する作戦だ。

さらに、絶対防衛線を越えてくる新生物へ対応するため、八七式自走高射機関砲をはじめとした高射砲、装甲戦闘車、携帯式の火砲、ロケット弾などが街中に配備された。

一方、空からの偵察、攻撃、人命救助のため、西部方面航空隊の全ヘリコプターはもちろん、大阪府八尾《やお》市の中部方面航空隊のCH-47Jチヌークも呼び寄せ、福岡空港に設けた補給・整備支援の拠点となる《段列地域》にスクランブルさせる。

防災行政無線や自治体の広報車が市中を巡回しながら、住民に外出禁止の徹底を呼びかける。自衛隊のトラックが、毛布、食料、飲料水などの様々な非常用物資を避難施設へピストン輸送で運ぶ。

西部方面隊は昨夜から夜を徹した準備を行っている。

新生物が飛来した場合、地上部隊は幌しか新生物の攻撃を防ぐ手立てがない輸送トラックの使用を避け、水密構造の八九式装甲戦闘車と七三式装甲車に収容できるよう、七名ごとの小隊にわけられた。小銃だけでなく対戦車誘導弾などを装備した彼らは、市中で迎撃と住民の避難を担当する。ただし、新生物が迫ったときは作戦を中止して、ただちに装甲車両へ退避せよと下命された。

「俺たちも帰るか」

「なにビビっとーや」

「じいちゃんとばあちゃんが糸島におるばい。なんか心配になってきた」

「今からでも買い出しに行った方がよかよ」

　さっきまでの威勢のよさが吹き飛んだ若者たちが家路につく頃、辺りの人影も途絶えていた。

　平日の午後だというのに、ゴーストタウンのごとく人の姿が消えた街を吹き抜ける風に、レジ袋が舞っていた。

二〇二六年　十一月七日　土曜日　午前八時
東京都　千代田区　永田町二丁目　総理大臣官邸

　甲斐は、中山から官邸に呼び出された。

　研究室に残った丹羽は、ブルピン酸を有効成分とする有害生物防除剤の生産にかかり切りになっている。政府は丹羽の指導のもと、日本中の化学工場をフル稼働させて、ある程度の量は準備できる目処《めど》は立ったが、飛来する群れの規模によっては焼け石に水かもしれない。十分な量を製造するには二カ月を要するとのことだ。それまでに海を渡ってくる新生物を撃退できなければ彼らは国内に生息域を広げ、おそらく数カ月で日本は絶滅する。

「呼び出して悪かったな」

執務室のデスクの向こうで中山が立ち上がった。

「なぜ私を」

「この先は予測不可能な事態が起きるだろう。自衛隊とはいえ新生物の知識はほとんどない。警察にいたってはなにをかいわんやだ。君に頼みたい」

気象庁の予測どおり、日本周辺は西高東低の気圧配置になっていた。こんな早い時期に冬型の気圧配置ができるのは、繁殖した新生物が地表を覆い、太陽光を反射することで北極圏が寒冷化し、例年よりずっと早く寒気団が南下し始めたからだ。温暖化と寒冷化の同時進行。世界の気象が狂い始め、豪雨、台風、暴風雪などの大規模な自然災害が発生する環境が整いつつあった。

今日も、四国沖で発達した台風並みの低気圧に向かって強い西風が吹き始めた。

「防除剤は？」

「日本中で製造を始めた。すでに二百五十トンが九州に向けて移送中だ」

「散布の方法は」

「ヘリを使った散布を考えている」

「では、私の出番はないはず」

「なにがあろうと、人々が屋内で耐え忍んでくれればそうかもしれない。しかし、新生物に攻撃され、どこかでパニックが起き、それが連鎖的に広がる事態が起きれば君の力が必要になる」

「私は自衛隊員でも災害対応のプロでもない。ただの山登りですよ」

「この非常時に私が求めるのはスキルではなく、なにがあっても折れない命への執着だ」

「執着だけで命は救えない。ご存じのはず。登山家として二度、私は遭難者救助に失敗している」

「二度とも絶望的な状況での出動だった。目の前で人が死ぬ、自分も死ぬかもしれない、運良く生還できても罵声を浴びせられる、そんな依頼を君は請ける。なぜだ」

「算盤《そろばん》勘定が苦手だから」

「違う。誰よりも、救いを求める者の絶望と残された者の悲しみを知っているからだ。見上げる絶壁が立ちはだかり、耳を削ぐ吹雪が吹き荒れようと、芥子粒《けしつぶ》ほどでも救出の望みがあるなら君は出かける。自分の命も顧みないで」

　突然、中山が葉子の話を持ち出す。

「ローツェ・フェースで滑落した娘は脊髄を損傷した状態で、二昼夜、八千メートルを超える岩壁で宙吊りになっていた。娘を救えなかったことを君は負い目に感じているが、誰だって救えなかった。むしろ、娘の最期にまにあったことが奇跡だ」

「妻の亡骸《なきがら》すら収容できなかった」

「岩から宙吊りになった娘の遺体をたった独りで引き上げ、ベースキャンプに下ろすことなど不可能だ。あの場所、あの状況からすれば救難ヘリがいても無理だったろう。応援を頼むために、一度下山する君の判断は正しかった。そのあいだに、風に揺られる娘のロープが岩にこすれて切れたとしても君を責めるのはお門違いだ」

実は、と言いかけた中山が一度、言葉を切った。

「滑落した直後に、娘は衛星電話でメールを送ってきた。自分のミスでシェルパを死なせた。彼には健人と同い年の息子がいる。お父さんごめんなさい、と。強風に晒され、全身が凍りつくローツェ・フェースで致命傷を負ったまま宙吊りになった娘は、独り、死を待ちながら罪の意識に苛《さいな》まれていた」

「ただ、私は妻を救いたかっただけだ。健人のためにも、なにより……、妻を愛していたから」

「娘に生還の望みがないことは、私は誰より理解していた。それでも君が娘の救出に向かってくれたと知ったとき、どれほど嬉しかったか。すがる相手もなく、途方にくれる親とはそういうものだ。娘も同じだったはず。死に連れ去られる直前、娘は最愛の夫に会えた。その気持ちを思うと……」

「ローツェの件は、遭難したのが妻だったからです」

「世の中には情報が溢れている。スマホがあれば誰でも評論家になれる。しかし、いざというとき、指先の操作で得た知識など役に立たない。私が君を頼る理由は一つ。一人でも多くの者を救ってくれ。一人でも多くの者を家族のもとへ帰してやってくれ。君にしかできない」

デスクを外し、部屋を横切った中山が隣の応接室との扉を開けた。

健人が立っていた。

「健人、聞いていたな」

健人が黙ってうなずく。

「しばらく、二人きりで話したまえ」と、席を外しかけた中山が、扉のところで立ち止まった。「健人。お前は世界一の登山家だった母親と、世界一勇敢な父親の息子だ。それだけは忘れるな」

静かに扉が閉まった。

今日までのぎくしゃくした関係そのままに、親子は黙ったまま向かい合っていた。

「おじいちゃんに呼ばれたのか」

健人が小さくうなずく。

「いい迷惑だったな」

こんなときに、そんなことしか言えない。

甲斐の言葉に健人が両の拳を握りしめた。

「どうして母さんのこと、話してくれなかったの」

そうじゃない、と甲斐は深い息を吐いた。

「言うか言わないかじゃなく、お前との約束を守れなかった。父さんは母さんを救えなかった」

「でも、なにがあったのか話して欲しかった」

「すべてをか？　母さんは最高の登山家である前に、健人にとってかけがえのない母親だった。それで十分だ」

「母さんは極限の状況でミスをしたの」

「ミスだったのか偶然だったのか。あそこで起きたことは誰にもわからない」

「極限って、なに」

「本当の勇気が試される瞬間だ」

「勇気？」

「死が目の前に迫った状況で、母さんの勇気が守ろうとしたのはお前の将来だ。母さんの意志を守るためなら、父さんは世界中の人から石もて追われても怖くはない」

「父さんを馬鹿にする連中に、父さんが逃げたわけじゃないことを、なぜ言わないの」

「言う必要なんかない」

「言わなきゃ、誰も理解できないよ」

「勇気は内なるもの。人を救うために必要でも、人にひけらかすものじゃない。それに……」

「それに？」

「母さんなら理解してくれる。それ以上、なにもいらない」

「それじゃあ、そんなに好きだった母さんと、どうして離婚したの」

「愛していることと、一緒に暮らすことは違う。たとえ別れても、父さんと母さんはずっと同じ夢を追いかけていた」

「どんな夢」

「お前の将来だ。お前が自分の足で自分の人生を歩き始める夢だ」

　健人がうつむく。

「……僕、父さんと母さんの夢を叶《かな》えられるかな」

「夢は一つではない。歳をとりながら、人はいくつも違う夢を追いかける。そしていつか叶う。お前は若い。今度、お前の夢の話を聞かせてくれ」

　扉が開いた。

「そろそろいいかな」と、中山が甲斐を迎えに来た。

「じゃあ、準備があるから父さんは行くぞ」と、甲斐は部屋を出ようとした。

父さん、と健人が呼び止める。

「父さんは僕を守るって、母さんと約束したんでしょ」

甲斐は立ち止まる。

「そうだ」

「なら、どうして行くの」

甲斐は振り返った。

「父さんには母さんとの夢とは別に、もう一つ夢がある。大事な夢だ。お前を、人々を救う夢。必ず叶えてみせる」

「約束?」

「父さん、それじゃ最後に一つだけ約束してよ」

「死なないで」

「約束する。絶対に死んだりするもんか」

「僕、……僕。もう、独りで父さんの帰りを待つのは嫌だ」

健人の目から大粒の涙がこぼれ落ちた。

甲斐は健人の頭を撫でてやった。

父親の胸に飛び込んだ健人が嗚咽《おえつ》をあげる。

甲斐は健人を思い切り抱きしめた。

同日　午前七時
中華人民共和国　上海市

上海市は、政治の中心である北京《ペキン》とは異なり、中華人民共和国の商業、金融、工業の中心地だ。人口は二千万人を超え、市内総生産は約四十五兆円という中国の中核都市だ。長江《ちょうこう》河口南岸に位置し、河口島である崇明島《すうめいとう》、長興島《ちょうこうとう》、横沙島《おうさとう》なども市域に含み、北部から東部は江蘇省、西南部は浙江省《せっこう》と接し、東は東シナ海に面している。市街地は、長江の支流である黄浦江《こうほこう》を挟んで広がっている。

東海《とうかい》商事に勤める荒木《あらき》は、上海から脱出するために仲間でチャーターしたプライベート機に乗るため、車で上海浦東《プードン》国際空港へ向かっていた。新生物の攻撃が避けられない状況となった昨日、在上海日本国総領事館からは屋内に留まるよう勧告されたが、上海の状況はそれどころではない。

今朝、西から白い雲が迫ってきたと思ったら、街の西部がたちまち飲み込まれ、人々が襲われ始めた。新生物は群れで襲いかかり、人の体内に潜り込む。中国政府などが当てにならないから、死が目の前にある状態が何日続くかもわからないまま、呑気にマンションに閉じこもってなどいられない。

高速道路は大渋滞しているため一般道を抜けるルートを選んだが、どこも街から避難する車で塞がっていた。反対車線にまで入り込む車列のせいで、接触、追突事故が多発する。すべての交差点で四方から進入する車が睨み合う。そこが起点となって道路が大渋滞に陥り、仕方なく抜け道を求めて、脇道に入り込んだ車が混乱に拍車をかける。もはや前にも後ろにも進めない。

怒号とクラクションが街に充満していた。

やがて一人、また一人、車を乗り捨てる者が出る。ご丁寧に彼らがドアをロックしていくため、邪魔な車を路側に移動させることもできないまま、捨て置かれた車が障害物となって、渋滞に拍車がかかる。追い討ちをかけて、避難する人々の列にバイクや自転車で乗り入れる連中が現れる。怒った人々が運転している者を引きずり降ろすと、途端に殴る蹴るの暴行が始まった。

黄浦江を渡るために車が川の西岸の南京東路《ナンジンドンルー》付近にさしかかった。

川向こうの景色に荒木は息を飲んだ。

灰色の空に舞い飛ぶ新生物。猛吹雪を思わせる景色の中で、黄浦江の東岸の高層ビル群が燃え上がっている。急激に発展してきた上海の象徴ともいえる高さ六百三十二メートルの上海中心、上海ワールド・フィナンシャル・センター、金茂《ジンマオ》タワーなどのビル群が猛火に包まれている。

落城した天守閣のように火炎がはるか天を突き、濛々《もうもう》たる黒煙が風にたなびく。火の粉が宙を漂い、外壁材が風に舞い上がり、人が窓から落ちてくる。渋滞のせいで緊急車両が寄りつけないから、火の勢いは増すばかりだ。東岸地区全体に火災が広がっている。街中から何本もの狼煙《のろし》となって煙が立ちのぼっていた。

新生物に攻撃された街が混乱の極みに陥ったのは人民解放軍のせいだ。彼らは新生物めがけて無秩序な攻撃を繰り返していた。

新生物に外壁を覆われたビルを戦車砲で砲撃する。ビルの谷間を飛び回る誘導弾がオフィスビルのロビーやフロアを吹き飛ばす。重火器の銃弾で蜂の巣にされた車が爆発する。新生物に追われた兵士が小銃を乱射し、流れ弾で人々がなぎ倒される。

上海の中心地区は獲物を狙って乱舞する新生物と、燃え上がるビル、逃げ惑う人々で地獄絵に陥っていた。

「急げ。急がないと飛行機に遅れる！」

荒木は運転手に怒鳴った。

次の瞬間、脇道から猛スピードで現れたバンが、車の右側面に激突した。大きな衝突音が響き、車が持ち上がった。

荒木の意識が一瞬飛んだ。
気がつくと車が横転していた。
外に出ようとするが変形したドアが開かない。
足下からガソリンの匂いが漂ってきた。
車が燃え上がった。

同日　午前八時三十分
福岡県　福岡市　中央区　天神一丁目　福岡市役所

博多駅から中洲《なかす》を挟んだ天神《てんじん》の街は並木道が美しい。
江戸時代に城下町だった『福岡』の中心で、西鉄《にしてつ》福岡駅周辺に百貨店やファッションビルなどの商業施設が集まる九州最大の繁華街だ。親不孝通り、天神西通り、那《な》の津《つ》通り、国体《こくたい》道路、那珂川《なかがわ》と薬院新川《やくいんしんかわ》で囲まれたエリアは西日本鉄道の本拠地でもあり、メインストリートである渡辺《わたなべ》通りの地下には天神地下街が広がり、渡辺通り沿いの各商業施設の地下フロアと地下鉄の駅を接続している。博多駅から福岡市地下鉄空港線で数分の距離にあり、博多とのあいだには全国的にも有名な歓楽街の中洲・南新地がある。

東京から戻った西部方面隊第四師団の村上幕僚長は、高まる緊張に腕組みしたまま、市役所十五階に設置した師団指揮所から市役所通りを見下ろしていた。目の前の天神中央公園の南には済生会《さいせいかい》病院、北には、約百二十種五万本の木が植栽され、滝が流れるステップガーデンで有名なアクロス福岡が見える。

今朝から強い西風が吹いている。新生物の飛来は時間の問題だろう。

いよいよ日本国内で国民保護等派遣による作戦が開始される。

市役所前には、出撃準備を整えた装輪装甲車や偵察警戒車が隊列を整え、作戦開始の合図を待っている。白い排気ガスが車体の後部から吹き上がり、人影の消えた街にエンジンのアイドリング音が響く。

村上のいる指揮所は師団内各部隊の情報と火力の連携を図り、各県、各市町村に展開した部隊のレーダー、火光、音源などの観測機器を一元管理することで、砲兵群の射撃に対して効果的な射撃命令を伝達する。

指揮所の一番奥の壁沿いに野外通信システム機器、情報端末、レーダー端末などが並べられ、通信科の隊員たちが走り回る。手前には長机がいくつかの島になるよう並べられている。机の上には、図面、地図、無線端末などが無造作に置かれていた。

「静かですね」と、横に立った立川《たちかわ》幕僚副長が声をかけた。

「今はな。しかし、新生物の攻撃で市民にパニックが起きれば、第四十普通科連隊を治安維持に投入せざるをえなくなる。そのためにも福岡空港の準備を万全にしておけ」

補給整備および人事兵站《へいたん》の拠点となるのが、福岡空港の国際線ターミナルとハンガーに設置した《段列地域》だ。今も部隊へ物資を輸送するCH－47Jチヌークがひっきりなしに離発着を繰り返している。そこから、第三、第四中隊の輸送トラックが、機動隊の輸送車に加えて市内へ出て行く。国際線のハンガーではヘリのエンジンが唸りを上げ、砂塵《さじん》が舞い上がり、その中をトラックの長い列が進み、車列の脇を武装自衛官が駆け足で通りすぎる。

「市内の警備体制は」

「ほぼ終了しました」

街中では警備部隊を乗せた七三式大型トラックが、市内の数十箇所に指定された警備拠点で小隊を落としていく。主要な交差点には九六式装輪装甲車が配備されている。

頭上を時折、AH－1Sコブラの編隊が飛びすぎる。

「幕僚長。師団司令部より連絡」

指揮所の奥から駆け寄った通信科の二尉が敬礼を向ける。

「どうした」

「対馬、並びに五島列島との連絡が途絶えたとのことです」

村上と立川は顔を見合わせた。

同日　午前八時四十分
福岡県　糸島市　志摩野北　火山山頂

福岡の街の西、玄界灘に突き出た糸島半島の北部と西部には、美しい海岸線が広がり、数多くの景勝を見ることができる。福岡市中心からも車で約四十分とアクセスが便利なこの地は、住みたい街、行ってみたいレジャースポットとして人気があり、海辺には洒落《しゃれ》たカフェやレストランが点在し、普段なら海水浴やサーフィンを楽しむ人々、釣客で賑《にぎ》わいをみせる。

半円形の海岸線が美しく、日本の白砂青松百選《はくしゃせいしょうひゃくせん》にも選ばれた『幣《にぎ》の浜《はま》』に近い火山《ひやま》の展望台から臨む景色は糸島屈指の絶景だ。天気が良く、空気が澄んだ日には、長崎県の壱岐や対馬まで遠望できる。

その高台に西部方面戦車隊、西部方面特科連隊、第１３２特科大隊の合同指揮所が設置された。

西部方面戦車隊の平田《ひらた》隊長は、双眼鏡を西の水平線に向けていた。冷たい西風が火山の山腹を駆け上がる。対馬と五島列島との連絡が途切れた。

やがて中国大陸を壊滅させた死屍《しし》の使いが水平線から姿を現わす。平田の指先の感覚が失われているのは寒さのせいではない。

「平田隊長」と、第132特科大隊の水島《みずしま》中隊長が声をかけた。

「遅いですね」

平田は気のない相槌で応えた。

「もしかしたら、海の上で道に迷ったのでは」

水島の軽口に、平田はゆっくり首を横に振った。来る、必ず奴らは来る。なにより対馬と五島列島の状況が、それを教えている。

そのとき、周囲の森から一斉に鳥が飛び立った。木々の枝が揺れ、何百という鳥がしばらくのあいだ頭上を旋回する。やがて彼らが南の空へ飛び去っていく。

「彼らは戦う相手をよくわきまえている」と、水島が鳥の群れを目で追う。

「お前も羽根が欲しいのか」

「こんなときは、あると便利ですよね」

「背中に羽根が生えていてもここからは逃げられんぞ」

「と言いますと」

「俺が撃ち落とすからだよ」

水島が苦笑を返す。

「隊長。もし我々が新生物の迎撃に失敗したらどうなるのですか」

「政府は有効な対抗策を準備している。それが整うまで我々が持ちこたえるしかない」

相手の能力は皆目わからない。もともと不利な戦いなのだ。

「平田隊長。なにか見えます」と、水平線に双眼鏡を向けていた副長が叫ぶ。

(レーダーに反応。群れを確認)と、敵人員や海上目標などを監視することが目的の八五式地上レーダー装置車から無線が入る。

平田は急いで双眼鏡を西の水平線に向けた。

水平線に、雲というよりは白い壁がそそり立つ。よく見ると、雲体は場所によって刻々と形を変えていた。ある場所では、ナイアガラの大瀑布《ばくふ》のごとく流れ落ちる白い筋が海面の辺りで壁の中へ吸い込まれていく。また別の場所では、法衣を頭から被った僧侶の、何万何十万の隊列にも見える。

いずれの場所でも、雲体の中から大小の積乱雲を思わせるコブが次々と湧き出していた。

「なんですか、あのデカさは」

「レーダー班、群れの奥行きは」

(レーダーに捉え切れません)

白い雲体は玄界灘を横切って北の端から南の端まで続いている。とんでもなく巨大な新生物の群れが九州に迫っていた。

（標的来ます。海岸線まで三千！）

無線の声がこわばる。

水島が無線のマイクを口元に寄せた。

「行きますか」

「まだだ。各部隊に連絡。指揮所からの指示どおり、距離二千の曳火《えいか》砲撃となるよう時限信管を設定」

平田は時計を見た。時刻は午前八時五十一分。

（海岸線まで二千！）

「全部隊、砲撃開始！」

平田が無線に叫ぶ。

五十両の一五五ミリりゅう弾砲と、四十両の一〇式戦車の戦車砲が一斉に火を噴いた。ついに自衛隊と新生物の雌雄を決する戦いの幕が切って落とされた。

砲口から目もくらむ火炎が噴き出し、凄まじい轟音が鼓膜を圧迫する。

平田は双眼鏡を目に押しつけた。

少しの間を置いて、迫り来る群れの中で九十発のりゅう弾が炸裂《さくれつ》した。数秒遅れて二キロ先の炸裂音が耳に届く。

一瞬、たなびく群れの一部が左右にちぎれて、濃度が低下したように見えた。

ただそれはほんの一瞬だった。

砲弾が炸裂した辺りで次々とコブが盛り上がる。

やがて何事もなかったかのように、新生物の群れが元どおりになった。

一匹では取るに足らない個体でも、集まり、重なり合って巨大な群れとなった新生物が海を渡ってくる。

「各砲は攻撃を継続。誘導弾、発射！」

今度は第132特科大隊の誘導弾が発射される。

りゅう弾砲と戦車砲による連続砲撃に加えて、誘導弾が群れに向かう。

新生物の群れのあちらこちらで砲弾と誘導弾が炸裂する。

群れの中で火炎が弾ける。

そのたびに群れは揺らぎ、渦を巻き、よじれ、いびつになるが、すぐに元の形に修復される。

「ダメだ。りゅう弾では効果がない」と水島が唇を噛む。

「手を緩めるな。砲撃を継続」

これだけの群れが、これだけの範囲に広がれば通常兵器などなんの役にも立たない。

人間の生存圏を焼き払う覚悟で核兵器を使用しても、おそらく、このしたたかな新生物は生き残るに違いない。

（群れ。来ます！　海岸まで五百）

無線が絶叫した。

たちまち、半島全体が白い群れに覆われた。

指揮所の周りを、吹雪を思わせる密度で新生物が舞い踊る。たちまち一メートル先も見えなくなった。すぐ近くで声を上げる隊員の姿さえ見えない。「だめだ」「なにも見えない」「撃つな」「服を食い破られた」「なんだ、こいつら！」

指揮系統が崩壊した。

なすすべもなく絶対防衛線が突破された。

「退避！　総員、車両内に退避！」

同日　午前九時二十五分
福岡県　福岡市　中央区　天神一丁目　福岡市役所

「村上幕僚長。糸島の防衛線が突破されました」

立川幕僚副長が報告する。

「なに」

「長崎も同じです。どちらも海岸沿いの防衛線を突破されました。もうまもなく新生物が飛来すると思われます」

「部隊の損傷は」

「車両内に退避できた者もおりますが、相当数を失ったと思われます。ただ詳細は把握できておりません」

「レーダーで群れの位置を確認！」

村上は西の窓を見た。

すると、そこに驚くべき景色が迫っていた。

来た。

街の西に立つ福岡タワーの向こうに白い壁がそびえている。高さが五百メートルはある。スモークを焚《た》くように活発に盛り上がり、渦を巻きながらこちらへ近づいてくる。それそのものが一つの生物に見えた。

「市民の避難状況は」

「ほぼ完了しています」

「ほぼ?」

「勧告や指示に従わない者もおります」

「迎撃の準備は」

「車両、ヘリ、ともに整っております」

「幕僚長。群れが室見川《むろみがわ》を渡ります！」

指揮所の奥でレーダーディスプレイを見つめる隊員が声を上げる。

天神を抜ける明治《めいじ》通り、昭和《しょうわ》通り、国体道路を、八七式偵察警戒車、九六式装輪装甲車と八七式自走高射機関砲が前進する。全車両が渡辺通りとの交差点で停止し、砲身を仰角に取った。八九式装甲戦闘車と七三式装甲車から降車した隊員たちが、車両を盾に小銃、自動てき弾銃、携帯式の誘導弾を構える。

「群れが大濠《おおほり》公園を越えます」

「攻撃ヘリは全機、発進！」

新生物の群れが街を包み込む勢いで拡大する。先端がはるか頭上にまでせり上がったかと思うと、波頭が砕けるように新生物が降りかかってくる。

「天神の西で食い止めるぞ。市の中心部へ入る前に総力を持って迎撃せよ！」

しかし、全火力を投入して新生物の進撃を食い止めるはずが、糸島の防衛線はいとも簡単に突破された。

二度目はあるのか。

バタバタバタというエンジン音に仰ぎ見ると、東からＡＨ‐１Ｓコブラ、ＡＨ‐64Ｄアパッチの編隊が姿を現した。ペイロード目一杯の装備を懸架し、市役所通りの上空でホバリングを開始した攻撃ヘリが、いっせいに七十ミリロケット弾を発射した。

橙色のトレーサーと白煙を引きながら何十発ものロケット弾が新生物の群れに襲いかかる。誘導弾が群れの中で炸裂する。さらに、舞鶴《まいづる》公園と大濠公園で地面を揺らす着弾音が響き、大濠郵便局や陸上競技場が土煙と火炎球に包まれた。

それでも新生物の勢いが削がれたのは、ほんの一瞬だった。

再び、無線が絶叫する。

（新生物。赤坂《あかさか》の交差点を越えます。天神までの距離六百！）

「各車。攻撃開始！」

高射機関砲の三十五ミリ銃弾と偵察警戒車の二十五ミリ銃弾が橙色の軌跡を描くと、すべての銃火器と誘導弾による攻撃があとに続く。アスファルトの歩道に薬莢《やっきょう》がばら撒かれ、立ちこめる発射煙に隊員たちが霞む。

新生物の群れが前進する。

隊員たちが後退する。

彼らは組織的で、狙いをつけた獲物に包囲網を絞り込みながら迫る。

隊員が撃つ小銃の発砲炎が明滅し、小銃の連射音がこだまとなってビルの谷間にこもる。

流れ弾に削られたガラスが飛び散り、コンクリートの破片が粉塵《ふんじん》となって舞い上がる。

装甲車から携帯放射器を背負った隊員が駆け出し、火炎放射で新生物の群れを撃退するつもりが、たちまち新生物に取りつかれ、送油パイプを喰い破られた途端、全身が爆発炎上した。

後退する車両を新生物の群れが飲み込む。

無数の新生物に車体が覆われた途端、車両の動きが止まった。排気口からエンジン内に侵入した新生物のせいでエンジンがストールしたらしい。路上で戦闘車両が次々と立ち往生を始める。

生物の『本能』という戦意の前に、ハイテクの軍隊もなすすべがない。

「撤退させろ！　隊員は車両内に退避。急げ！」

村上は叫んだ。

西の窓に駆け寄る。

迫る新生物の群れ。

それはまるで、ナイアガラの大瀑布を滝壺《たきつぼ》から見上げる強迫感だった。

そそり立つ群れからいくつもの乳房のようなコブが突き出て、その先端から水煙のごとく新生物が飛散する。

横殴りに吹きつける雪を思わせる新生物が市役所を包み込んでいく。

窓の外を新生物が這い回る。

獲物を求めて、吸盤を思わせる丸い口を酸欠の魚のごとく開け閉めしていた。

同日　午前十時五分
福岡県　福岡市　中央区　天神一丁目　アクロス福岡

自然との共生、心潤う空間づくりをテーマにしたアクロス福岡は、ビル中央部の地下二階から地上十二階までが吹き抜けのアトリウムになっている。アトリウムの東側は福岡シンフォニーホール、西側は半円形のフロアで、その三階にはパスポートセンターや国際広場がある。

扉が閉められたパスポートセンター前の床に三人の若者が座り込んでいる。暇を持て余して出てきたら、こんな所に押し込められた。この施設も避難民を収容しているが、三階のこの辺りは人影もほとんどなく、警備員の姿も見えない。

「おい。いつまでこんな所におるとや」

迷彩のフードパーカーにカーゴパンツの若者は毒づいた。

「ばってん。どうしようもなか」

「どっかから虫に入ってこられたら一巻の終わりや。こっから出るぞ」

「マジか」

「向かいの市役所には自衛隊がおるけん、そこまで走る」

「どっから出ると」

「非常口からステップガーデンに出て、西側登山口から生け垣の中を抜けたら、あとは市役所通りを横断するだけよ」

「襲われたら」

「だから生け垣の中を抜けるんじゃ。多少咬まれたって叩き落とせばよか」

「仕方なかね」

立ち上がった三人は、こっそりパスポートセンターの横を抜けて非常口に出る。

「行くぞ」

迷彩男はステップガーデンに続く扉を開けた。

その瞬間、白い物体が襲いかかってきた。

小石を投げつけられたように、硬いなにかが全身に当たる。

「やめろ」「なんだこれ」

腰を抜かした一人が床に尻餅をつく。その全身が白い新生物に包まれる。

「逃げろ」

扉を閉め忘れたまま迷彩男たちは通路を駆け戻る。

一階へ続くエスカレーターの手前で新生物に追いつかれた。

「助けて！」

こちらに気づいた警備員が、「来るな」と逃げ出す。

脚や腕の皮膚を食い破ってそいつらが体内に潜り込む。

体を掻《か》きむしる。爪が皮膚を裂き、傷口から鮮血が飛び散る。

足がもつれてつんのめった迷彩男は床に頭を打ちつけた。

床を転げ回る。

口の中が新生物で溢れる。

食道と気道にそいつらが入り込んでくるのがわかった。

同日　午前十一時三十二分
東京都　千代田区　永田町二丁目　総理大臣官邸　内閣官房副長官室

官邸内が緊迫と混乱に包まれた。

耳と肩にスマホを挟み、両手で書類を抱えた職員たちが走り回る。

「もう報告したのか」「陸自の状況を確認しろ」

部屋に入ってきた中山が、後ろ手に扉を閉めると廊下の喧騒《けんそう》が途絶えた。

「甲斐君。頼む。福岡だ。新生物の攻撃に自衛隊はなすすべもない。新生物の習性や襲撃方法を知っているのは君だけだ。村上幕僚長を補佐してやってくれ」

「準備はできています」

中山と一緒に甲斐は屋上へ出た。

福岡まで甲斐を運んでくれる政府専用ヘリのＥＣ－２２５ＬＰが待機している。全長十九・五メートルの機体に白と青のカラーリングと日の丸をあしらった大型ヘリだ。いつでも飛び立てるようにエンジンがうなりを上げている。

ダウンウォッシュが舞い上がるヘリポートの脇に健人が立っていた。口を真一文字に結び、肩に力を込め、両の拳を握りしめている。

甲斐は健人の両肩に手を置いた。

健人が甲斐を見上げる。

「行ってくる」

健人がうなずく。

甲斐はヘリに向かって歩き出した。

「父さん。お願いがある」

健人の声に甲斐は振り返った。

「いつか父さんとローツェ・フェースを登ってみたい」

甲斐は大きくうなずいてみせた。

甲斐がヘリに乗り込む。

ドアが閉まった。

ヘリが離陸する。

キャビンの窓越しに甲斐は立てた親指を息子に向けた。

親指を立て返した右腕を、健人が力いっぱいヘリに突き出した。

同日　午後零時十二分
福岡県　福岡市　中央区天神二丁目　福岡市地下鉄空港線　天神駅

福岡市地下鉄空港線の天神駅では、東西の地下通路と七隈《ななくま》線の天神南駅や天神地下街が交差し、渡辺通り沿いの各商業施設の地下フロアとも接続されている。

そこに、外出禁止令を無視した出勤途中の会社員や、天神周辺に出かけていた人々が避難していた。普段から多数の乗降客や買い物客で賑わう地下通路だが、それにも増して足の踏み場もない状態で避難民が座り込んでいた。

青ざめた人、呆然と天を見上げる人、首を垂れてうつむく人。

あちらこちらから、避難民の会話が聞こえてくる。

「どうするよ」「だいたい、政府がもっと強く言ってりゃ、こんな所へ来なかったのに」「今さら、なに言っとう」「いつまでこんな所に閉じ込められるんだ」「電車の運転再開は未定だと」「かといって地上を歩くわけにはいかんばい」

「しばらく……」

そのとき、地下通路の東端にあるアクロス福岡と繋がった16番出口の方角から、カサカサというなにかがこすれ合う音が聞こえてきた。

見ると、消火設備から吹き出した消火剤を思わせる、白い煙がこちらへ流れてくる。しかし、それはやけに濃密な煙で、まるで練ったセメントを流し込んで通路を埋めるつもりなのかと思わせた。

「なんだありゃ」

「煙にしては濃いな」

「違う。あれは煙なんかじゃない。……逃げろ！」

新生物の侵入に気づいた人々が逃げ惑う。

なぜ。地下にいれば安全だったはず。

一斉に避難民が東口改札や天神地下街に向かって走り始めた。

「どけ、どけ」「邪魔だ！」

我先に逃げる人々が、ホームへの階段や地下街との十字路でせめぎ合う。

殺気立って押し寄せた人の波は、制止する駅員を呑《の》み込んで地下通路を埋め尽くす。

「早く行けよ！」「なにやってんだ！」

体当たりするように人々がぶつかり合い、将棋倒しになる。

倒れた女性が踏みつけられる。

悲鳴が上がり、怒声が地下通路に充満する。

人の吐き出す二酸化炭素に反応した新生物が襲いかかる。

「やめろ」「くるな！」「咬まれた」「助けて！」

皮膚を食い破って体内に潜り込もうとする新生物を指でつまみ出そうとする男。

通路にうずくまって頭を抱える女性。

悲鳴が新生物の群れに飲み込まれていく。

「出るんだ」「ここにいたら食われるぞ！」

皆が階段を駆け上がる。

出口で制止する警備員を突き倒し、勝手にシャッターを上げた避難民が地下街から飛び出す。

渡辺通りと明治通りに避難民が溢れる。

「どっちだ」「そっちはだめだ」「博多駅の方に逃げろ」

交差点が大混乱に陥った。

新生物にとって理想の餌場が現れた。

頭上の新生物が渦を巻き始める。

密度が増し、群れが灰色の雲に変化する。

渦の回転が速くなる。

一瞬、渦の動きが止まった。

次の瞬間。

竜巻の漏斗雲が地上に向かって伸びるように、渦の中心から太い柱となった新生物の群れが避難民に襲いかかった。

市中心部で大量虐殺の禍が爆発した。

アクロス福岡から地下通路に侵入した新生物に地上へ追い出された人々が、なすべもなく新生物の餌食になっていく。

吹雪か、もしくは火山噴火の降灰に似た新生物が陽の光を奪い、皆既日食のように辺りが暗くなる。

全身が繭状になった男が道に倒れる。群れに襲われた女性がスズメバチの巣に似た球体に形を変える。さらに気味が悪いのは、球体の表面がうじ虫を思わせる新生物に覆われていることだ。

両手を天に突き上げた男の全身が粘液に包まれ、新生物が皮膚を食い破る。

アスファルトが血に染まる。

同日　午後一時四分
福岡県　福岡市　中央区　天神一丁目　福岡市役所

「村上幕僚長！　天神の交差点で地上へ出た避難民が襲われています」

立川幕僚副長が叫ぶ。

指揮所の奥にいる福岡県警察の中村《なかむら》警備部長を村上は呼んだ。

「中村警備部長。県警の機動隊は」

「第一機動隊が近くにいます」

「我々は新生物の迎撃に手一杯です。機動隊を避難民の救出に当たらせて頂けますか」

そのとき、県警警備部の担当が受話器を押さえて中村を呼んだ。

「部長、第一機動隊第二中隊から緊急連絡です」

ちょっと待ってください、と村上に右手を上げた中村が、受話器を受け取った。

音声がスピーカーに流れる。

受話器の向こうから、第二中隊長が早口でまくし立てる。新生物の攻撃で、屋外の市民に多数の死傷者が出ている。さらに市の南方から別の群れが、凄まじい速さで北へ向かっているとのことだ。恐らく、天神周辺の二酸化炭素の濃度変化を感知したに違いない。

　スピーカーから、中隊長の怒声が続く。

（渡辺通四丁目の交差点付近で南方から接近中の群れが、まもなく、避難民と遭遇します）

「陸自の第三、第四中隊の配備状況は」

　今度は中村が村上に問い返す。

「明治通りの両中隊は西からの新生物を迎撃しています」

　モニター上に両中隊の警備担当地区を色分けした地図が映し出され、村上の横で立川がモニター画面を指で押さえる。

「中村部長、そちらの第二中隊の人数は」

「総勢七十人です」

「少なすぎる」

（群れとの距離、およそ百。ただちに応援乞う）

　再びスピーカーから流れた中隊長の声が現場の緊迫を伝える。

「渡辺通四丁目交差点の様子をモニターに出せ」

　中村部長が声を上げた。

　通りに面した福岡天神大丸《だいまる》屋上からの映像がモニターに流れた瞬間、皆が息を呑んだ。渡辺通りの南から、新生物の濃密な群れが信じられない速さで近づいている。そのすぐ先には多数の避難民が路上でもつれ合っている。

「中隊長、聞こえるか」中村が呼びかける。

（聞こえます）相手の声が途切れ途切れに飛び込む。

「現在の警備態勢は」

（新生物を大丸前で食い止めるべく、隊列を整えておりますが、とてもこの数では……）

「何としても持ちこたえろ」

（しかし、相手は数え切れません）

中隊長の声がうわずり始めた。

そのとき。

ドーンという鼓膜を震わす爆発音とともに、福岡天神大丸の地下から、火柱が吹き上がった。

モニターの中で一階のショーウィンドウのガラスが吹き飛ぶのが見えた。

「なんだ、この爆発は」中村が叫ぶ。

「わかりません。地下で漏れた油かガスに引火したと思われます」

「新生物は」

「すでに南からの群れが避難民と接触しました」

（こちら第二中隊、応答願います）

銃声に混じった雑音と悲鳴の中で中隊長が叫んだ。

中村がマイクをつかみ上げる。

「状況報告。送れ」

（新生物の大群と接触。当方の損害四十八、繰り返す四十八。ただちに応援を請う！）

叫び声、怒鳴り声に混じり、いっそう銃声が激しくなった。

「立川。西部方面航空隊のヘリはどこにいる」

「空港上空で待機中です」

「上空からの支援は」

「群れの中を飛行するとエンジンストールを起こします」

自慢の攻撃ヘリも無用の長物というわけか。

再び大丸屋上からの映像に指揮所内がどよめいた
西鉄福岡駅と大丸に挟まれた渡辺通りの路上に押し込まれた第二中隊と、その背後の避難民が新生物に襲われている。

中隊は軽機関銃で応戦するが、銃弾をあざ笑うように新生物は塊となり、巨大な手となり、絶え間なく人々に襲いかかる。

一人、また一人、群れに飲み込まれると、たちまち無数の新生物が食らいつく。悲鳴と血しぶき。

体内に無数の新生物が潜り込んだ隊員の全身が、風船のごとく膨張する。

「火災が周辺に延焼しています」

「緊急車両は」

「出動できません」

天神の街が燃え上がり始めた。

渡辺通り沿いで次々と爆発が起き、黒煙と炎がはるか上空まで吹き上がる。

橙色の炎に新生物の群れが照らされる。

頭上の群れの中で稲妻が走った。

同日　午後三時四十七分
福岡県　福岡市　博多区　福岡空港

辛《かろ》うじて新生物の群れに占領されていない福岡空港から96式装輪装甲車に乗った甲斐は、孤立した市役所をめざした。鉄板がむき出しの車内で甲斐は白い防護服を身につける。気休めとは思うが、こんな物しか準備できなかった。

「それから、これを顔につけてください」と渡されたのは、フルフェースの酸素マスクだった。

「新生物に街を覆われてから急激に酸素濃度が低下しています。まだなんとか息ができる状態ですが、やがて酸欠になると予想されます。息苦しくなったら、すぐに装着してください」

新生物の襲撃を逃れて屋内にとどまっている人々を待つのは酸欠死なのか。

空港通りを西へ、やがて博多駅の北を回り込んだ装甲車は大博通りを進み、祇園町《ぎおんまち》の交差点で左折して国体通りに入る。

防弾ガラスがはめ込まれた外部視察用の窓から、甲斐は外を見ていた。

「これは……」

博多祇園M‐SQUARE、博多祇園センタープレイス、中洲新橋、中洲の繁華街、春吉橋《はるよしばし》。白い。すべてが白い。

擬似全球凍結。

上條が言っていた、地球が誕生してから三度しかなかった光景はこれだったのだ。

道が、住宅が、ビルが、街全体が白く塗り込められた。それはかつて訪れた真冬のアラスカ、広大な雪原に立ち並ぶ樹氷の森を思い起こさせた。

人類を滅亡に導くもの。ビルの壁に張りついた新生物の群れが、息をするように膨張と収縮を繰り返している。両側の歩道には、粘液で固められた犠牲者が転がってい る。目を凝らすと粘液の中から腕が突き出ていた。こちらを向いた指先が小刻みに痙《けい》攣《れん》している。

「襲われた人々を救うことはできないのですか」

甲斐は目をそらせた。

「あまりに数が多すぎて。しかも収容する場所がありません」

「どの程度の住民が犠牲になったのですか」

「わかりません。ただ、屋内にいて無事な人も数多くいます」

装甲車が市役所通りに入る。

今度は交差点の左側に立つ大丸福岡天神店が燃えている。

さらにその先、天神から赤坂辺りで、黒い煙が何本も立ちのぼる。複数の場所で火災が発生していた。

装甲車が市役所に到着した。正面の車寄せに停車する。

「よろしいですか。私がドアを開けたら、全力で玄関の扉に走ってください」

甲斐は頷いた。

「行きますよ」と、隊員が後部乗員席に取りつけられた手動ドアを開けた。

甲斐は走る。

背後で装甲車のドアが閉まる。

甲斐に勘づいた新生物が、バッタを思わせる群れとなって飛び立つ。

「こっちです。こっち！」と自衛隊員が手招きする。

市役所玄関の扉が開けられる。

甲斐はロビーに転がり込んだ。

同日　午後四時二十三分
福岡県　福岡市　中央区　天神一丁目　福岡市役所

甲斐の体に食いついた新生物を、陸自の隊員が数人がかりで叩き落とす。

急いで防護服を脱ぎ捨てた甲斐は、床を這い回る新生物を「この野郎」と、踏み潰す。

こんな奴らのために。最後の一匹を踵《かかと》で思い切り踏み潰した。

肩で息をしながらロビーを見回す。

酸素マスクをつけた多くの白衛隊員や警察官が、遠巻きにして甲斐を見つめていた。

その向こうでは新生物に襲われたらしき隊員の治療が行われている。衛生科の隊員が、患者の腕や首筋にできた咬創《こうそう》から新生物をほじくり出す。急がないと新生物が体内に卵を産みつけてしまう。そうなれば本格的に切開するしかない。

施術を受ける隊員のうめき声がこもっていた。

傷口に包帯を巻いただけの隊員が、なすすべもなく壁を背に座り込んでいた。

「幕僚長が指揮所でお待ちです」

駆け寄ってきた若い隊員が甲斐に敬礼を向ける。

エレベーターホールに向かってロビーを抜ける途中、機材の整理や負傷者の運搬に当たっている隊員たちが疲れ切った表情を向けてくる。そこには、なんとも言えない敗北感が漂っていた。

エレベーターの中で甲斐は階数表示のデジタル数字を見つめていた。

「お待ちしていました」

十五階でエレベーターの扉が開くと、すでに、酸素マスクを装着した村上が出迎えた。広いフロアに指揮所が設置されている。窓が新生物に覆われているため、昼だというのに照明が灯されていた。

「各部隊の銃弾の残量は」「司令部との連絡は」「新生物の分布をまとめろ」

指揮所内では数十人の自衛官や警察官が忙しく動き回っていた。酸素マスク越しに額をつき合わせて議論する者たちのあいだを、書類を鷲《わし》づかみにした隊員がすり抜ける。

「先ほど、ようやくブルピン酸を主成分とする有害生物防除剤が空港に到着しました。量はたったの二百五十トンですが」

　村上が自嘲《じちょう》気味に告げる。

「自衛隊は、どうするおつもりですか」

「被害者が多く出ている地点で防除剤を散布し、一人でも多くの住人を救いたい」

　村上が図面や地図を広げたままの机に寄りかかる。

「虎の子の防除剤の使い道としては効果が限定的では」

「ではどうしろと」

「群れ全体をなんとかしたい」

「ちょっと待ってください。それは誰の権限でですか」

「官房副長官です。あなたが東京にいらした際の経緯からご存じのはず。なんなら上に確認してください」

　甲斐の言葉に、村上が西部方面隊の田島総監と連絡を取る。

　やがて。

「いいでしょう。で、どうすれば」

「今現在、避難中の人々が屋内で耐えられる時間は」

「酸素濃度が低下する速度から推定すると、長くて十六時間、明日の午前八時頃でしょう」

「九州地方の気象予報を教えてください」

通信科の隊員が、福岡管区気象台が発表する情報を端末に呼び出す。

「今夜から明日一杯、北寄りの風が吹きますね。その風に乗れば、奴らは南へ向かう。福岡、佐賀、長崎、熊本四県の地図をお願いします」

甲斐は端末に呼び出された九州北部の地図をなぞる。

やがて甲斐はある場所で指先を止めた。

「この海上にある丸い物は」

大牟田《おおむた》市沖の有明海《ありあけかい》に浮かぶ丸い構造物。海岸からの距離はおよそ五キロだろうか。

「三井三池炭鉱《みついみいけたんこう》の換気立坑です」

「炭鉱？」

「そうです。今は閉山していますがね」

三井三池炭鉱は、福岡県大牟田市・三池郡高田町《たかたまち》（現・みやま市）および熊本県荒尾《あらお》市に坑口を持っていた炭鉱だ。江戸時代から採掘が行われてきたが、十九世紀末に三井財閥に払い下げられた。日本の近代化を支えてきた存在だったが、一九九七年に閉山している。二〇一五年には、三池炭鉱宮原《みやのはら》坑・専用鉄道敷跡、三池港が明治日本の産業革命遺産として世界遺産に登録された。

「この立坑の現状は？　立坑は海底下の坑道まで繋がっているのですか」

「地上はコンクリートで覆ってありますが、内部は昔のままのはずです。石炭層に繋がる坑道もきちんと維持されて、いつでも使える状態を保っていると聞きました」

マスクの顎に手を当てた甲斐はしばらく考え込んだ。

「丹羽先生を交えて対策を検討したいのですが」

甲斐の求めに、「少しお待ちください」と通信係が丹羽にアクセスを始める。一分もしないうちに丹羽の研究室とリモートで繋がった。

（甲斐さん。大丈夫ですか）

心配そうな表情の丹羽がディスプレイに映し出された。

「ひどい状況です」

甲斐は自分が見たもの、福岡の状況を手短に伝える。

丹羽がため息を吐き出した。

「丹羽先生。この群れを全滅させるには、どれぐらいの防除剤が必要ですか」

（そうですね。今伺った規模の群れを殺処分するには数万トンは必要でしょう）

「それを生産するのに必要な日数は」

（製造能力のあるすべての工場をフル稼動させていますが、それでも一カ月はかかると思います）

　ということは、新生物の群れを九州で全滅させるためには、市民が一ヵ月屋内で耐え切り、かつ新生物が福岡から移動しないことが前提になる。そんなことが可能なら、すでに数億人が犠牲になっているはずがない。

「この新生物をどこかにおびき寄せる方法は」

（彼らが反応するのは二酸化炭素や一酸化炭素などの炭素酸化物か石炭です）

「どれも、今から十分な量を準備できない。量は少ないけれど防除剤をうまく使って、導くのではなく、要所要所で方向を変えさせることは」

（飛翔中の群れの前方に散布すれば、彼らはブルピン酸を避けるでしょうから可能です。でもどこへ導くのですか）

「三井三池炭鉱です」

　甲斐は自らの考えを丹羽に告げた。

（再び彼らを安住の地に導こうと）

「炭鉱に導くことができれば、少なくとも時間を稼げる」

（なら、立坑から石炭の粉末を、群れが近づいた頃に噴射すれば誘導効果があると思います。でもずっとその場所に留まるかどうかはわかりません）

「奴らが炭鉱に入ったら、立坑を塞いで彼らが作り出すもので処分します」

（彼らが作り出すもの？）

「メタンです。彼らは炭酸カルシウムの殻を作る際に自ら水素を生成し、その水素と炭素酸化物で水とメタンを生成するわけですよね。もともと炭鉱は一酸化炭素の濃度が高い場所です。ならば彼らは大量のメタンを作るはず」

(メタンで爆破するわけですか)

「はい。ただし簡単ではありません。爆発限界の濃度になってから着火しなければなりませんから。ただ、やるしかない」

甲斐は村上に向き直る。

「三井三池炭鉱と連絡を取ってください。ただちに立坑の換気口を塞ぐコンクリートを撤去すると同時に、石炭粉末を散布する準備を明朝までに終えて欲しい。それから陸自にはありったけのヘリに液剤散布機を取りつけて、福岡から大牟田までの飛行ルートの両側に配置し、飛翔を開始した群れが予定ルートを外れそうになったらブルピン酸を噴霧することで、群れを大牟田に導くべく準備と命令をお願いします」

「しかし、甲斐さん。彼らをどうやって飛び立たせるのですか」

(群れの複数箇所で防除剤を散布してください。鳥の群れと同じく、一部が飛び立てば他も続くはず)

電話の向こうで、丹羽が答える。

「承知しました」

「では、丹羽先生。私は準備を始めます。防除剤の製造をよろしくお願いします」

(甲斐さん)と、接続を切ろうとした甲斐を丹羽が呼び止めた。

(息子さんは大丈夫ですか)

「……ええ。丹羽先生のおっしゃるとおりでした」

(なら、息子さんのためにも無茶をなさらないでください)

「わかっています。でも上條さんが自らを犠牲にしても私を生かした意味がこれから問われる」

(私はあなたと上條さんから多くのことを学びました。こんな私でも多くの人々の役に立てることを。内気で、人づき合いが苦手な私を必要としている人たちがいることを。なにより、死を前にしても折れない勇気を。でも、それでも甲斐さんの命はかけがえのないものです)

「私の両手からはいつも命がこぼれ落ちた。上條さんを救うことができず、妻を見殺しにした。それでも、私のことを案じてくれる人がいる。だからこそ私は今、一つでも多くの命を救いたい」

カメラに向かって甲斐はマスクの中で微笑んだ。

はるか東京で丹羽が微笑み返した。

同日　午後六時四分
東京都　千代田区　永田町二丁目　総理大臣官邸　内閣官房副長官室

「副長官。お呼びですか」

入り口から宮崎と織田の声がした。

執務室で中山は後ろ手に窓の外を見つめていた。

この東京が、血と悲鳴に包まれるのはもうまもなくかもしれない。その悲劇を止めることができるのは甲斐だけだ。

「これから福岡に飛ぶ。政務官は同行してくれ」

中山は振り返った。

織田がぐっと顎を引いた。

「なにを見ようと、なにを知ることになろうと、引かない覚悟はしております」

「副長官が政務官と福岡に出向かれる理由は」

宮崎が問う。

「我々の罪の決着を見届けるためだ」

「ご自身で危険な場所まで出向かれなくとも」

「すべてはかの地にある。我々の未来もだ。それを見届けねばならない。宮崎副大臣は東京に残って各国の対応を頼みたい」

「もちろん、承知はしております」

「今から思えば、グリーンランドで調査隊が遭難したときにすべてを公表すればよかった」

「それは難しいかと」

織田が即答する。

「なぜだ」

「再生可能エネルギーの限界を知った各国が、誰が最初にそれを認めるかというババ抜きをしているうちに、我々は将来の電力を確保すべく低品質の石炭で高出力を得られる石炭火力発電システムを開発しました。あわせて、世界中で低品質ゆえに採炭されたことがない石炭層の採掘権を手に入れるべく密かに動き出しました。問題はその多くが新生物の棲家《すみか》だったことです。だからといって誰も日本の方針を責められないはず」

「それでも、我々が新生物の存在を知りながら公表しなかったことは許されない。採掘権確保を優先するあまり、新生物の危険性には無頓着だった。その結果がこれだ。福岡の運命は一両日中に決するだろう。福岡で新生物を食い止めるために自衛隊も持てる戦力を投入する。政務官は宮崎副大臣、官邸との連絡役になってくれ。副大臣。事態をややこしくする連中の対応は頼んだぞ」

「ご心配なく。暴君、猛牛、闇将軍、散々、私はこき下ろされてきた。暴君なら暴君らしく、相手をねじ伏せてみせます」

「面倒臭い輩も多い」

「心得ています。必ず。絶対。できもしない言葉を安売りする連中は、言い訳にも饒舌です。地位と名誉には敏感だが、責任には鈍感な者など瑣末な存在です」

「しかし、執念深い。いつ、後ろから撃たれないとも限らないぞ」

「善人なんて歴史には残らない。英雄はみな悪人です。どうせなら、私は悪人として拍手喝采されたい」

「君の人生はまさに闘争だな」

「政治とは権力闘争です。勝者がいれば敗者がいる。ただ、喧嘩と違うのは勝者にも敗者にも志が必要なこと」

それに比べて、と宮崎が大きく息を吐いた。

「新生物との戦いには誇りもクソもない」

「こんな日がくるとはな」

「わが国が引き金を引くことにならなくとも、いつかはこの事態が起きたに違いない。

温暖化を止められない以上、新生物はどこかで目覚めたはず」

「我々は環境を作り変え、新たな生物の繁栄への道筋を開いた。皮肉だな」

中山は自嘲の笑みを口端に浮かべた。

同日　午後六時五十一分
福岡県　福岡市　博多区　福岡空港

甲斐は福岡空港に戻った。

陸自は夜を徹した準備を進めている。

夜間照明で煌々《こうこう》と照らされたハンガーで、CH‐47Jチヌーク、UH‐60JAなどのへリだけでなく、V‐22オスプレイにも、液剤散布機が取りつけられていく。牛乳の輸送缶を思わせる、ステンレス製の危険物輸送容器で空輸されてきた防除剤が、散布機に移し替えられる。どの機も余分な装備はすべて外し、代わりに最大離陸重量一杯の防除剤を搭載する。

市内では、中心に爆薬、その周りに防除剤を充填したプラスチック製の容器を、装甲車が市内の各所に設置していく。

ハンガーの端に立った甲斐は風が吹きつける北の夜空を見つめていた。酸素マスクを外して深呼吸してみた。めまいや意識が遠のく感覚はない。

まだ、大気中に呼吸できるだけの酸素は残っている。

ただ、それも明日の昼までには新生物が吐き出すメタンに入れ替わってしまう。

そのあとは。

「この作戦でうまくいくのでしょうか」

ヘリのあいだを走り回る整備車両、自衛隊員と空港職員による懸命の作業を見つめながら、村上が不安がった。

「新生物は明確な目的地があるわけではない。風に乗り、次の餌場を探す。我々は彼らの本能に訴えて休息する場を準備してやる」

「この作戦が失敗したら」

「成功させることだけ考えましょう。山を登るときも同じ。ルートはいくつもありますが、選んだあとは登り切ることだけを考えます」

「途中で新たな犠牲者が出たら」

「それも同じです。犠牲者が出るかもしれない計画を最初から立てたりしない」

「しかし、不測の事態で仲間を失うこともあるはず」

「厳しい自然に挑むときは万全の準備をします。こんなものだろう、という準備は素人の話です。それでも、厳しい条件になればなるほど、自然と人の叡智《えいち》がせめぎ合う世界になるのは当然です」

「予想もしなかった自然の力に遭遇した場合は」

「そのとき、その場所、その装備で困難に打ち勝つことを考えます。最後の瞬間まで諦めたりしない」

「神に祈ることは」

「神は尊びますが祈ることはない。生死をわける状況で祈っても、神の声など聞こえない。すべては己の能力と行動が決めるのです」

西を見ると、新生物に征服された博多の街が燃えていた。

複数の火山が噴火したか、もしくは大空襲を受けたかのごとく、街中から立ち上る黒煙が空を覆っていた。

二〇二六年　十一月八日　日曜日　午前六時三十三分
福岡県　福岡市　博多区　福岡空港

夜が明けた。

博多の街を覆い尽くす何億という白い生物に朝日が当たる。南極の雪原を思わせる白一色となった地表が、陽の光を反射する様子は、上條の予言どおりだった。

「ホワイトバグ……」

甲斐は呟いた。

「えっ？」と、村上が怪訝そうな顔を向ける。

「第六絶滅の使者は、ホワイトバグだった」

人類絶滅後の世界が目の前に広がっている。それは沈黙の世界。車の音も、サイレンも、カラスの鳴き声も聞こえない。死の星となった地球は、新たな胚種が誕生するまで数千万年、いや数億年のあいだ、沈黙に包まれたまま回り続けるのだ。


（幕僚長。準備が整いました）

指揮所に残る立川幕僚副長から無線が入った。

福岡市全域が酸欠状態に陥るまで、あと一時間しかない。

福岡空港にヘリのエンジン音が響く。彼らは福岡上空から、那珂川市、鳥栖《とす》市、久留米《るめ》市、筑後《ちくご》市に沿った線で福岡県と佐賀県の境に位置する脊振山系を越えて隊列を組み、風に乗って南下する新生物を東西から挟み込んで大牟田に向かわせる作戦だ。

甲斐と村上は、作戦の指揮をとるＵＨ‐１Ｊに乗り込んだ。

「そろそろいくぞ」

村上の声に親指を立てた機長が、エンジンの始動スイッチを押した。ヒューンという風切り音を発しながらインペラーが空気を切り刻み始める。タービンの始動するかん高い金属音と、腹に響く排気音が響き、UH‐1Jが目覚めた。機体が小刻みに震え、ローターが風を切る音とエンジンの爆音が全身を包む。

　狼の群れが次々と遠吠えするように、周囲のヘリのエンジン音が大きくなる。

「全機。作戦開始」

　村上が、ヘッドセットのマイクに吹き込む。

　ヘリが宙に舞い上がった。

　液剤散布機を取りつけた西部方面航空隊のヘリが次々と続く。

　ハンガー全体を包み込んで砂塵が舞い上がる。

　甲斐のUH‐1Jは福岡県の大牟田をめざす。福岡から大牟田まではおよそ六十キロ。

　炎に焼かれ、新生物に覆い尽くされて死の街と化した福岡の上空を飛ぶ。

「全機に連絡。新生物の上空五十メートル前後で防除剤を散布すれば、ローターのダウンウォッシュ効果で広範囲に均一散布することができる。ただし、一回の散布量は五十リットルだ。無駄遣いするな」

同日　午前六時五十六分
福岡県　福岡市　中央区　天神一丁目　福岡市役所

風が強くなってきた。

「防除剤の容器を爆破する準備は」

「すべて整っています」

立川の声に部下が答える。

市内の主要百箇所に、等間隔で遠隔起爆方式の防除剤容器が配置された。立川が時計を見る。村上たちが離陸して十分が過ぎた。各機は配置についたはずだ。

午前六時五十九分。

「行くぞ」

立川は起爆装置のスイッチに右手の親指を置いた。

午前七時。

「爆破」

立川の親指がスイッチを押し込む。

市内で防除剤の容器が一斉に爆発する。

防除剤が周囲に撒き散らされた。

各所の監視カメラ映像に、立川たちの目は釘づけになった。

五分。

やがて十分が経った。

「だめか」

立川がそう思ったとき、市役所の周囲で新生物が殻をこすり合わせる音が響いた。

それは何兆匹という群れの飛翔音だった。

立川は窓の外に目をやる。

逆回しした吹雪の映像を見るように群れが立ち上がる。

福岡の街を埋め尽くしていた群れが一斉に飛び立つ。

ビルの谷間を、車道を、公園を乱舞する新生物のせいで、一メートル先も見えない。

ボタン雪か火山灰を思わせる新生物が重なり合い、ぶつかり合いながら舞う。

群れは次第に高度を上げていく。

やがて頭上で濃密な雪雲を思わせる群れとなった新生物が、風に乗って南へ移動を始めた。

同日　午前七時十九分
福岡市　上空

急に操縦席が騒がしくなった。機長が北の空を指さす。

「見えるぞ」

福岡の上空で、むくむくと成長したいくつもの群れが、やがて水平に拡大し、互いが一つに繋がっていく。

積乱雲のごとく、輪郭のはっきりしたホワイトバグの群れが誕生した。

それが北の空に巨大な壁となってせり上がる。

「北から群れが接近します」

雪雲を思わせる雲体が移動を始めた。

一部が東の方角へ揺れた。

群れの東側を飛んでいたオスプレイが、前方に出てから防除剤を散布する。すると、首をすくめる亀のごとく、群れが再び一つにまとまった。

「うまくいきそうです」

「来ます」

村上がコパイの席からキャビンの甲斐を振り返る。

それから四十分、雲体が南下するスピードに合わせ、空中散布で群れの進路を修正しながら、陸自のヘリ部隊は南へ飛んだ。

機体が激しく揺れた。密度が高い新生物の群れのせいで、乱気流が発生している。

あと五分で大牟田の上空に到着する。

大牟田市は九州の中部に位置し、西は有明海に面して、みやま市高田町や熊本県荒尾市、玉名《たまな》郡南関町《なんかんまち》、同郡長洲町《ながすまち》を含む大牟田都市圏を形成している。かつては三井三池炭鉱の石炭資源を背景とした石炭化学工業で栄え、一九五九年には人口二十万を誇ったが、エネルギー革命などにより石炭化学工業は衰退していった。炭鉱が一九九七年に閉山してからは、環境リサイクル産業などの新興産業や、大牟田テクノパークへの企業誘致などに力を入れている。

甲斐がめざす三池島《みいけじま》は、大牟田市の沖合約五・五キロにある、三井鉱山が造成した直径九十二メートル、海面からの高さ五メートル、面積六千四百平米の丸い人工島だ。有明海の海底鉱区での採掘が盛んだった頃、一九五一年に建設された初島《はつしま》だけでは換気が不十分となり、一九七〇年に第三人工島として築造された。

島の中央に、六角形のコンクリート板で塞がれた立坑の坑口がある。内部は内径六メートルの立穴が、深さ五百二十メートルの坑道まで垂直に続いている。

「石炭粉の噴出開始！」

村上の命令で、三池島に設置されたジェットファンを使って、細かく砕いた石炭粉が空に向かって噴射される。

群れが島に迫る。

雲底の形が崩れ始めた。

どうやら群れの一部が石炭粉に反応している。

立坑の上部で渦を巻いた雲体が形を変える。渦の速度が上がる。

次の瞬間、渦の中心から漏斗雲を思わせる太い筋が立坑に向かって伸び始めた。

立坑の上部に巨大な竜巻状の群れが発生する。

「あれは」

群れが立坑に吸い込まれるように下りて行く。石炭粉に反応し、坑内の一酸化炭素を感知すれば甲斐の思惑どおりに事が進む。

ところが。

「一部が南へ飛びます」

竜巻の中から水平に一本の雲体が南へ伸び始める。

「防除剤の残っている機はいるか」

（こちらレッドリーダー。全機、残量ゼロです）（こちらホワイトリーダー。我々も残量ゼロです）

ここまでの飛行で、各機が防除剤を使い果たしている。

「他には！」

（こちらブルー3。残量あり）

「すぐに群れの南方へ移動して、散布を開始しろ！」

「群れの一部が南へ飛び始めた。機長、奴らの前方へ出てください。少しでも時間を稼ぎたい」

機長がサイクリックを倒し、機体を右バンクさせながら右ペダルを踏み込むと、急角度で機首を南西へ向ける。甲斐は椅子につかまり、両足を突っ張った。

「全機。群れの前方へ移動！　ブルー3の散布が始まるまでこらえろ」

村上が無線に叫ぶ。

すべてのヘリが群れの前方へ回り込む。

雲が、いや新生物が凄まじい勢いで押し寄せる。

群れの前方で横一列の編隊を組んだヘリが、拝むように機種を下げた状態でホバリングを始める。

「来い！　来やがれ」

村上の奥歯がこすれる音が聞こえた。

渦巻き、ねじれる新生物の群れに、ヘリの編隊が飲み込まれる。新生物が周囲を乱舞し、パチパチという機体にぶつかる音があちこちから響く。

ローターが新生物を粉砕し、ダウンウォッシュが新生物を叩き落とす。

（ブルー3。散布を開始します）

同日　午前八時五十三分
大牟田市沖　有明海　三池島

三井三池炭鉱の炭田は、北は福岡県柳川《やながわ》市付近から、南は熊本県荒尾市付近までの約三十キロ、東は大牟田市の山麓付近から、西は有明海のほぼ西縁付近までの約二十三キロの範囲に広がっている。炭層の厚さは約七百メートルあり、地質構造はきわめて安定して、六度前後の角度で西の有明海底方向に向かって傾斜している。石炭層内に張り巡らされた坑道は幅六メートル、高さ三・三メートルのアーチ型で掘削され、多くは有明海の海底に位置し、その総延長は二百キロを超えている。

甲斐たちはそんな海底坑道に新生物を誘い込むことに成功した。ここから先の作戦には新生物の力が必要だ。彼らが坑内の一酸化炭素を吸ってメタンを吐き出してくれれば、あとは着火するだけだ。

一九六三年十一月九日、三井鉱山三池鉱業所三川《みかわ》坑の坑口から千六百メートル付近の斜坑で炭塵《たんじん》爆発が起きた。石炭を満載した状態で坑内を走行していたトロッコが脱線、暴走した結果、車輪の火花が原因で、荷台から飛び散って坑内に蔓延《まんえん》した炭塵が引火爆発したのだ。当時、坑内で作業をしていた約千四百人の労働者のうち四百五十八名が死亡した。

坑道の爆発は激烈なのだ。すべてを燃焼させ、粉砕する。

三池島の地上部に設置した野戦指揮所で甲斐は空を見上げた。

さっきまで空を覆っていた新生物は海底下の坑道に誘い込まれたはずなのに、相変わらず天上はどんより曇っている。ここのところ青空を見たことがない。

甲斐の作戦が失敗したときのために、ＣＨ‐47Ｊチヌークの編隊が休みなく爆薬を運び込んでいる。ついさっきまで噴霧していた石炭粉で真っ黒になった隊員たちが、立坑脇に爆薬を積み上げている。

「坑内のメタン濃度はどうですか」

「まだ二％です」

坑内空気測定器のディスプレイを、眉間に皺を寄せた隊員が睨んでいる。空気と混合したメタンの爆発下限界は五％、爆発上限界は十五％だ。低すぎても、高すぎても爆発しない。

　そのとき、「おかしいな」と、隊員がディスプレイを指先で叩く。

「坑内空気測定器からのデータが途絶えました」

「なに」

「もしかして、ケーブルを新生物にかじられたんじゃ」

　村上が顔をしかめる。

「坑道の全域で確実に爆発を起こすには、リアルタイムでメタン濃度が確認できなければ着火のタイミングをつかめない」

　予想外の事態が起きた。

　甲斐はボサボサの髪の毛をかき上げた。

　誰かが行くしかない。

「私が下ります」

「新生物の群れの中にですか。それは我々の仕事です」

　村上が目を見開く。

「これは私の作戦です。私が行かねばならない。なにより五百メートルの立坑を下りる途中でなにかあれば、失礼ですが自衛隊員では対処できないでしょ」

　甲斐は机の端に並んだ防護服に手を伸ばす。

「どうしても？」

「どうしてもです」

唇の端を噛んだ村上が甲斐を見つめる。彼の目が甲斐の翻意を欲していた。甲斐は小さく首を横に振った。

腰に手を当てた村上がふっと息を吐き出す。「ちょっと待っていてください」と、その場を外した彼が、すぐになにかを抱えて戻ってきた。

村上が見たこともないスクーバ器材をさし出す。ハーネスと呼吸用のタンク、そこから延びるレギュレーターにマウスピース。特徴的なのは大小二つのタンクが取りつけられていることだった。

「では、これを使ってください」

「これは」

「二酸化炭素を排出しない閉鎖循環式の酸素呼吸器です。こんなこともあろうかと準備してありました」

閉鎖循環式の酸素呼吸器とは、呼気を放出することなく、呼吸に不必要な二酸化炭素を薬剤で除去し、不足した酸素を補給しながら、吸気として循環再利用する呼吸器のことだ。これなら、マウスピースから二酸化炭素を含んだ空気が排出されない。

「大きい方が呼吸用のタンク、小さい方が二酸化炭素除去用のタンクです」

村上がタンクをポンと叩いた。

そのとき、頭上でヘリの爆音がした。

何事かと全員が空を見上げる。チヌークの編隊に割り込んで、白と青のカラーリングと日の丸をあしらった大型ヘリが降下してくる。

政府専用機だ。

通信科の隊員が野外無線機の送受話器を村上に向かって掲げる。

「中山官房副長官が到着されます」

「なんだと。この非常時に」

村上が空を見上げる。

墜落するのではないかと思わせるほど急速降下してきたと思ったら、地上五メートルで見事に減速したヘリが、砂塵を巻き上げながら着陸した。キャビンのドアが開くと中山と彼の秘書官、そして織田政務官が降りてくる。村上の敬礼に中山と織田が硬い会釈で応えた。

自衛隊員の中に立つ甲斐を見つけた中山がまっすぐに向かってくる。

甲斐の前で立ち止まった。

「まさか、あなたがここに」

甲斐は中山を出迎えた。

「私は当事者だ。当たり前だよ。それより状況を教えてくれ」

甲斐は手短に現状を伝えた。

黙して報告を聞いていた中山が、やがて天を仰ぐ。

「割に合わない任務だな」

「今に始まったことではありません」

しばらく立坑を見つめていた中山の視線が戻ってくる。

「君がそんな恰好をしているということは、事態は切迫しているということだな」

「猶予はありません」

「……私も行こう」

甲斐は耳を疑った。

「なにをおっしゃっているのですか」

「私も行くと言ったんだ」

「無理です」

「理由は」

「だって、立坑を五百メートルもワイヤーだけで下りるのですよ」

「ハーネスでぶら下がっているだけだろ」

「歳を考えてください。なにかあったらどうするのですか」

「足手まといだと」

「はっきり申してそうです」

「立坑の下に私の決着が待っている。それにこれは官房副長官の命令だ。拒否することは許さん」

視線をそらせた甲斐はこれ見よがしに、「はっ」と毒づいた。

「決まりだな。甲斐君」と、手際よく防護服と呼吸器をつけ始めた中山が、織田に、「政務官は地上で待機してくれ」と声をかける。

織田が頷き返す。

数分で準備が整った。

「行こう」

中山の言葉に二人は、坑口から少し下がったところに取りつけられた作業床にタラップで下りる。次に、グレーチング製の作業床の真ん中にある開口部のハッチを開けた。

そこからウインチのワイヤーで吊り下げられて、垂直に五百メートルを降下するのだ。降下速度は毎分二十メートル。立坑の底まで二十五分かかる。

「いいですか。タンクの使用可能時間は三十分です。少しでも時間を稼ぐために、マウスピースは下に着いてからくわえてください」

「幕僚長。測定器が復活したとき、すでにメタンの爆発上限界を超えそうな状況なら、立坑上から迷いなく着火してください。もし、ちょっとでも迷っているようなら私が着火します」

甲斐は腰のベルトに発煙筒を押し込んだ。

「しかし、甲斐さんと副長官は……」

「メタンが増えすぎて爆発上限界を超えれば、着火しても爆発は起こらない。迷っている暇はない。我々はその覚悟で行くのです」

甲斐は村上の躊躇を遮った。

補助の隊員がワイヤーのフックをハーネスに取りつけてくれる。

「副長官。ご無事で」

織田が声をかける。

甲斐と織田の目が合った。

恐ろしくストイックで、かつそれを周囲にも求める政務官はなにを思うのか。

織田の眼差しに敵意は感じない。

なぜか迷いを感じた気がした。

ふっと、織田の方から目線を切った。

「では行きます」

甲斐の合図でウインチが回転を始めた。

ゆっくり体が降下を始める。五分が経ち、十分が経つ。

次第に立坑が薄暗くなる。

三百メートルも下りると、坑口はすでに小さな丸い点にしか見えない。


五百二十メートル。ようやく立坑の底についた。

グレーチングが敷かれ、その下は漏水や排水を貯める汚水槽になっている。赤茶けた水が溜まっていた。

暗くて、湿って、淀んだ空気が充満する場所だった。

目の前には闇に包まれた坑道が延びている。

幅六メートル、高さ三・三メートルのアーチ型の坑道入り口が濡れているのは結露と漏水のせいだ。所々で地下水が滴っている。

坑道の暗闇からあの音が聞こえてくる。

マウスピースをくわえた二人はヘッドライトをつけた。

思わず「うっ」と、声が出た。

素掘りで石炭がむき出しになった坑道の壁、天端、床、どこもかしこも新生物に覆われている。我先に石炭の中に潜り込もうと幾重にも重なり合って這い回り、うごめく新生物の群れ。腐乱した死体に群がるうじ虫よりも気味が悪い、まるで地獄に墜ちた者が見る光景を思わせた。

二人は歩き出した。

坑道に入り、落ち葉のように積み重なった新生物を踏み潰しながら歩く。ガラスの破片を踏むのに似た音が長靴の下から聞こえてくる。

炭鉱のイメージそのままに、器用に組み上げた木材で天端を支えた坑道を奥へ進む。途中、坑内には様々な機械や設備が捨て置かれていた。トロッコ用の軌道脇にはレールを切り替える転てつ機、石炭を積み込む機械や、分電盤。むき出しのケーブルが天端を走り、坑道が交差する場所では換気用ダクトが錯綜《さくそう》している。坑内の湿度が高いせいだろう、あらゆる物が錆《さ》びついていた。

立坑から三百メートルは進んだろうか。

操業時はその先が続いていたのではないかと思われる坑道跡がいたる所に現れた。ポンプ座、坑内のトロッコを上げ下げする捲座《まきざ》や、鉄製の休憩所、坑内貯水タンクなどが並ぶ光景は、あたかも地底都市を思わせた。

変わらないのは、どこもかしこも新生物に覆われていることだった。

「回線が途切れたのは、この奥の測定器です」

甲斐はヘッドライトでケーブルラックを照らしていく。

ときどき、頭の上から新生物が降りかかるけれど、呼吸器のおかげで気づかれない。振り返ると、あとに続く中山の上半身を新生物が這い回っていた。甲斐は、邪魔者を払い落としてやる。

「後悔してるでしょ」

「馬鹿を言うな。登山のときでも、危険であるほどペアを組むのは常道だろう」

中山の強がりに甲斐は苦笑いを浮かべた。

さらに先へ進む。

「あれですね」

二人が立つ位置から二十メートルほど先で、壁際を走るラックから一本のケーブルが垂れ下がっていた。立坑から四百メートル進んだ場所だった。

立坑上　野戦指揮所

立坑上では、プランBの準備が整いつつあった。着火に失敗すれば、立坑の周囲に積み上げられた爆薬で、立坑そのものを崩壊させる。坑道は複数ある陸の坑口にも続いているから、いずれ新生物は炭鉱を抜け出すだろうが、ある程度の時間は稼げるはずだ。

「幕僚長。ずいぶんと乱暴なやり方だな」

村上から作戦の説明を受けた織田は露骨に不満を口にした。

「私もそう思いますが、これは最後の手段です」

「なにがあろうと、新生物を外に出してはならない」

「しかし、この炭鉱は広大ですから、我々の知らない……」

「自衛隊の沽券《こけん》にかかわるぞ。なんとしてもここで防ぎ切れ。言い訳は許さん」

織田は村上の弁解を遮った。

有明海を渡ってくる冷たい西風が二人の頬を撫でる。張り詰めた空気の中で、織田と村上は向き合っていた。

「メタン爆発に失敗すれば、我々にはこの手しか残っていません」

「どの時点で着火するのか」

「爆発下限界以上、上限界以下と決まっていますが、今は、坑内のメタン濃度が確認できません」

「着火時の二人の安全確認は」

「問題は立坑上まで戻る時間があるかどうかです。立坑下から上がってくるのに二十五分かかります。その前にメタン濃度が爆発上限界を超えることになればどうするのか……」

「二人が下にいるあいだに着火する気なのか」

その覚悟は村上たちだけのものではない。

「政務官。私がためらっても甲斐氏が着火するでしょう」

「幕僚長。計器戻りました！」

そのとき、坑内測定担当の隊員が村上を呼んだ。

織田は立坑に目を向けた。

『やらねばならないことがあって、それをやり通すこと』という丹羽の言葉が頭をよぎった。

いつまでも逃げ水を追いかけているわけにはいかない。

「幕僚長。頼みがある」

海底坑道

新生物に食い破られたケーブルの復旧が終わった。復旧といっても切断箇所の保護被覆を剝いでむき出しにした銅線同士を繋ぎ直し、ビニールテープで巻いただけだ。

「指揮所。データは届いてるか」

（今、復旧しました）

「メタン濃度は」

（どこも九％前後まで上がっています）

急激にメタンの濃度が上がっている。これだけの新生物が呼吸しているから当然だ。

「早く着火しないと。爆発上限界を超えてしまう」

「甲斐君。急いで立坑に戻ろう」

四百メートル先の立坑に向かって二人は引き返す。

途中、先ほど通った休憩所の前を通り過ぎたときだった。

立坑へ戻る坑道が新生物で埋まっている。まるで穴に押し込んだ岩塩の結晶を思わせた。

「申し訳ありません。あなたをお連れしたのは、やはり間違いだった」

「そうかな」と、背後の中山が甲斐の肩を叩いた。「これを使え」と、中山がマグボトルを思わせる金属製の筒をさし出した。

「これは」

「ブルピン酸だ」

「なぜこれを」

「私は官房副長官だぞ。少しは見直したか」

「今はまだ、礼はいいませんよ」

「もう一つ。それが使えると思うがね」

中山が軌道脇に転がっていた鉄筋棒を顎でさす。

大した老人だ。

甲斐はブルピン酸に浸した鉄筋棒の先端を、坑道を塞いでいる新生物の群れにさし込んだ。たちまち大混乱に陥った新生物が蜘蛛《くも》の子を散らしたように逃げ出す。かろうじて坑道が繋がった。

「行きましょう」と甲斐は先に進む。

ブルピン酸で追い払ったとはいえ油断はできない。

周囲の様子を確認しながら進む。

別の坑道との交差部を通りかかる。

突然、落盤が起きたと思わせる激しさで新生物が降りかかってきた。

たちまち全身が埋まっていく。

「早く行って!」と、甲斐は中山を先へ押し出した。

新生物が「キュッ」という鳴き声らしき音を発する。

粘液を吹きかけられる。

うじ虫にたかられた屍体のごとく、甲斐の体が首まで埋まる。

八千メートルを超える山に何度も挑んできた登山家が、まさか地下五百メートルの坑道で最期を迎えることになるとは。しかし、それも自分らしいと思った。

観念しかけたとき、前方を塞いでいた新生物の中から長い腕が伸びてきた。

襟首をつかまれた甲斐は群れから引きずり出された。

全身が粘液でびっしょり濡れた甲斐の体が糸を引いている。

「今度はどうだ」

救世主の息が上がっている。

「ありがとうございます」

甲斐は素直に礼を述べた。ただ、命拾いしたとはいえ、立坑まではまだ三百メートルはあるだろう。ここで神の加護に感謝している暇はない。

二人は足を速めた。ところが来たときよりも新生物が数を増している。

膝下まで埋まる群れをかき分けながら進まねばならない。

スノーシューなしで新雪の雪原を歩くのと同じだ。

すぐに中山が遅れ始める。

「早く」

「先に行ってくれ」

「なに言ってるんですか。つかまって」

中山に肩を貸して甲斐は歩き始めた。

足のもつれた中山が、壁に手をついて膝を折る。

立坑までの残りは二百メートル。

「私を置いていけ」

「いやです。私は二度と仲間を置いていかない」

「状況をよく考えろ」

「考えていないのはあなただ。あなたはまだ生きている。妻とは違う。生きてるなら、最後の最後まであがいてください。さあ！」

中山の腕をつかみ直した甲斐は先へ進む。

頭上から降りかかる新生物は、大雨で樋《とい》から溢れる雨粒を思わせた。

殻をこすり合わせる音と鳴き声が坑道に満ちている。

疲労のせいで腰から下の感覚がなくなり、新生物に足を取られる。

息が荒く、激しくなる。

中山の肩で、新生物がヒルのように体をよじらせている。

よろけ、壁に体をすりつけながら二人は懸命に進む。

タンク残量のアラームが鳴る。

前方に立坑のかすかな明かりが見えた。

「もうちょっとです」

ようやく二人は立坑に転がり込んだ。

仰向けになって、肩で息をしながら呼吸を整える。

はるか、五百メートル上の坑口が針で突いた点に見えた。

(甲斐さん、聞こえますか。メタン濃度が十一%を超えます。急いでください)

「わかってるよ」

立ち上がった甲斐はワイヤーのフックを手繰り寄せる。

その手を中山がつかんだ。

「上に戻る時間はない。ここで着火するんだ。君は私の呼吸器も持って、汚水槽に潜れ。あとは私がやる」

中山は間違っていない。今から二十五分待っている余裕はない。

「なら、あなたも一緒だ。水の中から発煙筒に着火すればなんとかなる」

「酸素の残量が足りない。着火すれば坑内の酸素もなくなるから、二人とも酸欠で……」

中山の顔が歪んだ。

彼の防護服の右膝の辺りが食い破られ、新生物が中に入り込んでいる。服の下で新生物がはい回る。甲斐は慌てて防護服の上から新生物を叩き潰す。

「だめだ。体内に入られてしまう。卵を産みつけられたらどうしようもない」

「簡単に諦めないで！」

中山の防護服に手を突っ込んだ甲斐は新生物をつまみ出す。

「……君に話しておかねばならないことがある。今回の事件が起きた背景だ」

「背景？」

中山の防護服の裾を引き裂いた甲斐は、その切れ端で彼の右足の付け根を縛る。咬まれた傷がひどい状態だった。

「政府はカーボンニュートラルの世界を実現するために、再生可能エネルギーの開発と導入を進めてきた。しかし、それは早晩行き詰まった。風力や太陽電池で補える発電量は人類の生活を維持できるレベルではない。我々の文明は地球環境を不可逆的に破壊するまで成長してしまったのだ。大量生産と消費を前提にした生活。それを放棄して千年前の農耕生活に戻らない限り、地球の温暖化を止めることはできない」

「わが国だけの問題ではないと」

「どの国も同じだ。どれだけ再生可能エネルギーを整備しても、必要な年間発電量の十五％にしかならない。加えて財政上の問題だ。コストダウンが進めば経済性も達成できるという予測は幻想だった。発電設備への投資と電気料金の高騰を抑えるために必要な費用負担はすでに年間二兆円を超え、さらに新規分が毎年加算されていくため、累積赤字は拡大していく一方だ。経済成長を維持しながら二酸化炭素の排出を抑制するなど、所詮、無理な話だった……」

中山が痛みに悲鳴を上げる。

「……そこで、我々は、燃焼しても二酸化炭素を排出しないアンモニアと、石炭を混焼させる新たな石炭火力発電システムを開発した。このシステムは脱炭素燃料の主力になりえる。もう一つの利点は、世界中に多くの石炭層が未採掘のまま残されているから、燃料の調達が容易な点だ。良質炭は採掘権が設定されてしまっているが、混ざり物の多い不良炭は手つかずのままだ。そこで目をつけたのがグリーンランドとカナダだ。同じ頃、『なんよう』転覆の原因を調査していた南極の石炭層で、我々はあの新生物を発見した。しかし、クマムシに似た生物になど興味はなかった」

「南極で目覚めた新生物が陸上の氷塊を滑落させ、津波を起こし、『なんよう』を沈めた事件が始まりだったのですね」

「ところが、我々はグリーンランドでとんでもないミスをした。南極と違ったのは、あそこでは新生物の脅威に気づいたことだ。でも時すでに遅しだった。君が救助に向かったのはそんなときだ」

「日本が今の原因を作ったと」

「そうだ」

「もしかして、あなたは新生物がいるのを承知で気象観測隊をワハーン回廊に送り込んだのですか」

「そうではない。あれは我々のプロジェクトを推進するためにも、メタン濃度の増加と温暖化の関係を探るためだった。しかし、まさかワハーン回廊周辺で新生物が大繁殖しているとは。結果として、気象観測隊を新生物の真ん中に派遣することになった。襲われた彼らが無残に全滅したことで、ようやく我々は事の重大さに気づいたのだ。……私なのだ。私なんだよ」

「今のメタン濃度は」甲斐は無線で地上を呼んだ。

(十二%に迫っています)

「増加のスピードからして、爆発上限界を超えるまでの時間は」

(十分ないと思います)

やはり立坑の上まで戻る時間はないのだ。

中山の呼吸が弱く、浅くなっている。

「……浩一君。健人を頼む。あの子は私の孫として厳しい目に晒されるかもしれない。孫を守ってくれ。さあ、発煙筒だけ置いていくんだ」

「嫌だ」

「君らしくないぞ」

「私の手からはいつも命がこぼれ落ちる」

「救えなかった命への後悔はいつも心を切り刻むものだ」

「私は罪に怯え、震えてばかりいる臆病者だ」

「それは違う。葉子が連れてきたときから、君は人づき合いが下手で、笑われたら反論よりも沈黙を選ぶ。そのくせ頑固で、融通が利かない。正直、イライラしたよ。でも、やがて気づいた。救助を求める人がいれば誰よりも早くザックを背負い、そして、捜索が打ち切られた遭難現場に最後まで残っているのは、いつも君だということに」

　中山が甲斐の胸元をつかんで引き寄せる。

「君は言っていた。究極の選択は勇気を試される、そして、勇気は内なるものと。その意味は、名誉にも金にもならないのに、死と隣り合わせの救助へ向かう者にしかわかるまい。甲斐浩一。もう一度、人類を、健人を守りきる勇気を見せてくれ。あとは……、あとは頼んだぞ」

「みんな、私にあとを頼むと言う。あれもこれも言われたって、私のザックはそんなに大きくない」

　フェースマスクの内側に甲斐の涙が落ちた。

甲斐から手を離した中山が、自分の呼吸器を外す。

二酸化炭素に反応した新生物が周りで飛び立つ。

「ローツェ・フェースで君は、娘に最後まであきらめるなと諭したはずだ。今度は私が諭し、君が諭される番だ」

中山の体に群がり始めた新生物を「失せろ！」と、甲斐は払いのける。

中山が穏やかな笑みを甲斐に向けた。

「さあ……」

中山が意識を失った。

そのとき、頭上から金属のぶつかる音が聞こえてきた。見上げると、誰かがワイヤーで下りてくる。背中にタンクを三本、背負っている。

甲斐の前で、グレーチングの床に足を降ろしたのは織田だった。

「お待たせしました。新しいタンクです」

いかにも重そうに、織田が背中から二本のタンクを下ろす。

「わからない人だ。わざわざこんな所へ死にに来たのですか」

「失礼ですね。人を見て、物を言ってもらいたい」

「まあいいでしょう。これで汚水槽に潜って、メタンに着火できます」

織田が首を横に振る。

「ここで、なんとしても新生物を食い止めねばならない。だから、そんな中途半端な着火は認めません。メタン爆発の効果を最大限発揮させるためにも、できるだけ坑道の奥で着火すべきだ。あなたはボンベを持って、副長官と汚水槽に潜りなさい」

まとわりつく新生物を払いのけながら、織田が足下を指さす。

「政務官は」

「私は一メートルでも坑道の奥に進んで、そこで着火します」

「なぜあなたが」

「一つ。副長官はその状態では無理だ。二つ。あなたには契約がある」

「だから、私が行きます」

「誰が今日であなたの契約が切れると言った。あなたとの契約は、新生物を絶滅させるまで続く。わかるでしょ。契約を守りたまえ」

いつか、どこかで聞いた台詞だった。

「着火するためなら、下りてくるのは政務官でなくともよかったはず」

「私は志願したのです」

「なぜ」

「そうしたかったから」

「……政務官らしくない」

そうかな、と織田が小さく首を傾げてみせた。

「あなたが、二度も絶望的な状況で人命救助に出かけたこと。ずっと理詰めで生きてきて、白は白、黒は黒、部下たちの手抜きや曖昧さを決して許さなかった私は、まるで無意味だと断じていた。でも、ふと思った。日本がどうとか、世界がどうとか面倒臭いことを考えなくても、内側からこみ上げるものが答えを教えてくれることもあると」

織田が坑道に視線を移す。

「今、私の中では個人的な感情が奴らに対してこみ上げています」

「それは」

「てめえら、まとめてぶっ飛ばしてやる」

織田がすまし顔を作る。

「さあ、早く。あとは私に任せてください」

右手に二本の発煙筒を握りしめた織田が踵を返す。

腰まである新雪をかき分けるようにして、織田が坑道に入っていく。

たちまち、彼の全身が白く覆い尽くされる。

それでも織田は歩を進めていく。

立坑上　坑口

村上幕僚長は、タラップの手すりから身を乗り出して立坑の底を覗き込んでいた。
「どうなってるんだ」
そのとき、はるか五百メートル下で爆発音が響いた。
橙色の明かりが小さく光る。
立坑内に轟音がこだまする。
タラップが揺れた。
立坑を赤い火炎が駆け上がってくる。
もくもくと湧き上がる火炎だった。
「危ない！」
村上はタラップから外の地面に飛び降りた。
次の瞬間。
火山噴火を思わせるメタン爆発の火炎が、立坑のはるか上空まで吹き上がった。

立坑下

爆発の衝撃波で波打つ汚水の中から甲斐は顔を出した。

水の中にいてもメタン爆発の衝撃は凄まじかった。

水を通しても轟音が耳に届き、水面を紅蓮《ぐれん》の炎が覆い尽くした。

頭上から、パラパラとなにかの破片が落ちてくる。

立坑の壁のコンクリートだった。

半分吹き飛ばされたグレーチングによじのぼる。

続いて、ぐったりした中山を引き上げた。

坑道を見る。崩落しかけた石炭の壁面が、所々で燃え上がっている。

坑道の床一面に黒い炭が積み上がっていた。

爆発とは瞬間的な燃焼だ。

細かく砕いた炭を思わせる欠けらが、うずたかく積み上がっている。爆発で焼かれ、炭化した新生物だった。

（副長官と政務官、甲斐氏が被災）（状況は）（三人とも無線が繋がりません）（甲斐さん。聞こえますか？　副長官と政務官はご無事ですか）（今、予備のワイヤーを下ろします）（応答願います！）

イヤホンの中で誰かが叫んでいる。

周りの音が遠のいていく。

強い孤独を感じた。

「……ここは」

中山が意識を取り戻した。

「あの世に行き損ねました」

「着火したのか」

「織田政務官のおかげです」

甲斐は頭上を見上げた。針で突いたような小さな坑口。それは、人類のかすかな希望に見えた。

「私たちにはまだ此岸《しがん》でやることが残っているようです」

終章

二〇二七年　一月十六日　土曜日　午後二時
ケニア　リフトバレー州　カジアド県　アンボセリ国立公園
アンボセリ・サファリキャンプ

アンボセリ国立公園は、キリマンジャロの北側に広がる国立公園で、もともとは、キリマンジャロの噴火でできた湖の大部分が干上がった草原だ。

公園内の丘に建つアンボセリ・サファリキャンプは、テント式の部屋と美味しい食事で人気のロッジだ。それほど大きくないロビーからテラスに出ると、目の前にキリマンジャロの雄姿が広がっている。

キリマンジャロは、標高五千八百九十五メートルあるアフリカ大陸の最高峰で、山脈に属さない独立峰としては世界で最も高い。北麓から東麓にかけてタンザニアとケニアの国境線が走っており、ケニア側は、リフトバレー州と海岸州に属し、山麓にはアンボセリ国立公園が広がっている。赤道付近にもかかわらず、山頂付近には二十世紀後期まで巨大な氷河が存在していた。ところが温暖化のせいで、十九世紀末から二〇〇〇年のあいだに氷河の八割が消滅し、いずれ完全に消えてしまうといわれている。

キャンプ自慢のテラスで、丹羽と甲斐は目の前に広がる絶景を眺めていた。日本政府は新生物の新たな生息地の有無を調べる調査隊に、丹羽と甲斐を参加させた。最初に選ばれたのがキリマンジャロの氷河だった。

事件と日本のエネルギー政策の関連は表沙汰にはならなかった。どのようなやりとり、取引が行われたのかは甲斐には当然わからない。ただ、日本が防除剤を開発したという事実だけは世界に流され、今現在、世界中で新生物の駆除に効果を発揮している。いつぞやの新型コロナウイルス蔓延時にワクチン外交を展開した某国を思い出す。また、国連が創設する『新生物と地球温暖化対策の基金』に、毎年、五兆円を拠出することが発表された。財政再建に熱心な財務省がよく決断したものだ。

緊急手術で一命を取りとめた中山は、事後処理のために関係各国を回って、懸命の交渉を続けている。

それとは別に、一週間前、同様の公務で中国の雲南《うんなん》省を訪れていた宮崎が、省都である昆明市の慰霊碑前で献花をしている最中に、暴漢に襲われ死亡したとのニュースが届いた。

銃弾を五発くらって倒れた宮崎の最期の言葉は、「まだだ。まだだ」だったそうだ。

人類は新生物を北へ押し戻しながら、失った土地を奪い返していた。それはまるで、八世紀から十五世紀に繰り広げられた『レコンキスタ』、複数のキリスト教国家が、一度征服されたイベリア半島からイスラム教徒を追い出した再征服活動を思わせた。

甲斐たちの戦いの主役は上條だった。ブルピン酸の防除剤を開発できたのは、上條のおかげだ。

丹羽の働きかけで、学会は上條の『二億五千万年前に疑似全球凍結が起きた』という説を認めた。いや、認めざるを得なかった。

日本を発《た》つ前に、甲斐と丹羽は上條の納骨に参列した。

納骨といっても遺骨があるわけではない。父親の願いで上條が愛用していたペンが墓に納められた
「ありがとうございました」

墓苑の出口で深々と頭を下げた父親が、二人を見送ってくれた。

あれはバフィン島の夜だった。甲斐は上條と父親との会話を思い出した。丹羽を守るために自らを犠牲にした上條の「今は色んな満足感で一杯です」という言葉。父親との最後のやり取りが、彼の勇気を呼び覚ましたのだ。

誰よりも彼は勇敢だった。

「なぜか、私たちは二億五千万年に一度の危機に居合わせた。懸命に戦って、上條氏を失い、人々を守った。でも丹羽先生。危機が去ってみれば、温暖化の問題はそのまま、個人の悩みも相変わらずだ」

「変わったこともあります」

「と言いますと」

「人々を救える者でも、悩みを抱えているのは同じ。それを知るだけで、少し強くなれます。知識がそうであるように、少しずつ、心の強さも積み重ねられていくものだと思いました」

「丹羽先生、お母さんに事件のことは」

「細かいことは話していません。上條さんが亡くなったことや、バフィン島での出来事なんて正直に伝えたら、なにを言われるかわからないから。でも」

「でも？」

「母は察していた気がします。事件が終わって電話したとき、黙って私の話を聞いていた。いつもなら本当かどうか質問攻めにするのに。最後に、ご苦労様と言ってくれました。電話の向こうで母が笑った気がした」

で、甲斐さんは、と丹羽が返す。

甲斐は苦笑いを浮かべた。

「死にそうな目にあって世界を守ったのに、そのこと黙ってるのって皮肉を言われました。だから、言ってやった。お前は父さんが、ちやほやされているところを見たいのかって」

「息子さんはなんと」

丹羽の笑みに、甲斐は健人とのやり取りを思い出した。

「また家にマスコミが来るじゃん。勘弁してよ」

「だからだよ」

小首を傾げた健人が、しばらく考えていた。

やがて。

「父さん、なんとなくわかったよ」

「なにが」

「父さんのこと」


甲斐は健人との記憶に頬を緩めた。

このまま何事もなければ日本へ戻り、春には健人と穂高岳《ほたかだけ》へ行く約束だ。

「丹羽先生。新生物は人間に寄生して繁殖する習性を取り込みつつあったのですか」

甲斐はミネラルウォーターのペットボトルを口に運んだ。

そうですね、と丹羽がソファによりかかる。

「栄えるものが出ると、寄生という生存方法が生まれます。進化の歴史のかなり早い段階で、自らの汗で糧を得るという地道な努力をはしょる生物が現れた。すでに、カンブリア紀の三葉虫から、寄生虫のせいで奇形になった例が見つかっています。食う、食われるの関係とは異なる他者の利用方法で、食物連鎖に対して寄生連鎖と呼ばれます」

「寄生連鎖ですか」

「大きなノミには、それにたかる小さなノミがいて、その小さなノミたちにたかるもっと小さなノミもいて、そんなことがどこまでも続くのです。増殖という自らの目的をとげるため、都合よく他者を利用して、食物連鎖とは異なる生存方法や繁殖方法を身につける。単純化された生命体だから可能なのです。なにせ、寄生生物はカンブリア紀の爆発的な進化に続いて出現し、以来、姿を消すことはなかった。生物進化の長い歴史のなかで、寄生という習性は絶えることなく生じており、この先も我々につきまとうでしょう」

「もう一点。あれだけ強固な耐性を身につけてきた新生物です。防除剤に対する耐性を獲得する可能性は」

「ないことを願うだけです。新生物にも複数の種があります。ブルピン酸が万能かどうかはわかりません」

ラウンジスタッフがテーブルを片づけてくれた。

そろそろ調査に出かける時間だから、装備を車に運ばねばならない。

甲斐は立ち上がった。

穏やかな北からの風がテラスを吹き抜ける。
すると突然、南風に変わった。
キリマンジャロの方角から風が吹き始めた。
「あれっ」と丹羽がソファから身を起こす。
天からなにかが降ってくる。
甲斐はアフリカの空を見上げた。
ひらひらと風に揺れながら白い欠けらが落ちてくる。
大粒の雪。
上條の予言。
疑似全球凍結という組曲の序曲が終わった。
再び、戦いの日々が始まる。

〈主要参考文献〉

『地球表層環境の進化　先カンブリア時代から近未来まで』　川幡穂高著　東京大学出版会
『スノーボール・アース　生命大進化をもたらした全地球凍結』　ガブリエル・ウォーカー著　川上紳一監修　渡会圭子訳　早川書房
『ありえない138億年史　宇宙誕生と私たちを結ぶビッグヒストリー』　ウォルター・アルバレス著　山田美明訳　光文社
『生命40億年全史（上・下）』　リチャード・フォーティ著　渡辺政隆訳　草思社
『ニュートン式 超図解 最強に面白い!! 地球46億年』　川上紳一監修　ニュートンプレス
『ミドリムシの仲間がつくる地球環境と健康 シアノバクテリア・緑藻・ユーグレナたちのパワー』　竹中裕行著　成山堂書店
『原生動物学入門』　クラウス・ハウスマン著　扇元敬司訳　弘学出版
『還るべき場所』　笹本稜平著　文春文庫

その他、新聞・ネット上の記事などを参考にさせていただきました。

〈解説〉著者史上最大のスケールで描かれた自然との闘いの物語

村上貴史（ミステリ書評家）

■安生正

二〇一二年、安生正は『下弦の刻印』という応募作により第十一回の『このミステリーがすごい！』大賞を受賞し、翌年に受賞作を改題した『生存者ゼロ』で作家としてのデビューを果たした。

北海道根室《ねむろ》半島沖の石油採掘基地で、職員全員が無惨な死体となって発見された事件を糸口として、日本を襲う全く想定外の危機との闘いを描いた同書は、スケールの大きなスリラーとして、一次、二次、最終のすべての段階で選考委員に絶賛されただけでなく、売り上げ部数という結果を通じて、読者からの絶大なる支持を証明してみせた。

著者は、翌年の『ゼロの迎撃』、さらに二〇一六年の『ゼロの激震』と、それぞれ異なるタイプの壮大なスリラーを発表し、ゼロ三部作――タイトルにいずれも〝ゼロ〟が含まれることのみが共通項で、主人公などは別々だ——で、大人気を博した。三部作の売り上げは、現時点で一三七万部。数字がその人気を鮮明に物語っている。

そんな安生正の八番目の著作が、二〇二二年に発表された本書『ホワイトバグ　生存不能』である。

■生存不能

二〇二六年の南極海で津波が起きた。津波は現地に任務を果たしていた海洋研究開発機構の潜水調査船支援母船『なんよう』を飲み込み、乗船していた人々の命を奪う。

その直後、著者は視点を切り替え、グリーンランドの最高峰、標高三千六百九十四メートルのギュンビョルン山の山頂を目指す四十一歳のプロ登山家、甲斐浩一《かいこういち》を読者に示す。日本政府からグリーンランドに派遣されていた調査隊が無線で救助を求めた後に行方不明になったため、越冬訓練で現地に来ていた甲斐のチームに捜索と救助が依頼されたのだ。天候が悪化していくなか、甲斐たちはかろうじて調査隊の発見に成功する。だが、調査隊のメンバーは既に命を落としていた。それも、惨殺されたといいたくなるような姿で……。

続いて著者は、読者を中国とアフガニスタンの国境へと導く。標高四千九百二十三メートルのワフジール峠だ。この峠やその西のワハーン回廊（南の峠を越えるとパキスタンだ）の近辺で、命が失われていく。中国側の国境警備隊が全滅し、それをパキスタン政府軍の仕業と断定した中国政府は、パキスタンを砲撃する。だが、そうした国同士の小競り合いとは別種の危機が、そこには存在していた。ワハーン回廊に経済産業省が派遣した第二次西アジア気象観測隊は、その危機にはまだ気付いていない……。

この『ホワイトバグ　生存不能』は、近未来の地球を舞台にした小説で、日本人の視点を中心に、世界各地で起きた出来事を列挙しながら進んでいく。その作品で主人公を務めるのが、甲斐浩一である。妻と死別し、中学三年生の息子との折り合いも悪い登山家だ。

グリーンランドから帰国した甲斐は、成田《なりた》空港で早速マスコミの直撃を受ける。命懸けで救助に向かったことへのねぎらいではない。ギュンビョルンでの出来事を〝調査隊の惨殺事件〟と報道陣はみなし、それに甲斐が関与しているのではないかと問うのだ。記者たちの攻撃から甲斐を救い出してくれたのは、警視庁の男だった。その男は、甲斐を気象庁へと連れて行く。そこで気象の専門家たちや内閣府、経済産業省などの面々に囲まれ、甲斐はある依頼を受けることになる。ワハーン回廊で連絡が途絶えた日本の気象観測隊の救出に向かってほしいというのだ……。

地球温暖化を背景に、世界の気象に異常が起きており、そのなかで日本の船舶の乗員や、調査隊あるいは観測隊が死を迎えていく。日本人だけではない。ワハーン回廊の周辺の国の人々も命を失っている模様だ。しかもそうした死が、まるで〝虐殺〟めいていることを、いったいどう受け止めればいいのか。そうした謎との闘いの最前線に、甲斐は赴くのである。政府に強いられるかたちで。

かくして主人公である甲斐は（読者を引き連れて）この世界的規模での異常気象と〝虐殺〟の真相究明や対策に乗り出すことになるのだが、さすがに政府も甲斐一人にそれを押し付けるわけではない。東央理科《とうおうりか》大学農学部動物遺伝育種学科の准教授である丹羽香澄《にわかすみ》、そして国立地質学研究所の元主任研究員である上條常雄《かみじょうつねお》に、甲斐とともにこの難題解決に取り組むよう求めたのだ。

だが、いくら政府の支援があるとはいえ、わずか三人である。しかも、丹羽は参加を逡巡《しゅんじゅん》しているし、上條は学会から干されている人物だ。必要十分な布陣とは、とてもとても言い難い――ここでまた、微《かす》かな、そして新たな謎が読者の心に宿ることになる。政府は何を考えているのだろうか。

そうした微かな謎を胸に抱きながら、読者は甲斐たちが世界的な謎に取り組む様を読み進んでいくことになるのだが、これがまあ迫力満点だ。気象異常と〝虐殺〟の真相究明が進むにつれ、地球を取り巻く危機の深刻さも明らかになり、そしてその危機が、甲斐たちを肉体面でも脅かすようになるのである。謎を解けば解くほど危機が増すのだ。謎を解いて一件落着という〝名探偵〟とは、まるで異なる立ち位置に甲斐たちは置かれており、それが『ホワイトバグ』という小説を強力に牽引《けんいん》していくのである。

そうしたなかで、甲斐をはじめとする主要人物の心もくっきりと描かれていく。例えば甲斐についていえば、彼は妻の死に関する秘密を抱え、息子との関係に悩む、そうした一人の人間としての姿を、読者は知っていくことになるのだ。他の主要人物たちについても、大なり小なりきちんと筆が費やされている。それ故に、物語終盤での甲斐たちと〝危機〟との闘いには、より強烈なサスペンスを感じてしまうのだ。そう——甲斐たちには申し訳ないが——極上の読書体験を味わってしまうのである。

もちろんサスペンスだけではない。気象の異常と〝虐殺〟の背後に潜んでいた真相には驚かされるし、前述の〝微かな謎〟についても、最終的に納得が得られる。安生正は、プロの書き手として、この『ホワイトバグ』という小説を通じて、きっちりと読者を満腹させ、満足させてくれるのだ。

■二つの闘い

安生正は、自然の脅威（自然の驚異でもある）との闘いを描く作家であり、人間と人間との闘いを描く作家である。例えばデビュー作『生存者ゼロ』であれば、前者の色彩が確かに濃いのだが、足の引っ張り合いや、ある人物が他人を陥れる様なども描かれているし、政府関係者たちの無能っぷり（出世と保身を最優先する姿は、もはや害悪と呼びたくなるほどだ）も描かれるなど、後者の要素も、しっかりと含んでいる。それとは逆に、例えば第二作『ゼロの迎撃』では、著者は、後者に注力している。つまり安生正は、作品によって、前者と後者のバランスを、適切に調整する作家なのである。

そんな安生正の作品群のなかでは、本書は、二〇一八年に発表された『レッドリスト』と並んで、前者の色彩が最も濃い作品といえよう。新型コロナに先だって書かれた『レッドリスト』は、新型の感染症を物語の中心に据え、パンデミックとの闘いを描いた小説である。感染症の真の原因や感染経路の探究、さらには対策など、本書発表の二年後三年後に世界が経験したあの時間を、東京を舞台に描いているのだ。もちろん真相も対策もＣＯＶＩＤ－19とは全く別ではあるが、それを経験した読者だからこそ、『レッドリスト』の凄味をより理解できる。是非お目通し戴《いただ》ければと思う。

そして『レッドリスト』を通じて、あるいは、『生存者ゼロ』を通じて、読者は、自然の脅威との闘いにおける政治家たちの姿を読む。権力を持つ者は、危機に際して何を考え、どう行動するのか。専門家をどう使い、一般市民に何を求めるのか。我々は、新型コロナが世の中に広がり、その〝波〟を数えることを繰り返すなかで、政治家の重要性を痛感してきた（ポジティブに評価するか、その逆かは読者によって判断が分かれるだろうが）。そうした危機的状況における政治家たちの動きという観点でも、この『ホワイトバグ』は興味深い一冊である。是非とも、安生正の他の作品における政治家たちの描写と読み比べてみてほしい。

さて、二〇二二年に安生正は、作家としてまた新たな一歩を踏み出した。『不屈の達磨社長の椅子は誰のもの』という小説を発表したのである。この作品は、一部上場企業の社長が失踪するという非常事態のなか、約一ヵ月後の株主総会に向け、社内外の様々な思惑がぶつかりあうという企業小説だ。つまり、この小説も人間と人間との闘いではあるのだが、従来作品のように武器を手に取って、あるいは戦車を駆使したりしてのドンパチではない。一般読者の日常とまさに地続きな世界での物語なのだ。登場人物たちも、そして安生正自身も、〝武装解除〟しているのである。主人公である弓波博之《ゆみなみひろゆき》という五十三歳の秘書室長（左遷先の九州支店から戻ってきたばかりだ）の奮闘を一気読みしてしまった後に感じるのは、安生正の人間描写の的確さであり、人と人との関係を通じてドラマを紡いでいく能力の確かさである。要するに、だ。安生正は新たな挑戦に大成功したのである。こちらも是非お読み戴きたい。

そして、この『不屈の達磨』を通じて再確認された安生正の〝人間ドラマを生み出す能力〟は、もちろん本書『ホワイトバグ』でも十二分に発揮されている。そのドラマと一体となって、世界各国での異常気象との闘いという刺激や驚愕《きょうがく》が存在しているのだ。どう考えても、必読の一冊である。

（二〇二三年六月）

本書は、2021年8月に小社より単行本として刊行した
『ホワイトバグ　生存不能』を文庫化したものです。
この物語はフィクションです。作中に同一の名称があった場合でも、
実在する人物・団体等とは一切関係ありません。

宝島社
文庫

ホワイトバグ　生存不能
(ほわいとばぐ　せいぞんふのう)

2023年8月18日　第1刷発行

著　者　安生 正
発行人　蓮見清一
発行所　株式会社 宝島社
〒102-8388　東京都千代田区一番町25番地
電話：営業 03(3234)4621／編集 03(3239)0599
https://tkj.jp
印刷・製本　中央精版印刷株式会社

First published 2021 by Takarajimasha, Inc.
ISBN 978-4-299-04534-8